Julie Anne Long

Après des études de journalisme, elle décide d'écrire des romances historiques. Elle est rapidement devenue une auteure à succès, notamment grâce à sa trilogie *Les sœurs Lockwood*. Sa série *Pennyroyal Green* est l'une de ses sagas les plus connues et les plus appréciées. Elle vit aujourd'hui à San Francisco.

La fuite de lady Capet

Aux Éditions J'ai lu

Rebecca la rebelle
N° 8547
Pickpocket en jupons
N° 8631

LES SŒURS LOCKWOOD

1 – La belle et l'espion
N° 8925
2 – Mauvaise réputation
N° 9085
3 – Le secret de la séduction
N° 9731

PENNYROYAL GREEN

1 – Au risque du plaisir
N° 11306
2 – Pour un simple baiser
N° 11401
3 – Rosalind, femme de passion
N° 11477
4 – Un tempérament de feu
N° 11493
5 – La rose sauvage
N° 11673
6 – Le rêve de Phoebe
N° 11740
7 – Scandale dans le Sussex
N° 11925
8 – La dame de mon cœur
N° 11795
9 – Une insupportable charmeuse
N° 11776
10 – Le corsaire au grand cœur
N° 11789
11 – La légende de Lyon Redmond
N° 11985

LE PALAIS DES VAURIENS

1 – Lady Derring prend un amant
N° 12893
2 – Le bâtard de la maison Brexford
N° 13045
3 – Rendez-vous au clair de lune
N° 13578
4 – La cantatrice
N° 13659

JULIE ANNE

LONG

LE PALAIS DES VAURIENS – 5

La fuite de lady Capet

Traduit de l'anglais (États-Unis)
par Nicole Hibert

J'AI LU

J'AI LU POUR elle

Si vous souhaitez être informée en avant-première de nos parutions et tout savoir sur vos auteures préférées, retrouvez-nous ici :

www.jailu.com

Abonnez-vous à notre newsletter
et rejoignez-nous sur Facebook !

Titre original
YOU WERE MADE TO BE MINE

Éditeur original
Avon Books,
an imprint of HarperCollins Publishers

À JQ, pour ta gentillesse
et ta générosité extraordinaires.
Ton soutien m'est infiniment précieux.

1

Paris, 1820

Un cigare fumant dans une main, Hawkes tenait dans l'autre le portrait de la fiancée disparue du comte de Brundage.

Il avait sous les yeux un visage à l'ovale parfait, auréolé de boucles brunes. Regard clair, expression faussement timide... une jolie fille, indiscutablement. À vrai dire, il n'avait jamais vu de miniature représentant une jeune femme sans charme, encore moins renfrognée ou révoltée, ce qui aurait au moins eu le mérite de l'originalité. Sans doute pouvait-on imputer cela à la tyrannie du commerce – quel artiste prendrait le risque d'offenser, par souci de réalisme, le client qui le payait ? Ceux qui affirmaient préférer la vérité se mentaient à eux-mêmes, Hawkes le savait d'expérience.

— J'aimerais que vous fassiez ce... travail que vous faites si bien, avait déclaré Brundage en lui donnant le portrait.

Il avait failli dire : « ce *sale* travail ».

— Cette miniature a été peinte quand Aurélie avait seize ans, expliqua Brundage. Elle en a aujourd'hui vingt et un. Elle a évidemment changé depuis, malheureusement il n'existe pas d'autre portrait d'elle.

— J'imagine que commander de plus grands portraits n'entrait pas dans les priorités des survivants de sa famille, rétorqua distraitement Hawkes.

Le massacre de l'aristocratie qui avait eu lieu pendant la Révolution française avait privé les parents d'Aurélie – issus de la maison de Condé, une branche cadette de la maison de Bourbon – de leur fortune et surtout de leur tête, alors que la fillette était âgée de trois ans. Elle avait été confiée à un tuteur et, de fil en aiguille, s'était retrouvée fiancée à Brundage.

Décidément, cette petite avait une sacrée chance.

Le mariage devait avoir lieu dans un mois, à Paris. Or lady Aurélie, qui vivait avec son tuteur dans un logement en location, non loin de chez Brundage, n'était pas venue prendre le thé avec son fiancé le mardi, comme à l'ordinaire. Elle n'avait pas reparu depuis quatre jours.

Hawkes ne levait pas les yeux de la miniature. La lumière baignant l'antichambre où il se trouvait avec Brundage faisait étinceler la porcelaine, les pieds dorés des chaises et le gigantesque miroir. Cela l'éblouissait aussi fortement que s'il avait reçu un coup sur le crâne. Sorti de prison depuis moins d'une semaine, il n'avait pas anticipé toutes les sensations qui l'assailliraient à sa remise en liberté.

Il avait reçu le message de Brundage deux jours plus tôt : « J'ai besoin de votre aide, vous serez grassement rémunéré. »

Brundage avait certainement pesé toutes les options possibles avant de conclure que seul Hawkes était capable d'exécuter ce travail. Brundage était sûrement au pied du mur.

La perspective de le voir aussi désespéré avait convaincu Hawkes d'accepter cette rencontre.

Un feu d'enfer brûlait dans la cheminée. La chaleur soulageait la douleur qui lui taraudait l'épaule et, paradoxalement, l'emplissait d'une fureur silencieuse. Cette douleur était la trace de l'unique fois où il n'avait pas été en mesure de rendre coup pour coup, l'unique fois où il s'était avoué vaincu.

Il préférait passer trois ans de plus en prison plutôt que de montrer le moindre signe de faiblesse à l'homme qui était face à lui. Il ne lui ferait pas ce plaisir.

— Je comptais évidemment faire un nouveau portrait d'elle dès notre mariage, reprit Brundage.

Hawkes détacha enfin les yeux de la miniature.

— Ce miroir est neuf, n'est-ce pas ? dit-il nonchalamment. Je ne me rappelle pas l'avoir vu chez vous ni dans vos bureaux.

— Vous ne l'avez effectivement pas vu, répondit Brundage avec un sourire compatissant. Je l'ai acheté l'année dernière.

— Belle pièce, commenta Hawkes, faussement admiratif. Il a dû coûter cher.

Brundage hésita, comme à chaque intervention qu'avait faite Hawkes ce soir.

— Encore le démon du jeu ? ajouta ce dernier d'un air complice, comme s'il plaisantait.

Ce n'était pas le cas. Tout le monde ignorait – excepté Hawkes, pour qui rien n'était secret – que l'honorable comte de Brundage aimait parier gros et accumulait des dettes faramineuses.

Dettes qui, comme par magie, s'étaient évaporées avant la fin de la guerre – encore un secret que Hawkes avait déterré.

Brundage sourit faiblement.

— J'ai eu la chance de faire des placements avantageux, grâce aux excellents conseils de mon comptable.

— Tant mieux. Vous avez toujours su comment faire fructifier votre fortune, acquiesça Hawkes sur un ton chaleureux.

S'ensuivit un autre silence imperceptible.

Depuis le début de la soirée, Hawkes enchaînait les déclarations anodines qui pouvaient être interprétées de diverses manières, dans le but de déstabiliser Brundage.

Pour sa part, Hawkes était quasiment indigent. Il avait été contraint d'abandonner une fortune durement gagnée aux autorités françaises avant d'être emprisonné – c'était ça, ou le peloton d'exécution. La « justice » n'était en réalité qu'un commerce déguisé, tout homme qui se retrouvait à sa merci l'apprenait à ses dépens.

C'était Brundage qui avait habilement négocié cet arrangement. De l'avis général, Hawkes lui devait la vie.

Hawkes n'avait hélas pas la somme demandée pour sortir de prison, et les Français refusaient obstinément les propositions officielles de payer une rançon pour le faire libérer. Ils étaient trop contents d'avoir capturé un espion anglais d'une telle importance et voulaient le garder à leur merci quelques années, en le rouant régulièrement de coups pour le punir de sa témérité.

La prison de Verdun, où on l'avait enfermé au début, était acceptable, presque civilisée. Dans la forteresse de Bitche, où on l'avait jeté après une tentative d'évasion, régnait une violence qui brisait les prisonniers de l'intérieur.

Brundage avait proposé à Hawkes l'équivalent des trois quarts de sa fortune perdue, s'il retrouvait sa fiancée.

Cette somme importante était vraisemblablement censée effacer définitivement certaines... choses. Comme les soupçons de Hawkes. Sa curiosité. Son esprit d'initiative. Sa mémoire.

Dans la lueur flatteuse des flammes, le gigantesque miroir reflétait l'image des deux hommes, qui ressemblaient peu ou prou à ce qu'ils étaient avant l'arrestation de Hawkes : le cinquième comte de Brundage et M. Christian Hawkes – tous deux terriblement séduisants, brillants et compétents. Une belle paire.

À ceci près que Hawkes, un fils de marchand, avait commencé sa carrière dans l'armée en cirant les bottes de types comme Brundage. Il s'était rapidement élevé au rang de lieutenant, après quoi il avait été recruté par l'Alien Office[1]. On l'avait chargé de localiser les petits groupes de potentiels révolutionnaires et d'enrôler des agents et des informateurs. Il avait, ce faisant, affiné les outils les plus immoraux du métier – traîtrise, supercherie et mystification, corruption, brutalité et chantage – et peaufiné des talents plus

1. Service de renseignements. *(N.d.T.)*

prosaïques : gérer des budgets considérables et diriger des individus imprévisibles.

Il était doué et collectionnait les succès, si bien que, durant la guerre, le ministre de l'Intérieur l'envoya en Suisse et en Espagne, où il remplissait la fonction de chargé d'affaires auprès du comte de Brundage, qui venait d'être nommé ambassadeur en Espagne. En réalité, il avait pour mission de faire ce qu'il avait déjà fait en Angleterre : établir et superviser un vaste réseau d'espionnage, et contribuer ainsi à écraser Bonaparte.

Au début, Brundage ne réussissait pas toujours à cacher que ces activités le rebutaient, même s'il les savait nécessaires, et qu'à ses yeux Hawkes n'était qu'un manant grimé en homme du monde. Hawkes, lui, ne s'en préoccupait pas. Une ou deux fois cependant, il s'impatienta au point de laisser entrevoir à Brundage tout le mal qu'il pensait de lui : il le jugeait prétentieux, à peine capable de représenter leur pays. Mais tous deux étaient par nature diplomates, aussi leurs rapports étaient-ils empreints de courtoisie et d'humour. Brundage était conscient de la supériorité que lui conféraient son titre de noblesse, sa position sociale et son physique avantageux.

Jusqu'au soir où Hawkes et lui entrèrent en même temps dans une salle de bal. Tous les regards féminins se posèrent sur eux… et restèrent fixés sur Hawkes. À partir de là, les choses changèrent.

Quand Hawkes se trouvait dans les parages, Brundage devenait invisible aux yeux de tous, et il ne pouvait rien y faire. Hawkes frappait les imaginations, son charme agissait comme un whisky de contrebande : puissant, parfois nocif, délicieusement dévastateur. Quand il riait, ses yeux d'un bleu cristallin s'éclairaient comme le ciel lorsque le soleil perce les nuages. S'il était furieux, il vous glaçait le sang d'un seul coup d'œil. On glorifiait ses succès dans les journaux de Londres, on allait jusqu'à le qualifier de « héros ». Ses échecs étaient peu nombreux et gardés confidentiels.

On pouvait certes dire de son sens moral qu'il était flexible et variait en fonction des circonstances, mais au fond, il avait un sens de l'honneur inébranlable. La volonté de servir son pays guidait tous ses actes.

S'il avait été moins chevaleresque et moins orgueilleux, il aurait peut-être réalisé avant qu'il soit trop tard que, sous ses dehors nobles et élégants, Brundage était une pourriture.

À présent, Brundage s'était épaissi et avait le teint rougeaud. Hawkes, lui, avait maigri. Sa pâleur, due à son séjour en prison, soulignait ses traits accusés et élégants. Ses pommettes étaient plus saillantes, sa redingote moins bien ajustée, ce qui l'exaspérait – il avait toujours pris grand soin de sa tenue vestimentaire.

— Lady Aurélie a-t-elle encore des parents plus ou moins proches, ou des amis auxquels elle pourrait désirer rendre visite ? demanda-t-il.

— L'aîné de ses frères, Louis, est mort il y a dix ans. Son frère Édouard, quant à lui, s'est installé à Boston voilà quelques années. Les Bourbons sont certes remontés sur le trône[1], mais on l'a tenue éloignée de ses parents français. Elle ne

1. Louis XVIII régna d'avril 1814 à mars 1815, puis de juillet 1815 (après les Cent-Jours et la défaite de Waterloo) jusqu'à sa mort en 1824. *(N.d.T.)*

les connaît toujours pas, il n'y a pas longtemps qu'elle habite Paris. Son tuteur est actuellement en voyage de noces en Espagne, mais il comptait revenir à Paris pour notre mariage, puisqu'il était prévu que nous vivions ici un certain temps. Il était ravi de nos fiançailles.

Ravi surtout d'être débarrassé de sa pupille, songea Hawkes. Il était néanmoins digne d'éloge pour avoir assumé la responsabilité de trois enfants.

— Je crois que vous avez rencontré son tuteur, Jacques Le Clerc, poursuivit Brundage. Il était le chargé d'affaires de l'ambassadeur d'Espagne.

— En effet, je me souviens bien de Le Clerc. J'ai assisté à quelques réceptions dans sa résidence espagnole, quand je travaillais pour le Bureau de l'Intérieur.

Penser que la jeune femme disparue se trouvait dans la résidence, au moment où il était occupé à charmer les invités et glaner des secrets, était étrange. Dommage qu'il ne puisse pas remonter le temps pour la mettre en garde contre Brundage.

— Lady Aurélie a-t-elle une affectation particulière ou une caractéristique physique qui n'apparaît pas dans cette miniature ? Des taches de rousseur, une claudication, une bosse, des fossettes, des dents mal alignées ou manquantes ? Est-elle solidement charpentée ou fluette ?

— Elle a des dents de nacre et il n'en manque aucune, rétorqua Brundage, sarcastique. Elle a les cheveux bruns et les yeux bleus. Pas comme les vôtres, plus foncés. Elle a des cils...

Il s'éclaircit la voix :

— ... très noirs et très épais, tout à fait ravissants.

Hawkes avait extirpé de sa poche un crayon et un petit carnet.

— ... Plus... foncés... que les miens..., marmonna-t-il en écrivant.

— Et ce n'est pas un petit bout de femme, sa tête arrive à ce niveau, ajouta Brundage, appuyant le tranchant de sa main sous son menton anguleux, rasé de près et qui luisait comme le miroir.

Hawkes baissa le nez sur le carnet.

— Donc, elle m'arriverait à peu près... là, marmotta-t-il en appuyant sa propre main sur sa clavicule.

Il était rosse et s'en délectait. Brundage avait de nombreux griefs contre lui, mais c'étaient ces cinq centimètres supplémentaires à la toise qui l'irritaient le plus.

Brundage se pencha brusquement vers lui.

— Vous souvenez-vous de Thérèse d'Artois ?

Hawkes dut se raidir pour ne pas reculer de dégoût.

— Comment oublier Thérèse d'Artois ?

— La bouche d'Aurélie me rappelle la sienne. Elle a de quoi enflammer... l'imagination d'un homme.

— Ah..., fit Hawkes avec un petit sourire crispé.

Thérèse d'Artois était une courtisane installée en Espagne. Brundage avait tenté de l'attirer dans ses filets, et échoué. Elle avait en revanche invité à plusieurs reprises Hawkes dans son lit, une offre que seul un homme agonisant aurait déclinée.

Peut-être Thérèse était-elle encore une femme galante. Après tout, trois ans seulement s'étaient écoulés.

La prison altérait sérieusement votre notion du temps : elle le dilatait et les moments qui le composaient n'avaient plus ni début ni fin, ils fondaient et dégoulinaient comme la cire d'une bougie. Dans sa cellule, au fil des jours et des nuits interminables, Hawkes s'obligeait à reconstituer mentalement une journée ordinaire de sa vie et de s'en remémorer les différents instants comme s'ils étaient des joyaux dont il aurait fait provision.

Les minutes changeaient de couleur et d'éclat à mesure que le soleil montait puis déclinait dans le ciel, de l'aube nacrée au violet presque noir de minuit. Le crissement de la lame parfaitement aiguisée du coupe-chou sur sa joue barbouillée de savon à barbe. Un filet de café coulant dans une tasse, le tintement d'une petite cuillère contre la porcelaine pour dissoudre le sucre. Le globe satiné d'un sein de femme dans sa paume, son souffle chaud au creux de son cou quand il allait et venait en elle. Un enchaînement de sons et de sensations.

Il s'efforçait aussi, pour se distraire, de retrouver des sensations douloureuses, comme la piqûre de l'aiguille qui déposait de l'encre dans sa peau pour tatouer une dague sous son bras.

C'était une manière pour lui d'éviter de penser à la suite d'événements indélébiles qui avaient précédé son arrestation. S'il avait ruminé ces souvenirs-là en prison, il serait devenu fou. Mais ils palpitaient dans sa chair comme un deuxième cœur, ils battaient sans relâche comme des tambours de guerre.

Ironie du sort, tout avait commencé avec les objets étincelants et luxueux qui proliféraient dans la résidence de Brundage.

C'était tout un ensemble de choses. Une rumeur selon laquelle les dettes de jeu de Brundage avaient été payées. Une mystérieuse œuvre de bienfaisance figurant dans les livres de comptes de Brundage – la Société d'aide aux prisonniers de guerre anglais –, qui avait pris de l'ampleur puis périclité à la même époque. La surprenante défaite du général Blackmore – aujourd'hui le duc de Valkirk – à la bataille de Dos Montanas en Espagne. Un soupçon avait germé dans l'esprit pourtant désabusé de Hawkes. Il avait relié tous ces éléments et abouti à une conclusion stupéfiante qui se résumait en un mot.

Trahison.

Même un comte pouvait être pendu pour trahison. Hawkes était à deux doigts de le prouver quand on l'avait arrêté.

Brundage était le seul autre Anglais à savoir où et avec qui se trouvait Hawkes le jour de son arrestation à Cherbourg. Bien sûr, cela pouvait être une simple coïncidence.

Cela n'en était pas une.

Hawkes ne voyait pas comment il serait maintenant possible de le prouver, il n'était même pas sûr de devoir essayer de le faire. Brundage était probablement convaincu qu'il ne pouvait plus rien contre lui. Un autre homme jugerait plus sage de tourner la page, de se retirer au bord de la mer, de reprendre du poids et de chercher un poste de fonctionnaire, dans un bureau où il aurait le loisir de s'ennuyer et de bayer aux corneilles jusqu'à l'heure de sa mort.

Et pourtant… Tel un loup libéré du piège qui lui broyait la patte et qui retourne aussitôt là où il s'est fait coincer, il se tenait de nouveau devant Brundage.

— À vrai dire, à côté d'Aurélie, Thérèse d'Artois paraîtrait presque quelconque, reprit le comte, secouant la tête d'un air rêveur. Lorsqu'elle entre dans une salle de bal, les hommes en viennent aux mains ne serait-ce que pour obtenir un regard d'elle.

Il haussa l'épaule avec une humilité feinte.

— Étonnamment, elle m'a remarqué et je lui ai plu. Ç'a été réciproque, je l'ai convoitée à la seconde où j'ai posé les yeux sur elle.

Il s'interrompit.

Hawkes garda le silence.

— Vous savez comment c'est avec certaines femmes, s'acharna Brundage, posant sur lui des yeux étincelants. Je présume qu'après des années de prison vous êtes pressé d'en avoir une.

Hawkes le dévisagea froidement. « En avoir une. » Pour le comte, une femme était un vulgaire objet, comme ce vase en porcelaine qui chatoyait dans la lumière.

Brundage n'était qu'un malhabile qui l'asticotait pour le pousser à exprimer de la jalousie à son égard. Il voulait être témoin de la souffrance que des années d'enfermement et de célibat forcé lui avaient infligée.

Hawkes ne lui ferait pas ce plaisir.

Il n'éprouvait aucune émotion, hormis la fureur silencieuse qui le tenaillait. Survivre pendant ces trois dernières années avait exigé tant de force mentale, tant d'efforts surhumains pour réprimer ses instincts, que l'émotion ne se manifestait plus naturellement chez lui. C'était comme un membre ankylosé, dont on ne sait comment retrouver l'usage.

Il lui semblait que la prison avait fait les mêmes dégâts à son âme qu'une armée envahissant un village ennemi : elle incendie les récoltes et, après son passage, il ne reste qu'une terre brûlée.

C'était peut-être une bénédiction.

— La cendre de votre cigare, Brundage, prévint-il poliment. Elle va tomber.

Le comte, qui était un maniaque de l'ordre et de la propreté, tapota son cigare dans un bol sur la petite table de jeu placée entre eux. Une chinoiserie, visiblement, très chic pour un cendrier.

Hawkes, dans son cynisme, aurait parié que l'inattention de Brundage n'était pas due à l'angoisse que lui causait la disparition d'Aurélie – cela n'aurait pas été un motif suffisant pour qu'il prenne le risque d'impliquer Hawkes dans cette affaire. Tôt ou tard, il en aurait le cœur net.

— Y aurait-il un trait remarquable de la personnalité de lady Aurélie qui permettrait de la distinguer d'autres jeunes et belles aristocrates françaises en fuite ? demanda-t-il.

— Sa personnalité ? répéta Brundage, fronçant les sourcils comme si ce mot le déconcertait. Eh bien... elle a beaucoup de charme. Elle a un joli rire.

Il agita une main impatiente – devoir décrire sa fiancée de cette façon le mettait dans l'embarras.

— Elle a bien sûr des manières élégantes, parce qu'elle a reçu une excellente éducation. Et elle a des opinions, mais que valent les opinions d'une jeune femme de vingt et un ans qui ne se connaît pas elle-même ? J'admets cependant avoir fait preuve, dans ce domaine, d'une tolérance excessive. Quand on est amoureux, on est indulgent. Bref, elle est sans doute un peu trop intelligente pour son bien, et elle semble se délecter, comme toutes les jolies filles, de l'attention que lui porte la gent masculine. Cela l'amène parfois à… badiner, conclut-il d'une voix morne.

Il détourna le regard vers la cheminée. Un long silence s'installa. Hawkes remarqua qu'un muscle de sa mâchoire tressautait.

— Mais j'ai toujours pensé que le mariage et les enfants la guériraient de ces défauts, reprit Brundage.

— J'ignorais qu'on prescrivait le mariage comme remède à de fâcheux traits de caractère, rétorqua Hawkes sur le ton de la conversation. Personnellement, j'ai toujours pensé qu'il servait surtout à les révéler.

Brundage esquissa un faible sourire.

Hawkes avait effectivement pu observer suffisamment de mariages pour en conclure que ce que l'on se plaisait à appeler l'« amour » était en réalité, comme la justice, un commerce : une transaction entre un homme et une femme, chacun ayant quelque chose à y gagner.

Il n'était pas certain de croire en l'amour.

— En bref, poursuivit Brundage, le mariage lui ferait le plus grand bien. Dès le début, j'ai senti chez elle une tendance à la frivolité, que refrène la présence de son tuteur. Il semblerait malheureusement que cette intuition se soit confirmée. Et vous savez comment sont les jeunes femmes : elles ont le goût du mélodrame.

— Bien sûr, acquiesça Hawkes.

Il connaissait surtout les hommes et savait donc que les termes choisis par Brundage pour décrire sa fiancée en disaient plus long sur son propre caractère que sur celui d'Aurélie.

Or il connaissait bien, pensait-il, le caractère de Brundage.

Hawkes avait toujours témoigné aux jeunes femmes comme lady Aurélie la sollicitude circonspecte qu'il aurait pu montrer à un oisillon tombé du nid. Son charisme se manifestait avec une certaine délicatesse quand il dansait avec elles, il était flatté et amusé de les voir rougir.

Mais plus la guerre et ses fonctions l'accaparaient, plus ces jeunes femmes lui semblaient appartenir à une autre espèce, venue d'une terre inconnue, et parlant une langue qu'il ne savait plus parler ou peut-être qu'il n'était plus capable de parler. Une langue qu'il pourrait appeler l'innocence.

Lorsque l'occasion se présentait et qu'il en avait le désir, il fréquentait le lit de femmes à la morale aussi douteuse que la sienne l'était devenue au nom du devoir envers la patrie. Des femmes comme Thérèse d'Artois.

Hawkes se rendit soudain compte qu'il tenait le portrait d'Aurélie depuis si longtemps que le cadre arrondi avait laissé une marque en creux dans sa paume. Il le posa avec précaution sur la table de jeu.

Brundage y jeta un regard froid mais ne fit aucun geste pour le ramasser, comme pour punir Aurélie d'être partie.

— Vous pouvez la prendre avec vous, dit-il, montrant la miniature du menton. Si vous acceptez de m'aider à la retrouver.

Hawkes sentit ses muscles se contracter.

Lady Aurélie Capet était peut-être frivole, capricieuse et superficielle, mais elle était aussi très jeune et quasiment seule au monde.

Hawkes songea à sa propre sœur, à peine plus âgée qu'Aurélie, qui était mariée et vivait en Écosse. Il venait tout juste de lui écrire qu'il était enfin libre. Il pensa à sa mère, morte alors qu'il était en prison, et qu'il ne reverrait plus jamais.

Il fallait bien que quelqu'un accorde un semblant d'importance à l'unique portrait en miniature de lady Aurélie Capet.

Hawkes caressa un instant l'idée de refuser d'aider Brundage, juste pour le plaisir de le voir se décomposer. Refuser l'argent de ce type serait follement et délicieusement jouissif.

Mais il tendait déjà la main. Il referma les doigts sur la miniature, qu'il fit lentement glisser sur la table.

Il hésita une fraction de seconde, puis mit le portrait dans sa poche.

— Je la retrouverai, annonça-t-il d'un air assuré. Nous avons déjà discuté du salaire, mais je veux quinze pour cent de plus.

Brundage se raidit, sur ses gardes.

— Dix pour cent, rectifia-t-il. La moitié payable maintenant, le solde quand vous aurez mené à bien votre mission.

— Entendu. J'aurai en outre besoin d'un budget suffisant pour financer certains compléments de l'enquête. Il devra être établi avant ce soir. Prévoyez aussi au moins cinquante livres en liquide.

Le graissage de patte et le chantage, si on devait en arriver là, n'étaient pas bon marché.

— Il me faudra également une lettre signée de votre main demandant qu'on m'apporte tout le concours nécessaire. Cela au cas où une bouteille de gin ne réussirait pas à convaincre mon interlocuteur.

Brundage cilla.

— Très bien.

En réalité, rares étaient ceux qui résistaient au pouvoir de persuasion de Hawkes. Il avait une autre idée en tête, concernant la lettre de recommandation.

— Vous aurez peut-être la bonté de m'indiquer un cabinet comptable, enchaîna-t-il, pour m'aider à gérer mes affaires d'argent, puisque je vais les reprendre, et me conseiller des placements aussi fructueux que les vôtres.

Brundage le gratifia d'un sourire indulgent.

— Le cabinet londonien Harrigan & Fils travaille pour moi.

Trois ans auparavant, Brundage avait pour intendant un certain M. Markley. Hawkes l'avait amadoué pour qu'il le laisse jeter un coup d'œil aux registres de Brundage – son budget personnel et celui de l'ambassade. Il avait prétexté vouer au comte une admiration totale et désirer prendre modèle sur lui concernant la tenue de ses livres de comptes.

Cette fois-là, ce qui se produisait rarement, Hawkes était allé trop loin dans ses flatteries. Il avait l'impression que ses propos avaient été répétés à Brundage, qui raffolait des compliments.

Il avait aussi le sentiment que M. Markley avait été congédié au moment où lui-même avait été arrêté.

Brundage le dévisagea un instant sans rien dire, avant de conclure avec un petit sourire :

— Eh bien, c'est réglé. Si quelqu'un peut la retrouver, c'est vous. Après tout, ce n'est pas comme si vous deviez dénicher Cafard.

Hawkes réagit à cette remarque désobligeante en hochant lentement la tête. Cafard était le nom de code qu'utilisait l'Alien Office pour désigner un espion français – un véritable fléau – qui, à l'instar de l'insecte, n'avait pas son pareil pour se faufiler dans la moindre fissure et disparaître. Hawkes s'y était cassé les dents et cela lui restait en travers de la gorge. Tout ce qu'il savait, c'était que l'individu s'appelait Florian Vasseur, en supposant que ce soit sa véritable identité.

— Oui, je suis probablement le seul capable de la retrouver, rétorqua-t-il avec calme.

Brundage se raidit. Le silence s'installa et se prolongea, puis le comte écrasa rageusement son cigare.

Hawkes s'adossa à son siège pour savourer le sien. Il aimait bien se dissimuler derrière un rideau de fumée, particulièrement durant les conversations de ce genre, mais les rouages de son cerveau tournaient à toute allure.

— Qui est la dernière personne à avoir vu lady Aurélie ou à lui avoir parlé ? demanda-t-il.

— Sa dame de compagnie, Mme Aubert. Elle prétend ignorer où est Aurélie. Elle ment, bien sûr. On s'est occupé d'elle, naturellement.

Hawkes ne réagit pas. Avec son titre et sa fortune, Brundage avait l'habitude de commander et d'être obéi au doigt et à l'œil, tel un petit tyran. Il n'avait jamais eu à apprendre l'art de la stratégie, indispensable pour obtenir quelque chose quand on était dépourvu d'argent et de pouvoir. Et élaborer des stratégies signifiait comprendre d'abord que chaque être humain, aussi bien un voleur qu'un comte, était une énigme complexe.

— J'aurai un entretien avec elle, dit-il.

Brundage hocha la tête.

— Je vais devoir aborder une question peut-être délicate concernant les autres relations de lady Aurélie.

Une lueur mauvaise flamba dans les yeux de Brundage, mais il hocha de nouveau la tête.

— Ah... oui, je crois savoir à quoi vous pensez. La réponse est non. À ma connaissance, il n'y a pas d'autre homme dans la vie d'Aurélie. Elle a été très bien protégée, je ne vois pas comment elle aurait pu rencontrer quelqu'un que son tuteur ne lui aurait pas présenté.

— Une prisonnière, en quelque sorte, rétorqua Hawkes d'un ton jovial.

Brundage ouvrit la bouche... et la referma.

— En supposant qu'elle n'ait pas été enlevée, avez-vous une idée des raisons qui l'auraient poussée à partir ? Cela pourrait nous fournir une indication sur l'endroit où elle se trouve.

Brundage se figea, et Hawkes sentit des picotements dans sa nuque, signe qu'il approchait de la vérité.

Brundage jeta un coup d'œil au miroir et se détourna brusquement, comme si son reflet le dérangeait.

— Nous avons eu un... désaccord, il y a un mois environ, alors que nous nous apprêtions à dîner ensemble. Une querelle d'amoureux. Elle est obstinée, je vous l'ai dit. J'ai regretté ce qui s'était passé. Pour me faire pardonner, je lui ai offert un magnifique bijou qu'elle a accepté avec plaisir. Nous avons échangé des paroles tendres. Et trois semaines plus tard, elle avait disparu avec le bijou.

Hawkes nota avec intérêt qu'un muscle de la mâchoire du comte tressautait de nouveau.

Il s'inquiétait peut-être sincèrement pour Aurélie. Mais il était surtout furieux que sa fiancée ait disparu.

— Quelle sorte de bijou lui avez-vous offert ? Cela pourrait également nous donner une indication sur sa destination. En tirerait-elle un prix suffisant pour payer un voyage vers l'Angleterre, l'Amérique, la Chine, le...

— C'est un collier : une chaîne d'or avec, en pendentif, une émeraude encadrée de deux diamants. Si elle le vendait à quelqu'un d'honnête, elle aurait largement de quoi voyager. J'aimerais beaucoup récupérer ce collier, c'est un bijou de famille.

Hawkes dévisagea longuement Brundage à travers la fumée de son cigare. *Nous y voilà.*

— De quelle famille ? demanda-t-il nonchalamment.

Brundage le regarda fixement, puis émit un ricanement sec.

— Ah, Hawkes ! Bravo. Le collier ne m'appartient pas, ou plutôt pas tout à fait. Je l'ai emprunté à une famille française, avec l'intention de l'acheter pour Aurélie. Je n'avais pas encore pris ma décision, donc je ne l'ai pas payé. Ils ont quasiment tout perdu durant la Révolution et ont désespérément besoin d'argent. Sans doute ont-ils pensé que, s'ils me confiaient le bijou, je n'aurais plus le cœur de m'en séparer. Je croyais leur rendre service, voyez-vous.

— Bien sûr, rétorqua aimablement Hawkes. Comme vous m'avez rendu service en me sauvant la vie.

Brundage opina d'un air modeste.

— Il est question, figurez-vous, de me nommer ambassadeur d'Angleterre en France.

— Mais les autorités ne sont pas disposées à nommer un homme dont la fiancée a disparu ; une accusation de vol de bijou serait un scandale national et même international.

— Énoncer des évidences ne vous ressemble pas, Hawkes.

Brundage plaisantait, sans parvenir à cacher son irritation. Hawkes le gratifia d'un sourire apaisant. Agacer le comte était un plaisir incomparable.

Voilà pourquoi Brundage était si préoccupé et avait pris le risque de faire appel à lui. Il était vraiment dans le pétrin.

— Lady Aurélie a-t-elle de quoi payer un éventuel voyage de ses propres deniers ? Le collier était-il encore en sa possession la dernière fois que vous l'avez vue ?

— Son tuteur lui verse une allocation et, d'après ce que j'ai cru comprendre, elle doit justifier toutes ses dépenses. Il lui a également constitué une dot, à laquelle elle n'a évidemment pas accès. Quant au collier, elle le portait la dernière fois que je l'ai vue. Et tout semblait aller très bien entre nous.

Ce qui, manifestement, n'était pas le cas.

Durant près de quatre semaines après leur querelle, lady Aurélie avait réussi à convaincre Brundage que tout allait bien. C'était un tour de force.

Mais pourquoi avait-elle attendu aussi longtemps avant de prendre la poudre d'escampette ?

— Hawkes… les renseignements que je peux vous donner sont minces, j'en ai conscience. Je ne vous parais peut-être pas suffisamment bouleversé, mais, croyez-moi, je veux à tout prix la retrouver. En fait… cela me brise le cœur, soupira Brundage, désabusé.

Hawkes l'avait vu un jour s'en prendre à un laquais qui ne lui avait pas servi le brandy demandé. Il l'avait frappé d'un geste nonchalant et affecté.

— Je suis navré pour votre cœur, dit gravement Hawkes.

Brundage scruta son visage puis, une fois de plus, hocha lentement la tête.

Hawkes souffla un panache de fumée.

— Ces cigares me manquaient, Brundage. Vous aviez toujours le meilleur tabac et je vous en étais reconnaissant. Vous avez toujours eu des goûts raffinés dans tous les domaines, et j'imagine que la perte d'une aussi ravissante jeune femme vous affecte terriblement. Je suis impatient de m'adonner comme avant à mes vices préférés. Dès que j'aurai retrouvé votre merveilleuse fiancée.

Les mots exerçaient leur magie sur Brundage, qui ne se laissait pas facilement charmer, mais était friand de flatteries. C'était de cette façon que Hawkes s'était introduit dans le cercle restreint des diplomates français à Cherbourg, qu'il avait gagné leur confiance et leur amitié, et glané des renseignements qu'il avait ensuite transmis à l'armée anglaise.

Puis il s'était enfui dans la nuit, triomphant, laissant derrière lui des hommes humiliés et ruinés. Un héros pour ses compatriotes, un traître pour les autres.

Néanmoins, s'il était possible de retrouver lady Aurélie, il le ferait.

Il commencerait par en toucher deux mots à un quidam qui fréquentait un pub où les cochers de fiacre aimaient se réunir. Comme l'étincelle allume la mèche, la nouvelle se répandrait parmi les cochers, les poivrots et les ouvriers des docks, les employés, les femmes de chambre, les domestiques et les marchands des quatre-saisons, les patriotes, les bons à rien et les opportunistes qui remarquaient tout et ne disaient rien.

Sauf à Hawkes.

Quarante minutes après, Hawkes descendait l'escalier de la résidence que louait Brundage. Il avait dans une poche la lettre de recommandation signée du comte et dans l'autre des espèces sonnantes et trébuchantes.

Il était accablé de fatigue. Il lui faudrait au moins une dizaine de bonnes nuits de sommeil et d'excellents repas pour retrouver ses forces.

Il s'arrêta un instant dans le hall dallé de marbre, lançant un regard circulaire. C'était pour acheter ce genre de demeure qu'il avait économisé pendant des années – un rêve qui lui avait été arraché au moment de son arrestation.

— Si je peux me permettre, monsieur Hawkes... J'ai été navré d'apprendre ce qui vous est arrivé et je suis heureux de voir que vous êtes en bonne santé.

Hawkes pivota. Dans le salon attenant, un jeune laquais bien bâti et armé d'un plumeau l'observait.

Hawkes hésita une fraction de seconde avant de s'approcher de lui.

— Je crains de ne pas vous connaître, monsieur...

— Pike, monsieur. Benjamin Pike. Je n'ai pas oublié le geste que vous avez eu à mon égard, monsieur Hawkes.

Celui-ci le dévisagea et, brusquement, se souvint : la dernière fois qu'il avait vu cet homme, la colère et l'humiliation brûlaient dans ses yeux gris. Hawkes l'avait aidé à se relever après que Brundage l'avait assommé avec désinvolture.

— C'était naturel. Aucun homme ne devrait traiter ses semblables de cette façon.

Il se détournait quand Pike déclara poliment :

— Je vous remercie pour ces mots, monsieur. Mais ce soir-là, j'avais commis une erreur. Je m'étais trompé en remplissant le flacon.

Pike le regardait droit dans les yeux et parlait lentement, en détachant les mots.

— J'étais novice, monsieur, et j'ignorais certaines différences importantes.

Hawkes fronça les sourcils. Alors une illumination le frappa, aussi subitement que le faucon fond sur sa proie.

— Ce n'était pas du brandy, n'est-ce pas ? dit-il à voix basse. C'était du cognac.

Il se rappelait à présent que Brundage avait bu une gorgée de ce « brandy », puis brutalement retiré le flacon des mains de Pike.

Avant que Hawkes soit servi.

Sacré nom d'un chien !

Pendant la guerre, le cognac était en quelque sorte l'équivalent liquide de la trahison. On s'en procurait uniquement par les réseaux de contrebande.

Mais les Français pouvaient vous en offrir comme pot-de-vin.

Pike se remit à épousseter le portrait d'un ancêtre de Brundage, passant énergiquement le plumeau sur le crâne de l'aristocrate, ses yeux noirs et ses narines.

— Mon frère est mort à Dos Montanas, monsieur, chuchota-t-il d'une voix sifflante.

Une rumeur avait circulé dans les cercles gouvernementaux britanniques au sujet de la défaite du général Blackmore à Dos Montanas : quelqu'un, informé des mouvements des troupes anglaises, avait vendu ces renseignements aux Français. Rares étaient ceux qui les détenaient, or Hawkes et Brundage en faisaient partie.

À l'évidence, Pike ruminait ses soupçons depuis longtemps. Hawkes avait de l'admiration pour cet homme capable de dissimuler sa rancune afin de se venger à la première occasion.

Il prenait un risque considérable en se confiant à Hawkes, qu'il ne connaissait que de réputation.

Hawkes glissa une main dans la poche de sa redingote et prit un billet d'une livre. Il le cacha au creux de sa paume et, tournant sa main pour que Pike puisse l'apercevoir, le posa dans l'urne d'albâtre placée sous le tableau.

— Je suis profondément navré pour votre frère, monsieur Pike, murmura-t-il. Si vous ne répondez pas à la question que je vais vous poser, je considérerai que la réponse est affirmative. Aviez-vous, par inadvertance, versé du cognac de contrebande dans le flacon ? Et dans ce cas, savez-vous comment Brundage se l'était procuré ?

Pike acheva d'épousseter l'aïeul de Brundage puis s'attaqua à l'urne d'albâtre. Encore un objet tape-à-l'œil, comme le comte les aimait. Le visage de Pike était crispé. Hawkes l'entendit déglutir, puis il déclara, toujours aussi poliment :

— Monsieur, si vous désiriez acquérir une belle urne comme celle-ci, vous devriez rendre visite à M. Roland Guthrie, qui est marchand d'antiquités à Londres, dans Bond Street. On m'a envoyé à trois reprises dans sa boutique pour récupérer des objets comme celui-ci. (Pike passa le plumeau sur l'urne.) Ensuite, je les ai rapportés ici. Je n'ai pas vu d'échange d'argent. La dernière fois remonte à environ quatre ans. Durant l'une de mes visites, ce monsieur m'a offert à boire.

Hawkes hocha la tête. Une théorie se formait dans son esprit et s'il avait raison… c'était la pièce du puzzle qui lui manquait.

Merci à lady Aurélie, la jeune femme rebelle qui l'avait incidemment amené ici ce soir.

Il jeta un coup d'œil à l'escalier, derrière lui. Pas de Brundage en vue.

— Pike… avez-vous été témoin d'une querelle entre le comte et sa fiancée il y a environ un mois de cela ? Un certain mardi.

— Le premier mardi du mois, monsieur, c'est le jour de congé du personnel.

Pike plongea le plumeau dans l'urne, y glissa la main et, avec une dextérité remarquable, en retira le billet d'une livre.

Avoir affaire à des hommes intelligents et qui ne crachaient pas sur un petit billet vous simplifiait singulièrement la tâche.

— Je vous remercie, Pike. À bientôt.

2

— Je me demande si je ne devrais pas provoquer M. Barnabus Tweedy en duel, vu qu'il a pris ma place dans le cœur de ma femme.

Lucien Durand, vicomte de Bolt, murmurait ces mots d'un ton de reproche à son épouse. Ils étaient blottis dans leur lit, l'aube se levait à peine, et le Grand Palais de la Tamise s'éveillait.

— Ce n'est que temporaire, ronronna Angélique en caressant du bout des orteils le mollet velu de son mari. Mais rassure-toi, tu viens tout de suite après lui.

De l'autre côté du couloir, le capitaine Tristan Hardy, qui n'avait pas encore enfilé sa chemise, déposa un baiser sur les cheveux de son épouse qui bâillait, assise à sa coiffeuse.

— Tu n'as pas fermé l'œil de la nuit à cause de ce M. Tweedy, n'est-ce pas ? accusa-t-il. Tu n'étais pas aussi excitée la veille de notre mariage.

— C'est que j'avais déjà été mariée avant de te rencontrer, rétorqua Delilah d'un air faussement sérieux. Tandis que là, c'est la première fois que j'engage le laquais de mes rêves.

Car Delilah et Angélique, les propriétaires du Grand Palais de la Tamise, allaient faire leur demande à M. Barnabus Tweedy et étaient quasiment sûres qu'il accepterait.

À Londres, engager de bons domestiques était une compétition féroce. Or, les attraits qu'offrait le Grand Palais de la Tamise – un salaire convenable, un labeur incessant et parfois pénible, un environnement extraordinairement bienveillant, une nourriture excellente et abondante, une chambre confortable dans un établissement situé au cœur d'un quartier où l'on ne risquait pas beaucoup plus qu'ailleurs d'être poignardé au coin d'une rue – les obligeaient à se battre pour y obtenir une position. Delilah et Angélique se plaisaient à penser que le Grand Palais de la Tamise donnait du cachet au quartier des docks, surtout depuis qu'elles avaient enfin réussi – grâce aux scones d'Helga – à convaincre les ivrognes du coin d'aller se soulager ailleurs.

Elles s'accrochaient à l'espoir que le laquais idéal tomberait amoureux du Grand Palais de la Tamise et serait disposé à rogner sur son salaire et son bas de laine pour le pur bonheur d'y travailler.

Jusqu'ici, un candidat avait volé une cuillère, et le capitaine Hardy l'avait pourchassé dans la rue pour la récupérer – il s'en était servi pour le gifler. Un autre postulant, qui semblait prometteur, avait tranquillement passé sa main sur la croupe d'Angélique, au moment où il prenait congé après son entretien d'embauche, comme si, soupesant le poste et le postérieur, il avait décidé que ce dernier l'emportait. Helga, la cuisinière, l'avait jeté dehors à coups de rouleau à pâtisserie. Un troisième candidat empestait le gin, un quatrième n'avait pas la moindre idée de ce qu'était le rôle d'un laquais, et les autres étaient stupides ou grossiers.

Le capitaine Hardy et lord Bolt donnaient volontiers un coup de main pour exécuter les tâches incombant normalement à un laquais, mais ils avaient leurs propres activités – leur bateau, la Compagnie Triton, et le commerce d'importation et d'exportation. En outre, ils n'étaient pas du genre à obéir docilement à leurs épouses, ni à quiconque d'ailleurs.

Depuis l'inauguration du Grand Palais de la Tamise, Angélique et Delilah avaient relevé bien des défis, toujours avec brio. Mais plus la quête du laquais idéal se prolongeait, plus elles craignaient d'essuyer leur premier échec.

C'était alors que M. Tweedy avait fait son entrée.

Il avait un long visage anguleux, des yeux bruns et pétillants, un sourire qui découvrait une dentition impeccable, et des mains en forme de battoirs. Un taureau lui aurait envié ses épaules et son cou.

Angélique et Delilah avaient acquis le réflexe de jauger les hommes selon leur taille – il fallait être grand pour laver les vitres ou ficher les chandelles dans les appliques murales les plus hautes. Or la tête de M. Tweedy (garnie de cheveux bruns coupés en brosse) frôlait presque le linteau de la porte. Il serait capable d'aller faire les courses, de trimballer de lourds fardeaux, et au besoin d'assommer un intrus. Peut-être même manierait-il le marteau à l'occasion – ce dont s'étaient jusqu'ici chargés leurs maris et leur ancien pensionnaire américain, M. Hugh Cassidy, qui aimait pratiquer des activités physiques pour se dépenser et était aussi énergique qu'un grand chien en pleine santé[1].

---

1. Cf. *Le Palais des Vauriens 3 – Rendez-vous au clair de lune.*

M. Tweedy ne hanterait vraisemblablement pas les rêves des femmes de chambre. Celles-ci avaient néanmoins une imagination débordante, en particulier Dot, qui abreuvait leurs esprits des potins mondains dont elle dévorait les rubriques dans la cuisine, et des romans terrifiants qu'elle lisait à voix haute le soir dans le salon. Angélique les avait surprises en train d'écouter à tour de rôle sur le divan rose du salon de réception, au lieu de faire la poussière.

Si Angélique et Delilah s'étaient immédiatement éprises de M. Tweedy, elles n'avaient pas été imprudentes. Elles avaient posé les questions indispensables.

— Pourquoi éprouvez-vous le besoin de quitter votre place actuelle, monsieur Tweedy ?

Il était resté un instant silencieux et très digne, le front plissé comme s'il était en proie à un grand tourment intérieur.

Elles avaient commencé à trembler.

— Je n'aime pas cancaner, voyez-vous, avait-il répondu d'un ton hésitant, et jamais je n'aurais l'idée de colporter des ragots à votre sujet ni au sujet de votre établissement… Ce serait vraiment maladroit, n'est-ce pas ? Je suis en principe la discrétion même. C'est donc avec réticence que je vous en parle, et je compte sur votre silence…

— Nous comprenons, bien sûr.

Elles étaient sur des charbons ardents.

— Je souhaiterais, je l'avoue, travailler dans une maison plus paisible et plus… raffinée. Cela vous surprendra peut-être, mais les demeures de comtes et de vicomtes ne sont pas toujours…

Il avait fermé les yeux, les avait rouverts et s'était penché en avant pour chuchoter :

— Seigneur Dieu, de tels... *égarements*...

Elles s'étaient efforcées de ne pas paraître trop captivées.

— Je ne m'oppose naturellement pas à ce qu'on s'amuse, néanmoins les fêtes que donne mon employeur accueillent des...

Il s'était interrompu et s'était éclairci la voix :

— ... des créatures qui ont tendance à glapir et rire à gorge déployée. Le chahut est tel que, dans leurs quartiers au dernier étage, les domestiques ont du mal à dormir, ce qui les empêche, le lendemain, de travailler correctement. Or je n'ai qu'un but dans la vie : faire du bon travail.

Elles fixaient sur lui un regard limpide et plein de sollicitude.

— Il est difficile de savoir ce qu'attend de nous un employeur qui est souvent indisposé à force de... d'ingurgiter des... spiritueux.

Ce terme les avait fait frissonner de plaisir. Non seulement M. Tweedy employait des mots de quatre syllabes, mais il avait prouvé qu'il était capable de les écrire et de bien les orthographier.

— Pour être sincère, je crois que j'ai décidé de chercher une autre position quand j'ai trouvé... pardonnez-moi de parler crûment...

Il avait de nouveau toussoté et soupiré :

— ... un bas de soie pendu au lustre.

Ses joues avaient rosi.

Il était vraiment charmant.

Delilah et Angélique avaient salué sa confession par le silence scandalisé que, de toute évidence, il attendait.

— Nous ne nous opposons pas non plus à ce qu'on s'amuse, monsieur Tweedy, avait ensuite déclaré Delilah, mais vous ne verrez que des pendeloques de cristal pendues à nos lustres.

— Il faut dire que nous ne visons pas assez bien, avait ajouté Angélique.

Elles avaient ri gaiement et, Dieu merci, M. Tweedy les avait imitées.

— Je cherche un employeur assez mûr et raisonnable pour tenir fermement le gouvernail. Le concept de pension de famille me plaît beaucoup. Et les soirées musicales… Quelle magnifique idée ! Et puis, dans ce quartier, l'air marin est si vivifiant, avait-il conclu avec un brin de mélancolie.

M. Tweedy était manifestement sur le point de tomber amoureux du Grand Palais de la Tamise.

— Si vous avez envie de raffinement, nous avons une cagnotte à gros mots dans le salon. Chez nous, les bonnes manières sont de rigueur. Nos hôtes, ainsi que le personnel, savent que nous faisons le maximum pour qu'une atmosphère paisible règne dans notre maison, et qu'ils se sentent en sécurité chez nous. Nous aimons la gaieté et la bonne humeur, mais nous détestons le vacarme, avait expliqué Delilah.

Elles avaient à dessein omis de mentionner M. Delacorte, qui avait quasiment creusé un chemin entre sa table d'échecs favorite et la cagnotte à gros mots. Pour le dire avec diplomatie, il fallait connaître M. Delacorte pour l'apprécier.

— Et votre règlement ! avait soupiré M. Tweedy avec ravissement. Tellement intelligent et approprié. Il devrait être encadré.

Le règlement dont M. Tweedy avait vanté les mérites était imprimé sur bristol, remis à chaque pensionnaire et déposé dans toutes les pièces de la demeure. Il stipulait :

Nos hôtes dîneront ensemble au moins quatre fois par semaine.

Après le dîner, au moins quatre fois par semaine, nos hôtes se réuniront dans le salon. Cela afin de créer l'esprit de camaraderie, l'atmosphère chaleureuse et familiale que nous souhaitons pour le Grand Palais de la Tamise.

Nos hôtes seront respectueux et courtois les uns envers les autres, ce qui n'exclut pas les discussions animées.

Nos hôtes sont autorisés à recevoir dans le salon.

Le couvre-feu est à 23 heures. La porte sera verrouillée et quiconque voudra rentrer après 23 heures devra attendre le matin.

Si les propriétaires estiment qu'une ou plusieurs infractions au règlement justifient votre renvoi, vous trouverez dans le hall, près de la porte d'entrée, vos affaires soigneusement emballées. Le reliquat de votre loyer ne vous sera pas remboursé.

Une nouvelle clause avait été ajoutée récemment :

Les messieurs peuvent fumer exclusivement dans le fumoir.

M. Delacorte n'avait commis cette erreur qu'une seule fois, mais on pouvait craindre que cela se reproduise. Mieux valait donc prévoir.

— Les règles sont tellement pertinentes, avait repris M. Tweedy.

— Nous sommes ravies d'entendre cela. Et votre idée est fabuleuse, monsieur Tweedy. Nous pourrions accrocher le règlement dans chaque pièce, peut-être brodé au point de croix, avait déclaré rêveusement Angélique. Nous sommes toujours attentives aux suggestions de nos employés.

— C'est si agréable d'être écouté, avait-il soupiré, de nouveau mélancolique.

— Nous en avons tous besoin, avait rétorqué Delilah avec chaleur.

Elle s'était retenue de lui tapoter amicalement le bras.

M. Tweedy les avait informées qu'il était obligé de rencontrer deux autres employeurs potentiels – dont l'un était un marquis, avait-il ajouté avec une modestie de bon aloi –, mais il avait accepté de revenir dans une semaine pour visiter la pension et faire la connaissance de l'équipe au grand complet. Elles-mêmes devaient de leur côté recevoir les autres candidats, avaient-elles répliqué – c'était un mensonge, car bien que M. Tweedy leur ait vraiment plu, elles restaient des femmes d'affaires.

C'était donc aujourd'hui qu'aurait lieu la deuxième entrevue, et à moins que M. Tweedy n'arrive ivre, ou pince une croupe, ou escamote une cuillère, elles comptaient bien l'engager.

Et ce n'était pas tout. On attendait l'arrivée, dans une semaine, de M. Bellingham, un pasteur qui avait entendu parler du Grand Palais de la Tamise grâce à ses paroissiens, M. et Mme Farraday[1] – deux des tout premiers clients de la pension –, qui lui en avaient chanté les louanges. M. Bellingham avait écrit à deux reprises pour demander des renseignements. Ses lettres étaient pleines d'esprit, émaillées de réflexions philosophiques et d'anecdotes charmantes sur une poule particulièrement intelligente baptisée Eleanor, si bien que Delilah et Angélique les avaient lues à haute voix aux autres pensionnaires, le soir dans le salon. Tous les occupants de l'établissement avaient déjà de la sympathie pour M. Bellingham et étaient impatients de le rencontrer.

M. Delacorte était même prêt à accepter la présence d'un pasteur. Après tout, il avait supporté un duc et un comte, ce qui n'avait pas été une mince affaire. Il se plaisait à penser que côtoyer ce genre de personnages lui permettait d'affiner sa nature – une tâche qui équivalait à transformer le charbon en diamant et qui, dans d'autres circonstances, aurait pris des siècles. Il affirmait que les dames du Grand Palais de la Tamise arrondissaient ses angles.

« Finalement, le duc de Valkirk s'est révélé un chic type, concédait-il. Et son mariage, quelle belle fête ! Je chante encore en me rasant le refrain de la chanson que mademoiselle Wylde avait composée. Vous vous souvenez ? “J'ai un balai dans le... *CLAP !*... et de la neige dans les cheveux.” Ils me manquent, tous les deux[2]. »

M. Delacorte était un sentimental. Chaque fois qu'un pensionnaire partait, il était inconsolable.

1. Cf. *Le Palais des Vauriens 1 – Lady Derring prend un amant.*
2. Cf. *Le Palais des Vauriens 4 – La cantatrice.*

Il avait beaucoup d'affection pour le capitaine Hardy et lord Bolt, au point qu'il était devenu leur associé. Il serait bientôt le parrain de l'enfant de M. Hugh Cassidy, et personne n'avait encore réussi à remplacer l'Américain dans son cœur. Comme lui, M. Cassidy était raisonnable et économe, et il était toujours partant pour une soirée au pub, à brailler des chansons grivoises, assister à une course d'ânes ou applaudir les courageux qui s'amusaient à pourchasser des cochons enduits de graisse.

Bref, dans l'ensemble, l'atmosphère qui régnait actuellement au Grand Palais de la Tamise était aussi sémillante et pleine d'espoir que le premier jour du printemps.

— Bonjour, chuchota Delilah à Angélique, lorsqu'elles se rejoignirent dans le boudoir du premier étage – la pièce où elles se retrouvaient tous les matins et tous les soirs pour discuter des événements de la journée. J'espère que nous nous souviendrons d'aujourd'hui comme du Jour du Nouveau Laquais. Vous êtes magnifique.

Delilah et Angélique étaient si enchantées par leur trouvaille que chacune avait commandé une nouvelle robe – leur première robe neuve depuis bien longtemps. Delilah avait choisi une soie bronze, Angélique avait préféré une soie émeraude.

— Merci, vous aussi, rétorqua Angélique. Ces manches bouffantes convaincront certainement M. Tweedy qu'il ne trouvera pas de meilleurs employeurs que nous.

Étouffant un rire, Delilah noua autour de sa taille le tablier qui protégerait sa belle robe.

— Madame Hardy ! Madame Durand !

Toutes deux pivotèrent. Dot montait l'escalier au pas de charge, visiblement très excitée.

— Nous avons une lady dans le salon de réception. Et quand je dis une lady, je n'exagère pas. Je veux bien manger mon bonnet si elle n'a pas un titre de noblesse. Mais... elle dit s'appeler simplement Mme Gallagher.

— Je suppose qu'Helga pourra rendre votre bonnet comestible, si on doit en arriver là, déclara Angélique, redressant d'un doigt le bonnet de Dot, qui était de guingois. Comestible signifie mangeable, précisa-t-elle.

— Co-mes-ti-ble, répéta Dot.

Dépeindre Dot n'était pas facile. Elle collectionnait les mots, elle avait été la pire femme de chambre du monde, elle était souvent dans les nuages, elle raffolait des romans gothiques, elle laissait tomber les plateaux à thé, elle était indéfectiblement gentille et loyale, et elle provoquait invariablement chez les autres la perplexité, l'amusement et l'exaspération. Elle était indispensable au Grand Palais de la Tamise.

D'autant qu'elle savait faire la différence entre les ladies et celles qui n'étaient pas des ladies.

— Vous n'ignorez pas, Dot, que j'ai été autrefois mariée à un comte, fit remarquer Delilah. Peut-être est-ce le cas de notre visiteuse ?

— Vous pensez qu'elle aussi a épousé quelqu'un comme le capitaine Hardy ?

— Eh bien, dans la mesure où il n'y a qu'un capitaine Hardy...

« Et il est à moi », ajouta Delilah dans son for intérieur. Mais, comme elle avait bon cœur, elle souhaitait à tous de vivre un aussi grand amour.

— C'est sa manière de se tenir, voyez, et de parler, expliqua Dot. Elle est très jeune et très jolie, et ses vêtements – de demi-deuil[1], apparemment – sont de bonne qualité. Elle a un très beau teint, mais elle est...

Dot s'interrompit et, cachant sa bouche derrière sa main dans un geste théâtral, chuchota :

— ... seule.

— Ah, c'est intrigant. Pas de compagne de voyage ou de femme de chambre ? demanda Angélique.

— Elle a une malle, mais pas de domestique.

— Hmm..., fit Delilah, dubitative. Les veuves peuvent parfois voyager seules. Regardez Mme Pariseau.

Mme Pariseau était l'une des premières pensionnaires à avoir élu domicile au Grand Palais de la Tamise. Cette fringante veuve d'âge mûr était dotée d'un redoutable sens de l'humour, d'une ouverture d'esprit parfois déconcertante, et de spectaculaires mèches blanches dans ses cheveux noirs. Quand elle en avait assez de ses copensionnaires, elle caracolait dans Londres avec ses nombreux amis en dépensant allègrement l'argent de son défunt mari.

— Mme Gallagher a un peu l'air de... J'ai toujours pensé que les dés avaient le tournis quand on les faisait rouler. Eh bien, elle a un peu cet air-là.

---

1. En Angleterre, le demi-deuil est la troisième étape du processus de deuil, durant laquelle il est autorisé de remplacer les vêtements noirs par des couleurs plus claires, comme le gris, le mauve ou la lavande. *(N.d.T.)*

Delilah et Angélique échangèrent un regard.

— Vous imaginez toujours ça, Dot ? rétorqua Delilah.

Entrevoir les rouages du cerveau de Dot surprenait toujours.

Cette dernière hésita.

— Oui, quand je pense aux dés, répondit-elle avec circonspection.

Delilah et Angélique en restèrent pantoises.

— On dirait qu'elle a été bousculée, vous comprenez, comme les dés sont bousculés quand on les fait rouler, insista Dot. Et maintenant, elle s'arrête, elle essaie de reprendre sa respiration, et elle est soulagée mais un peu étourdie.

La description était parlante, et Delilah et Angélique se représentèrent aussitôt la jeune femme. En matière de bousculade, Dot était une experte. La liste des objets qui lui échappaient des mains ou qu'elle percutait était longue, et le plateau à thé venait en tête.

— Vous irez lui parler, s'il vous plaît ? demanda-t-elle, joignant les mains. Elle semble si gentille. Je lui ai dit que c'était un établissement distingué et que vous voudriez d'abord vous entretenir avec elle.

« Distingué » était l'un des mots préférés de Dot. Elle adorait, quand elle le proférait, voir l'expression des gens changer.

— Bien sûr, nous descendons. Vous apporterez le thé, n'est-ce pas ? Et demandez à Helga s'il lui reste quelques scones. Il n'y a pas mieux que ça pour vous revigorer.

Ravie, Dot s'en fut d'un pas sautillant vaquer à ses deux occupations favorites : servir le thé et accueillir d'éventuels nouveaux pensionnaires.

3

Loin de se douter qu'elle était le sujet de conversation d'Angélique et de Delilah, l'éventuelle nouvelle pensionnaire faisait les cent pas dans le salon de réception en marmonnant : « Comment allez-vous ? Je suis Mme Mary Gallagher. Bonjour, comment allez-vous ? Je m'appelle Mary Gallagher. Comment vous portez-vous ? Je me présente, je suis Mme Mary Gallagher. »

Pendant la traversée de Calais à Douvres, une certaine Mary Gallagher avait expliqué à Aurélie comment négocier le prix d'un morceau de bœuf avec un boucher. Malgré ses soucis, Aurélie avait été fascinée par la finesse de son esprit. Elle n'avait jamais eu ce genre de discussion avec quiconque. Son chemin n'était pas censé croiser celui de femmes qui, comme Mary Gallagher, savaient marchander, entre autres choses sidérantes.

Aurélie avait, elle, appris à décliner des phrases dans cinq langues différentes, à broder, peindre et jouer du pianoforte – des talents à cultiver pour préparer une jeune aristocrate au mariage.

Longtemps, Aurélie n'avait pas remis cet usage en question. Mais elle était à présent convaincue qu'il s'agissait d'un subterfuge pour empêcher les jeunes femmes de l'aristocratie d'apprendre à tirer et à tuer.

Il y avait maintenant un mois et trois jours que ses certitudes avaient volé en éclats. Or comment faire son chemin dans l'existence si l'on ne pouvait plus se fier au principe qu'un homme était nécessairement un gentleman, une femme une lady, ou que telle personne était bonne et telle autre mauvaise ? Comment se débrouillait-on ? Dire qu'elle avait dû s'aventurer dans le monde à l'aveuglette, au moment même où elle prenait brutalement conscience qu'elle en ignorait tout ! Quelle ironie !

À travers la vitre crasseuse du fiacre, elle avait scruté les visages des passants comme si c'était la première fois qu'elle voyait des êtres humains. Elle avait réalisé que chaque individu renfermait probablement un univers insondable.

Il en allait de même pour elle.

Une malle remplie de vêtements qui ne lui appartenaient pas, un collier d'émeraude et quelques lettres : voilà tous ses projets d'avenir et ses espoirs. Mais, en même temps, elle en découvrait beaucoup sur elle-même. Elle avait par exemple appris à transformer la terreur, la honte et la rage en une froide et méthodique détermination.

Cela faisait plus d'un mois qu'elle dormait très peu. Ses nerfs étaient aussi tendus que des cordes de pianoforte, et tout son être semblait vibrer sur une seule note impérieuse qui étouffait toute pensée, émotion ou impulsion n'ayant pas de rapport avec son évasion.

Elle avait emprunté le nom de Mary Gallagher parce qu'il était simple et crédible – le genre de nom que portaient des milliers de femmes. Dans l'immédiat, Aurélie voulait par-dessus tout se fondre dans la masse, tel un brin d'herbe dans une prairie. Pour sa sécurité, elle devait être invisible.

Après avoir brûlé le pavé des rues de Londres en n'évitant aucune ornière, le cocher, qui avait été bavard comme une pie pendant tout le trajet, l'avait déposée devant un petit immeuble étincelant comme une perle au milieu des bâtisses noires de suie du quartier des docks.

Le vent marin s'engouffrait sous sa capuche, lui piquait les joues et les paupières. Elle adorait ça. Au-dessus de sa tête, des gargouilles sans prétention, accroupies au bord du toit, surveillaient un petit jardin entouré d'une grille en fer forgé. L'enseigne fraîchement repeinte se balançait au bout de chaînes qui, par on ne savait quel miracle, ne grinçaient pas.

Le Grand Palais de la Tamise. Un nom pompeux, qui lui avait plu. En regardant plus attentivement l'enseigne, elle avait distingué sous la peinture l'ombre du mot « Vauriens », et cela lui avait plu aussi. L'établissement ne voulait pas ressembler à ce qu'il était autrefois. Elle était dans le même cas.

Une domestique aux grands yeux bleus et à l'air un brin ahuri l'avait priée d'attendre dans un joli petit salon de réception où tout paraissait légèrement flétri, comme une aquarelle dont les couleurs commencent à se faner.

Aurélie entendit soudain des talons claquer sur les dalles du hall, et se retourna vivement vers la porte. Elle devait avoir un entretien, lui avait-on dit, avec une Mme Hardy et une Mme Durand avant qu'on lui donne une chambre.

Deux dames élégantes arborant un grand sourire entrèrent. Il émanait d'elles tant de calme et d'assurance que l'étau qui comprimait les côtes d'Aurélie depuis des jours se desserra quelque peu.

— Bonjour, je suis Mme Hardy, déclara la brune.

Aurélie n'avait jamais appris à analyser le visage de ses interlocuteurs pour y déceler des traces de bonté. Elle avait longtemps cru que la gentillesse était la norme, mais elle était beaucoup plus prudente à présent. Il lui sembla cependant lire une sincère bienveillance dans les yeux noirs et doux de Mme Hardy.

— Et je suis Mme Durand, dit la blonde.

Elle aussi paraissait gentille. Elle était vêtue d'une robe verte qui donnait de l'éclat à ses yeux noisette. Mme Durand et Mme Hardy étaient harmonieusement assorties.

Toutes trois firent de gracieuses courbettes.

— Comment allez-vous ? Je suis Mme Mary Gallagher, annonça Aurélie d'un ton qu'elle pensait chaleureux et assuré.

Elle débitait des mensonges depuis des jours – aux aubergistes et à leurs clients, aux passagers durant la traversée. Cela devenait si facile que c'en était alarmant.

— J'espère que je ne vous ai pas interrompues ? Votre domestique… Je crois qu'elle a été un peu… étonnée de me voir ?

Elle écarquilla les yeux, battant des cils pour imiter Dot.

Ses deux interlocutrices lui sourirent.

— Oh, ne vous inquiétez pas pour Dot, répondit Mme Hardy. Elle a toujours cet air-là. Un rien l'ébahit. Elle était simplement ravie de rencontrer une éventuelle nouvelle pensionnaire aussi charmante que vous.

Aurélie rosit de plaisir, notant toutefois le « potentielle ».

Elle parviendrait à séduire ces deux femmes. Elle voulait rester ici. En fait, elle voulait surtout se retrouver seule dans une chambre.

— Asseyez-vous donc, madame Gallagher.

— Oh… oui, merci.

Elle se posa au bord du divan rose et croisa ses mains sur son giron, les genoux serrés et les pieds bien parallèles, tendue comme les ressorts du siège agréablement rembourré. Elle n'osait pas s'appuyer contre le dossier. Lui faudrait-il toujours se tenir sur le qui-vive, prête à bondir et déguerpir ? Elle sentait son cœur cogner dans sa poitrine, comme un lièvre pris au piège.

Toutes trois s'étudièrent un instant, chacune arborant une expression légèrement satisfaite et pleine d'espoir.

— Ce salon est ravissant, dit Aurélie.

Toujours commencer par un compliment.

— Nous sommes heureuses qu'il vous plaise. Un jour, le roi s'est assis sur ce divan, déclara Mme Durand avec un sourire.

— Oh, mon Dieu…, lâcha Aurélie par politesse.

Était-ce vrai ? Elle dut résister à l'étrange tentation de se lever.

Elle n'était pas dupe : il lui faudrait déployer tout son charme et recourir à la flatterie pour mériter le siège sur lequel le roi d'Angleterre avait un jour posé son auguste postérieur.

— Votre domestique... Dot, m'a informée que vous dirigiez un établissement distingué. Je m'en félicite, car on se sent davantage chez soi dans ce genre d'endroit. N'est-ce pas ? Mais Dot m'a également dit que vous souhaiteriez me poser quelques questions. Si vous m'interrogez sur les verbes latins, je crains fort de me couvrir de honte et d'être refusée dans votre pension. Faites-moi plutôt passer une épreuve de tir à l'arc. J'ai remporté un petit trophée il y a quelque temps.

Mme Durand et Mme Hardy se mirent à rire, visiblement enchantées et un peu surprises.

Tout à coup, l'atmosphère se réchauffa. Elles étaient toutes les trois des ladies, elles en avaient maintenant la certitude. Autrement dit, elles avaient la même éducation, les mêmes divertissements et la même manière de s'en moquer avec humour. Latin, tir à l'arc, broderie, aquarelle et tout le reste. Elles possédaient un langage commun, et se sentaient soudain plus enclines à se faire confiance.

Même si Aurélie le voyait avec un brin de cynisme.

Que se passerait-il si elle demandait à Mme Hardy et Mme Durand si elles savaient se servir d'un pistolet ? Elle avait une envie folle de leur demander si elles savaient combien le monde était dangereux et imprévisible.

— Ah, le latin ! s'exclama Mme Hardy. Pourquoi nous l'a-t-on infligé en classe ? Et pourquoi faut-il continuer à torturer les élèves avec le latin ?

— Et pourquoi n'avons-nous pas pensé à soumettre nos hôtes à une série d'épreuves, comme Hercule ? enchaîna Mme Durand. Séjourner au Grand Palais de la Tamise se mérite. Quoique, si nous organisions un concours de gros mangeurs, notre M. Delacorte gagnerait à tous les coups.

— Oh, manger ! s'exclama bêtement Aurélie.

Elle était exténuée.

Mme Hardy et Mme Durand l'observaient avec un petit sourire.

Brusquement, un frisson glacé la parcourut : quelque chose se déplaçait à la limite de son champ de vision, lequel s'était considérablement élargi depuis qu'elle était en fuite. Le danger avait aiguisé ses sens, elle avait maintenant l'instinct de l'écureuil, du lapin ou de n'importe quel gibier.

Mais ce n'était que Dot qui, un plateau à thé dans les mains, arrivait à pas lents et glissés, telle une dame d'atour portant la traîne de la reine.

Elle était aussi grave et concentrée qu'un prêtre balançant l'encensoir.

Fascinée, Aurélie la regarda avancer. Mme Hardy et Mme Durand la regardaient aussi, le front plissé.

Parvenue enfin à destination, Dot s'arrêta et, avec une extrême lenteur, baissa le plateau.

Bizarrement, Mme Hardy et Mme Durand parurent retenir leur respiration.

Quand le plateau fut enfin sur la table, intact, Dot recula d'un bond et battit des mains.

Aurélie sursauta, lança un coup d'œil à Mme Hardy et à Mme Durand. Devait-elle applaudir ? Était-ce une cérémonie du thé à l'anglaise, qu'on aurait omis de lui enseigner ?

— Bravo, Dot, commenta Mme Hardy.

Impassible, elle s'empressa de tendre à Aurélie un scone sur une petite assiette.

— Madame Gallagher… voulez-vous servir le thé ?

— Volontiers.

Elle réalisa aussitôt qu'elle n'aurait pas dû accepter, car quand elle souleva la théière, elle s'aperçut que ses mains tremblaient.

Les propriétaires de la pension le remarquèrent forcément.

— Eh bien, nous ne vous demanderons pas de nettoyer les écuries d'Augias, déclara Mme Durand en saisissant sa tasse.

Elle n'avait manifestement aucun doute sur le fait qu'Aurélie, en lady bien éduquée, savait qui était Augias.

— Voyez-vous, poursuivit-elle, les pensionnaires qui restent chez nous un certain temps font en quelque sorte partie de la famille. Nous tenons par-dessus tout à ce que l'atmosphère dans notre maison demeure gaie et conviviale, et que tout le monde se sente en sécurité. C'est pourquoi nous aimons avoir un petit entretien avec chaque personne qui franchit notre porte. Nous nous assurons ainsi que tout nouvel arrivant se plaira chez nous et que nos hôtes actuels pourront continuer à profiter de leur séjour.

C'était dit aimablement, et cela paraissait tout à fait sensé.

Mais c'était aussi une sorte de défi.

Or Aurélie avait découvert, parmi tant d'autres choses, qu'elle était plus têtue qu'elle ne le pensait et que, quand on lui lançait un défi, elle prenait le mors aux dents.

— Si je vous comprends bien, vous veillez à ne pas héberger de vauriens sous votre toit, rétorqua-t-elle d'un ton léger.

Il s'ensuivit un bref silence, fort intéressant.

— Nous n'hébergerions jamais sciemment un vaurien, proclama Mme Durand avec véhémence.

— Avez-vous déjà mis à la porte quelqu'un que vous auriez pris sur le fait ?

— Mais oui, répondit Mme Hardy d'un ton suave. Pourquoi ? Auriez-vous l'intention de semer le trouble chez nous, madame Gallagher ?

— J'ai l'intention de faire un somme et de me plonger dans un bain. Le trouble viendra après, quand je serai reposée.

Dieu merci, la boutade les fit rire.

Aurélie se détendit quelque peu, pas assez cependant pour se laisser aller contre le dossier du divan. Elle se sentait redevenir elle-même : enjouée, malicieuse et charmeuse – des qualités que les autres semblaient apprécier, avant que ces armes aient été retournées contre elle.

— Avez-vous fait un long voyage, madame Gallagher ? s'enquit gentiment Mme Durand.

Flûte ! Aurélie n'avait pas vraiment mis au point cette partie de son histoire.

— Eh bien… il n'était pas si long, mais le trajet en voiture dans les rues cahoteuses de Londres m'a endolorie.

Ses deux interlocutrices opinèrent d'un air compatissant.

— Une petite gorgée de brandy vous ferait peut-être du bien ?

Aurélie hésita, inquiète. Était-ce un piège, pour voir si elle était encline à faire des excès ?

— J'ai bu du champagne, une seule fois, et j'avoue que cela m'a plu, répondit-elle avec circonspection. J'aime bien le ratafia. Je ne déteste pas le sherry. En revanche, je n'ai jamais bu de brandy. Quand j'étais encore en Irlande, Thomas, mon époux, me disait que ce breuvage était réservé aux hommes, car il faisait pousser les poils.

Mme Hardy et Mme Durand pouffèrent de rire.

En réalité, c'était son frère Édouard qui avait dit cela. Les hommes étaient physiquement capables de boire et de manger des choses qui ne paraissaient pas buvables ni mangeables.

— Mais le brandy a une jolie couleur, poursuivit-elle, assez semblable à celle de votre robe, madame Hardy. Si vous désirez me servir du brandy, je ne dis pas non, ajouta-t-elle bravement.

Ses deux interlocutrices sourirent.

— Nous ne voulons pas vous martyriser, madame Gallagher, déclara Mme Hardy, ni vous inciter au vice. Commençons par le thé, et peut-être une larme de sherry. Nous vous initierons au brandy un soir prochain. (Elle marqua une pause.) Je plaisante, bien sûr ! Le soir, nous faisons des parties de jonchets, nous lisons à voix haute des romans gothiques et nous jouons du pianoforte. Vous en jouez ?

— Oui, naturellement, répondit Aurélie, car quelle lady ne jouait pas du pianoforte ?

— Pouvons-nous savoir comment vous avez trouvé le Grand Palais de la Tamise ? interrogea Mme Durand. Il est à l'écart des sentiers battus.

— J'ai demandé au cocher du fiacre de m'emmener dans un établissement paisible et distingué, et je dois reconnaître que cet homme a du discernement, flatta Aurélie sans vergogne. J'ai des affaires à régler à Londres, et il me faut un logement convenable jusqu'à mon départ pour Boston. Étant veuve depuis peu, je ressens le besoin d'être auprès de ma famille. Mon frère est en Amérique, or il est… Je n'ai plus que lui…

Elle ne l'avait jamais exprimé de cette manière, et cette réalité la frappa si brutalement que sa voix se brisa. Elle eut l'impression que son cœur se décrochait dans sa poitrine.

Elle était seule au monde, il ne lui restait plus qu'un parent, qu'elle n'avait pas vu depuis six ans.

Elle n'avait jamais vraiment considéré son tuteur, Jacques Le Clerc, comme un oncle. Il avait été pour elle une sorte de refuge, de toit protecteur, mais pas particulièrement chaleureux ni aimant. Si elle disparaissait, elle ne lui manquerait pas réellement – peut-être se sentirait-il juste un peu coupable. Elle avait d'autres parents éloignés, mais ils ne la connaissaient pas.

— Toutes nos condoléances pour votre mari, dit Mme Hardy avec gentillesse.

Mme Durand et elle l'observaient avec tant de sollicitude qu'Aurélie craignit de fondre en larmes.

— Nous comprenons toutes les deux ce que vous éprouvez, nous sommes passées par là. Se retrouver toute seule est à la fois effrayant et déconcertant. Le monde paraît soudain très différent, n'est-ce pas ? déclara Mme Durand.

— Oui, murmura Aurélie, la gorge serrée. C'est un peu angoissant et… étrange. Votre compréhension me touche.

Aurélie pensait réellement ce qu'elle disait. Et le monde ne ressemblait effectivement plus du tout à ce qu'il était un mois auparavant.

L'admettre à voix haute était un soulagement, même si ses interlocutrices en ignoraient la véritable raison. Perdre des êtres chers à cause de la guerre et de la maladie unissait les humains dans la douleur. Ces sacrifices et ces chagrins ne manquaient pas de noblesse, on les respectait. Mais elle ne s'imaginait pas expliquer pour quelle raison sordide elle était à Londres, dans une pièce aussi paisible et agréable que ce salon de réception.

— Madame Hardy… madame Durand… puis-je poser une question ? J'espère que ce n'est pas présomptueux. N'hésitez pas à me le dire, si c'est le cas. Je ne voudrais pas avoir l'air de vous juger à mon tour.

Les propriétaires de la pension émirent un petit rire – circonspect, pensa Aurélie.

— Nous vous écoutons, répondit Mme Durand.

— Comment se fait-il que deux dames comme vous dirigent une élégante pension comme celle-ci ?

Visiblement surprises, elles échangèrent un regard. Une sorte de discussion silencieuse s'engagea entre elles.

Ce fut Mme Hardy qui prit finalement la parole.

— Voilà quelques années, nos vies ont pris une tournure que nous n'aurions pas pu prévoir. Nous nous sommes retrouvées pendant quelque temps dans une situation précaire et angoissante. Mais ces circonstances inattendues ont fait de nous les meilleures amies du monde. Nous avons décidé d'ouvrir une pension de famille, de fonder le foyer dont nous rêvions depuis toujours, et de nous entourer de personnes dont nous apprécions la compagnie. Nous sommes heureuses que nos pensionnaires se sentent les bienvenus chez nous, qu'ils se sentent appréciés et protégés. C'est ce que chacun d'entre nous désire au fond de lui-même, nous le savons à présent.

— Oh..., souffla Aurélie.

C'était, lui semblait-il, la meilleure des réponses. Il y eut un silence, ses interlocutrices échangèrent de nouveau un coup d'œil.

— Nous allons vous laisser finir votre thé et prendre connaissance de notre règlement, madame Gallagher. Nous avons à discuter, ce ne sera pas long.

— Eh bien, attaqua Angélique quand elles eurent traversé le hall pour entrer dans le salon où elles discutaient le plus souvent, à voix basse, de leurs futurs clients.

— Elle est vraiment mignonne..., enchaîna Delilah.

— ... mais si elle est Mme Gallagher, veuve d'un Thomas irlandais, Dot est la reine Charlotte[1].

— Exactement, acquiesça Delilah. Elle s'assied comme Gordon le fait quand il est en proie au doute – ramassé sur lui-même, la queue bien enroulée autour des pattes.

Gordon était le gros chat tigré qui donnait des cauchemars aux rongeurs du Grand Palais de la Tamise.

---

1. Charlotte de Mecklembourg-Strelitz (1744-1818), épouse du roi George III. Elle était la grand-mère de la reine Victoria. *(N.d.T.)*

— J'ai envie de la prendre par la peau du cou, comme un chaton, pour la remettre dans son panier. Dot a pourtant raison : elle a quelque chose de majestueux. Ce n'est pas de l'arrogance, c'est… une allure, un je-ne-sais-quoi. Elle est mûre pour son âge et, en même temps, elle reste très jeune.

— Elle a l'air très française, rétorqua Angélique, catégorique.

À quoi cela tenait-il ? La grâce singulière qui émanait d'elle ? Son vocabulaire ? Un brin de maniérisme ? Sa façon de parler avec les mains ? C'était en tout cas charmant et cela n'avait rien d'anglais.

— Peut-être que, comme Lucien, elle a vécu dans de nombreux pays dont elle a gardé une pointe d'accent, suggéra Delilah. Elle est peut-être tombée amoureuse de ce M. Gallagher en Irlande, ainsi qu'elle le prétend. C'est possible. Nous aussi, il nous est arrivé des péripéties invraisemblables.

— Quel âge a-t-elle, selon vous ?

— Une vingtaine d'années ?

— Elle est bien jeune, la pauvrette, pour être veuve et sans le sou, en supposant que ce soit le cas. Vous et moi, nous étions au moins un peu plus endurcies lorsque nous sommes tombées dans le dénuement, déclara Angélique.

Elles ne se souvenaient que trop bien de cette période effroyable après que leur univers s'était écroulé. Elles préféraient s'émerveiller d'avoir bâti sur ces décombres un autre monde, infiniment plus beau.

— Le fait d'arriver dans un lieu inconnu la rend peut-être anxieuse. Elle essaie de faire bonne impression. Une nuit de sommeil, un bon repas et un peu de sympathie… il n'y a rien de tel pour calmer les nerfs.

Elles tournèrent le regard vers Mme Gallagher qui, dans le salon de réception de l'autre côté du hall, ne s'adossait toujours pas au divan. Elle se tenait impeccablement bien, comme une jeune fille à qui sa gouvernante avait appris à marcher avec un livre sur la tête.

Ce fut Angélique qui, à contrecœur, dit tout haut ce que l'une et l'autre pensaient tout bas.

— Vous croyez qu'elle pourrait nous causer des ennuis ?

Elles avaient naguère accordé le bénéfice du doute à deux femmes, après l'ouverture de la pension. Résultat, des soldats à la mine revêche avaient envahi la pension[1]. L'histoire – qui avait été à la fois mouvementée, dramatique et magnifique – s'était bien terminée, puisque Delilah avait trouvé un mari.

Il y avait assurément d'autres moyens, plus simples, de trouver un mari.

Mais, pour Tristan, Delilah revivrait mille fois tout cela.

Elles avaient beaucoup appris depuis les débuts du Grand Palais de la Tamise. Delilah avait perdu une part de sa naïveté, et Angélique une part de son cynisme. Entre les murs de leur pension de famille, toutes deux avaient trouvé le succès et le bonheur, même si ça n'avait pas toujours été facile.

Et elles avaient chacune trouvé le mari idéal, ce qui rendait le quotidien infiniment plus agréable.

---

1. Cf. *Le Palais des Vauriens 1 – Lady Derring prend un amant.*

— Je crois qu'elle est trop jeune et bien élevée pour causer le genre de problèmes qui attireraient un bataillon de soldats dans la maison, avança Angélique. Et puis... nos suites sont actuellement inoccupées. Un loyer supplémentaire ne serait pas de trop.

— Effectivement, acquiesça Delilah.

— M. Bellingham arrivera bientôt et, si M. Tweedy accepte le poste, il sera bientôt là, lui aussi. Tout se passe à merveille, n'est-ce pas ?

Toutes deux poussèrent à l'unisson un soupir de satisfaction.

— Eh bien, c'est réglé, conclut gaiement Delilah. Allons annoncer la bonne nouvelle à Mme Gallagher.

4

— Merci d'avoir accepté de me recevoir, madame Aubert. Je sais que vous traversez une période éprouvante. Le temps presse, aussi ne vous retiendrai-je pas longtemps.

La dame de compagnie de lady Aurélie Capet, mince comme un fil et élégante dans une robe de soie mordorée, se borna à hocher la tête. Elle se méfiait, elle n'était certainement pas habituée à ce qu'un homme comme Hawkes demande à lui parler en privé.

La veille, Hawkes avait accepté d'aider Brundage, et il était à présent assis vis-à-vis de Mme Aubert, dans le boudoir de l'appartement qu'elle occupait avec lady Aurélie dans la résidence parisienne du tuteur de cette dernière.

Les mains de son interlocutrice étaient croisées sur son giron, ses cheveux ramassés sur le sommet de son crâne en un petit chignon lisse et luisant comme un bouton de porte, maintenu par une épingle en cuivre.

Elle avait abusé de la poudre et du fard, remarqua-t-il, ce qui jurait avec son élégance discrète.

— Lady Aurélie n'étant plus là, je n'ai rien d'autre à faire, dit-elle d'un ton résigné.

Hawkes avait passé les premières heures de la matinée à bavarder avec les autres domestiques de la maisonnée – des conversations en apparence anodines, mais en réalité savamment orchestrées afin que ses interlocuteurs ne s'aperçoivent pas qu'on leur tirait les vers du nez. Puis il avait discuté un moment avec le comptable du tuteur de lady Aurélie, qui avait confirmé, entre autres, que l'allocation de celle-ci avait été dépensée jusqu'au dernier sou. Par conséquent, quelqu'un lui avait donné de l'argent pour l'aider à s'enfuir.

— Je crois comprendre que vous êtes la dernière personne à avoir vu lady Aurélie, reprit-il.

Mme Aubert le dévisagea en silence, les lèvres pincées, le regard froid.

— Je présume, monsieur Hawkes, que vous êtes au service de lord Brundage. Il vous paie pour la retrouver.

— Il m'a demandé de retrouver sa fiancée avant qu'il lui arrive malheur, répondit-il tranquillement. Il est inquiet pour elle.

— Vous pouvez m'interroger, monsieur Hawkes, mais je vous répondrai ce que j'ai répondu à votre employeur, lord Brundage, rétorqua-t-elle, pointant le menton. J'ignore totalement où elle est et pourquoi elle est partie. Faites ce que vous voulez, mais que je sois pendue si je dis autre chose.

Il opina gravement.

— Pardonnez-moi si je vais trop loin, madame Aubert, mais le monde est cruel et souvent répugnant, or c'est grâce aux jolies femmes comme vous que la vie vaut la peine d'être vécue. Qu'on vous pende me désolerait, il y aurait moins de beauté sur cette terre.

Les cils de Mme Aubert battirent, puis elle leva les yeux au ciel en secouant la tête. Elle réprimait un sourire.

— Vous êtes incorrigible, monsieur Hawkes.

Pour les Françaises, le marivaudage était un art. Il leur en était reconnaissant.

— Vous voyez clair en moi, madame Aubert, et cela me désespère.

Elle perdit la bataille et sourit. Elle avait une bouche charmante.

Il sourit à son tour.

Elle s'adoucissait, il le voyait.

Il se pencha en avant, les mains jointes, comme s'il s'apprêtait à lui faire des confidences. En réalité, il lui avait semblé distinguer une marque sombre sur sa pommette, sous son œil gauche.

Une marque qu'elle avait tenté de dissimuler avec le fard et la poudre.

Qu'avait dit Brundage ? « On s'est occupé d'elle, naturellement. »

Il sentit son estomac se contracter.

— J'ai été soldat, madame Aubert, et j'admire votre loyauté. Lady Aurélie a de la chance de vous avoir.

— Merci, répondit-elle dignement, après une hésitation.

— Vous devez être terriblement inquiète pour elle.

Il se tut et attendit. Les yeux de Mme Aubert s'emplirent de larmes.

— C'est un ange, affirma-t-elle avec force, d'une voix qui tremblait pourtant.

Elle s'interrompit, prit une inspiration et redressa les épaules.

— Elle est gentille et attentionnée, le contraire d'une enfant gâtée. Elle n'est ni fantasque ni écervelée. Elle ne se considère pas comme un fardeau, mais elle sait qu'on a pris soin d'elle par devoir plutôt que par amour. Je crois qu'elle espérait trouver une vraie famille avec lord Brundage. Elle reste optimiste, malgré les drames qu'elle a vécus – la mort de ses parents et de son frère aîné. Voilà le genre de personne qu'est lady Aurélie.

Un portrait différent de celui qu'avait brossé Brundage.

— Selon vous, elle n'est donc pas partie sur un coup de tête. Elle avait une raison sérieuse de le faire.

Une fugace lueur d'affolement brilla dans le regard de Mme Aubert.

— Je n'ai pas dit ça ! protesta-t-elle.

Hawkes n'insista pas. Tous deux savaient que c'était exactement ce qu'elle avait voulu dire.

— Quand on se tourmente, on ne dort plus, poursuivit-il, pensif. Je me souviens que, après le décès de mon père, ma mère n'a quasiment pas fermé l'œil pendant une semaine entière. C'était une femme élégante et gracieuse – vous lui ressemblez beaucoup.

Une ombre de sourire se forma sur les lèvres de Mme Aubert.

— Ma mère était elle aussi une femme forte, elle détestait qu'on se fasse du souci pour elle, enchaîna-t-il en esquissant un sourire affectueux. Elle ne voulait pas que les gens s'inquiètent de sa pâleur et de ses yeux cernés, alors parfois – c'était rare – elle se fardait un peu. Cela couvrait ses taches de rousseur, qu'elle n'aimait pas non plus.

— Oh, je comprends, rétorqua spontanément Mme Aubert. En principe, moi non plus, je ne...

Elle se tut et pinça de nouveau les lèvres.

Ils s'affrontèrent du regard, dans un silence tendu. Mme Aubert était intelligente, elle l'avait jaugé et devinait qu'il n'était pas dupe et que cette histoire à propos de sa mère était pure invention.

— Je n'ai rien de gracieux, croyez-moi. Je me suis précipitée, si bien que je me suis cogné la joue contre le chambranle d'une porte.

— Les portes sont dangereuses, rétorqua-t-il gravement.

Cette fois, cela ne la fit pas sourire.

Elle avait peur, à présent.

Il resta un instant silencieux. Il s'était persuadé que plus rien en ce triste monde ne pouvait faire frémir le roc qu'était devenue son âme. Il avait vu Brundage rosser un solide laquais, et maintenant il savait pourquoi. Mais l'idée que Brundage soit tombé aussi bas, au point de frapper une faible femme, une employée, simplement parce qu'il était mécontent d'elle, le révoltait.

Le comte n'oserait tout de même pas lever la main sur lady Aurélie ?

Il ne demanderait pas de but en blanc à Mme Aubert ce qui lui était arrivé, cela ne le concernait pas. Il n'était pas payé pour ça. De toute façon, elle ne lui dirait pas la vérité car il était envoyé par Brundage et celui-ci avait manifestement réussi à la terrifier.

Il avait une seule mission : retrouver une jeune femme disparue, et le plus rapidement possible.

— Lord Brundage m'a informé qu'il s'était querellé avec lady Aurélie, il y a environ un mois.

Avez-vous assisté à la scène ou entendu quelque chose à ce sujet ?

Mme Aubert réfléchit un instant, puis répondit d'une voix qui tremblait imperceptiblement :

— Je n'ai rien vu.

Cette réponse était un petit joyau pour Hawkes, pareille à un coffre fermé à clé et bourré de renseignements. C'était admirable et exaspérant à la fois.

— Mais vous savez quelque chose ?

Il l'observa fixement jusqu'à ce que, avec réticence, elle hoche la tête. Elle le regarda droit dans les yeux, d'un air presque implorant. « Cessez de me harceler », semblait-elle dire.

Soudain, il comprit pourquoi : elle se sentait coupable.

— Le mardi est votre jour de congé ? demanda-t-il à mi-voix.

C'était aussi le jour de congé des domestiques de Brundage. Lady Aurélie s'était donc retrouvée seule avec le comte.

Son estomac se contracta de nouveau. Il décida d'opter pour une nouvelle stratégie.

— Je ne veux pas vous alarmer, madame Aubert, poursuivit-il avec douceur. Mais j'ai eu vent de certaines rumeurs – je m'empresse de préciser que je n'y ajoute pas foi – concernant votre… comportement.

— Mon comportement ? répéta-t-elle, stupéfaite.

— On dit – c'est sûrement une calomnie – que vous revendez vos vêtements et ceux de lady Aurélie, afin de rembourser des dettes de jeu. On a remarqué que vos habitudes vestimentaires avaient changé durant ces dernières semaines. On murmure également que, pour régler vos dettes, vous vous en êtes peut-être prise à lady Aurélie afin de la dépouiller.

Elle rougit violemment, puis devint livide, ouvrant grand la bouche, comme si elle suffoquait.

— Je n'aurais jamais… je le jure sur la tombe de ma mère… fait du mal à lady Aurélie ! bredouilla-t-elle, atterrée. Seigneur Dieu ! Des dettes de jeu ? Je n'ai jamais joué de toute ma vie !

Hawkes cherchait évidemment à l'effrayer – c'était la meilleure tactique pour ébranler une loyauté à toute épreuve.

Il ne répliqua pas.

Elle respirait bruyamment, les yeux exorbités, tel un animal traqué.

Peu à peu, ses traits s'affaissèrent, et elle retrouva son calme. Elle capitulait.

Il attendit patiemment.

— Elle n'est ni stupide ni impulsive, monsieur Hawkes, déclara-t-elle comme si elle entamait un long récit. Elle est intelligente et réfléchie.

— Vous êtes donc certaine qu'elle est partie de son plein gré ?

Elle hésita encore. Elle souffrait, et il admirait son courage, mais il serait implacable.

— Si vous refusez de parler, je considérerai que la réponse est positive. Plus vous tardez à me donner des informations, plus vous la mettez en danger. Pour les jeunes femmes seules, le monde peut être terriblement hostile, madame Aubert.

Elle laissa échapper un rire bref.

— Oui, heureusement que les hommes sont là pour les protéger, rétorqua-t-elle avec amertume.

Il garda le silence, ne sachant pas quoi dire, ce qui était rare chez lui. Inutile de lui demander d'expliciter son commentaire, elle ne répondrait pas. D'ailleurs, cela n'avait pas de rapport avec son objectif : ramener Aurélie au bercail dans les meilleurs délais.

Il eut pourtant la sensation qu'un poids opprimait brusquement sa poitrine.

— Oh, j'allais oublier ! dit-il en extirpant une feuille de papier de sa redingote. J'ai là une liste des vêtements que lady Aurélie a commandés à sa couturière durant les deux dernières années. Robes, capes, pèlerines, chapeaux, et ainsi de suite. La couleur, le tissu et les ornements sont indiqués. Auriez-vous la gentillesse de me montrer où vous les rangez, pour que je voie quelles toilettes elle a emportées ? Cela me permettra de l'identifier lorsqu'on retrouvera son cadavre après qu'on l'aura assassinée pour lui voler ses bijoux.

Elle se figea, puis saisit la liste du bout des doigts, comme si elle touchait un poisson mort. Elle la parcourut, tête basse.

Il distingua une veine bleutée qui battait follement au creux de sa gorge.

Elle déglutit.

— Il ne manque rien, n'est-ce pas ? murmura-t-il. Le contraire serait compromettant pour vous. Après tout, une jeune morte n'aurait pas besoin de vêtements pour entrer au paradis. Je suppose que, quand on en franchit les portes, on nous fournit une aube confortable. Mais… j'ai aussi la liste de *vos* vêtements. Par exemple, je sais de source sûre que la cape bleue que vous adorez a disparu. Maintenant, vous ne portez plus que le manteau marron.

Hawkes tenait cette information des domestiques avec lesquels il avait passé la moitié de la matinée.

Madame Aubert releva lentement la tête. Elle était furieuse et affolée.

— Voilà ce que je pense, enchaîna-t-il avec douceur. Vous avez vendu une partie de vos affaires pour l'aider à financer son voyage et vous lui avez donné le reste. Elle n'a pas emporté ses propres vêtements pour ne pas risquer d'être reconnue. Elle a décidé de s'habiller comme une femme d'un statut social moins élevé. N'est-ce pas ? Si vous ne le niez pas fermement, je prendrai votre silence pour un oui. Et si vous répondez non, je vérifierai que vous dites la vérité. Je suis rigoureux, et j'ai les moyens de découvrir ce que j'ai besoin de savoir. J'espère que vous n'en doutez pas ?

Le silence s'installa et se prolongea. Un nuage glissa devant le soleil, et la lumière qui baignait le salon se teinta de gris, si bien que le fard que Mme Aubert avait appliqué d'une main malhabile sur ses joues devint d'un rouge criard.

— Je les ai vendus à une couturière, souffla-t-elle. J'ai donné l'argent à Aurélie, avec le reste de ma garde-robe.

— Savez-vous si elle a vendu des bijoux avant son départ ?

— Je suis restée avec elle tout le temps ou presque, et je ne l'ai pas vue vendre de bijoux. D'ailleurs, à ma connaissance, elle possédait uniquement le collier d'émeraude que lui a offert lord Brundage. J'ignore évidemment ce qu'elle en a fait depuis.

— Presque tout le temps ? C'est-à-dire ?

Un silence.

— Je n'étais pas là le soir de la dispute avec lord Brundage.

Les yeux de la dame de compagnie brillaient de nouveau. Elle serra les dents – elle refusait de pleurer devant lui.

— Elle lui a rendu visite seule ? demanda-t-il, appuyant sur le dernier mot.

Elle le regarda fixement, muette.

La loyale Mme Aubert n'en dirait pas plus. Il aurait beau déployer son charme et sa force de conviction, elle demeurerait convaincue qu'il était dans le camp de Brundage.

— Pensez-vous que le frère de lady Aurélie l'accueillerait avec plaisir en Amérique ?

Mme Aubert réfléchit un instant. Elle avait probablement fait une promesse à Aurélie et s'efforçait de l'honorer, de trouver une parade pour répondre à la question sans y répondre vraiment.

— Vous ne seriez pas content d'accueillir votre sœur, monsieur Hawkes ? ironisa-t-elle.

— Bien sûr que si.

Il lui sourit, et elle battit des paupières comme si elle était éblouie.

— Diriez-vous qu'elle est proche de son frère Édouard ?

— Ils correspondent régulièrement, elle est toujours ravie de recevoir une lettre de lui. Ils sont aussi proches que peuvent l'être un frère et une sœur qu'un océan sépare.

La jeune femme comptait rejoindre son frère à Boston, Hawkes en aurait mis sa tête à couper.

— Un détail m'intrigue, madame Aubert. Je crois savoir qu'un mois s'est écoulé entre la dispute avec lord Brundage et le départ de lady Aurélie.

A-t-elle mis ce temps à profit pour préparer son départ ?

Elle lui décocha un étrange regard, presque incrédule. Puis son visage se ferma.

— Elle n'a pas jugé possible de partir avant, monsieur Hawkes.

Cette réponse vague et pourtant bien pesée le troubla. Peu importe, se morigéna-t-il. Il devait se concentrer sur les renseignements dont il avait besoin pour accomplir sa mission et oublier le reste.

— Gagnons un peu de temps, madame Aubert, déclara-t-il d'un ton brusque. Quels vêtements a-t-elle emportés ?

Elle prit une inspiration puis poussa un soupir résigné.

— Une robe mauve de demi-deuil. Une jolie cape bleue avec une capuche bordée de fourrure. Une tenue d'après-midi en lainage vert…

Elle poursuivit son énumération, tandis qu'il prenait des notes sur le petit carnet qu'il gardait toujours dans sa poche.

Quand elle eut terminé, elle resta immobile, le visage inexpressif, perdue dans ses pensées.

Au bout de quelques secondes, il se pencha vers elle et murmura avec gravité :

— Madame Aubert, je dirai seulement à mon employeur que j'ai des raisons de croire que lady Aurélie est partie voir son frère à Boston. Je ne vous mentionnerai pas, je vous en donne ma parole d'honneur. C'est tout ce qui me reste en ce bas monde, par conséquent je ne la donne pas à la légère. Vous me connaissez un peu mieux à présent, vous avez compris que je ferais tout pour préserver mon intégrité.

Sur quoi, il lui décocha un sourire en coin.

Elle rougit de nouveau.

Alors il se leva et posa, l'un après l'autre, des billets sur le guéridon à côté d'elle. Cela l'aiderait à tenir le coup jusqu'à ce qu'elle trouve une autre place… ou jusqu'au retour d'Aurélie, si elle revenait un jour.

Il avait l'impression que Mme Aubert ne comptait pas trop là-dessus.

— Merci de m'avoir reçu, madame. Vous m'avez été d'un grand secours.

Il se dirigea vers la porte, mais avant de sortir, il pivota pour la regarder.

Soudain mal à l'aise, elle détourna la tête, cachant sa joue meurtrie.

— Je crois que vous êtes aussi raisonnable, sinon davantage, que l'est selon vous lady Aurélie. Et je suis persuadé que vous prendrez une sage décision pour la suite.

C'était un conseil : elle avait intérêt à fuir là où Brundage ne pourrait pas la trouver.

Elle soutint son regard. Un cynisme teinté d'admiration se peignit sur ses traits.

— D'une certaine façon, monsieur Hawkes, vous êtes plus effrayant que votre employeur.

— Oh, voilà que vous me faites du charme, madame Aubert !

Sur ces mots, il coiffa son chapeau et s'en alla.

5

Aurélie avait dormi comme une souche, au point que, quand elle rouvrit les yeux, elle ne parvint pas à savoir si quelques heures ou bien une journée entière avaient passé depuis qu'elle s'était allongée. La lumière qui entrait par la petite fenêtre ne semblait pas altérée.

Elle s'assit brusquement sur le lit. Jetant un regard circulaire, elle constata que les ombres s'étaient pourtant étirées. Elle les avait remarquées en entrant dans la pièce, car elles paraissaient faire partie du décor, à l'instar du tapis tressé, de la courtepointe bleu pastel et des fleurs fraîches placées dans un petit vase. Les plus menus détails prenaient de l'importance pour elle, sans doute parce que ses sens étaient à l'affût du moindre danger.

Une étrange impression l'oppressait, accentuée par le frottement sur sa peau du tissu d'une robe qui n'était pas la sienne. Baissant le nez, elle examina ce qui était pour elle une sorte de déguisement. La robe n'était pas tout à fait à sa taille, et c'était justement cela qui la réconfortait. Ce vêtement était la preuve que quelqu'un avait accepté de l'aider, par sympathie, sans poser de questions.

Quelqu'un qui avait compris sa détresse et la gravité de sa situation.

Elle avait un peu froid. Elle sauta sur ses pieds et alla tisonner le feu. Quand les flammes s'élevèrent dans la cheminée, elle eut le sentiment d'être une magicienne.

Puisqu'elle portait les vêtements de sa chère Mme Aubert, elle fit ce que la domestique faisait d'ordinaire pour elle : elle vida sa malle et suspendit ses robes d'emprunt dans l'armoire.

Elle ne s'était pas sentie aussi bien depuis des semaines. Elle le devait sûrement aux bienfaits du thé, des scones, d'un sommeil réparateur, de la gentillesse qu'on lui avait témoignée et d'une chambre fermée à clé, au deuxième étage d'une pension de famille, très loin de Paris.

Elle jeta un coup d'œil au miroir accroché au mur, tout juste assez grand pour refléter son visage. Elle avait des cernes bleuâtres sous les yeux.

Le silence était presque assourdissant après des journées passées dans le fracas des roues et des vagues et dans un brouhaha dans lequel se mélangeaient des dizaines d'accents.

Elle s'en était sortie, et cela la sidérait.

Être seule dans cette douce pénombre l'emplissait d'une sensation de bien-être inédite. Elle n'avait jamais apprécié la solitude, aussi était-elle étonnée de ressentir un tel besoin d'isolement, comme si elle était un poisson hors de l'eau. Elle avait cru un temps que son mariage mettrait fin à sa solitude.

Son frère Louis avait été tué au cours d'une insurrection. Lui se souvenait bien de leurs parents et c'était sans doute pour cette raison qu'il n'avait jamais cessé de se révolter et de combattre.

Édouard, quant à lui, s'était exilé en Amérique, à Boston, où les Français n'étaient pas massacrés.

Elle avait si souvent été seule. On avait confié son éducation et son instruction à un bataillon de gouvernantes, maîtres à danser, professeurs de pianoforte et autres. Tous s'étaient montrés patients, parfois même amusants, mais on les payait pour lui tenir compagnie. Elle avait lié connaissance avec les filles des diplomates d'ambassades étrangères avec lesquelles elle apprenait à danser ou à tirer à l'arc, elle les invitait occasionnellement pour le thé. Mais il était difficile de nouer de véritables amitiés car les activités professionnelles de son oncle les obligeaient à déménager sans cesse, d'Espagne en Suisse, puis en Belgique et de nouveau en Espagne.

Elle se demandait comment les autres la voyaient – était-elle jolie ? sa compagnie agréable ? – jusqu'au moment où elle avait enfin eu l'âge d'assister aux réceptions et aux bals que donnaient les ambassades. Elle s'y était beaucoup plu, car on lui témoignait de la sympathie et on recherchait sa présence – particulièrement les hommes. Elle avait même causé quelques remous. Elle qui s'était toujours appliquée à se montrer docile et réservée découvrait qu'on la trouvait à la fois belle et charmante. Cela lui faisait tourner la tête aussi efficacement que le champagne.

Elle était surtout troublée par les attentions dont la comblait l'ambassadeur d'Angleterre – un homme plus âgé qu'elle, terriblement séduisant et qui de surcroît possédait le titre de comte. Quand il avait commencé à la courtiser pour de bon, elle avait entrevu avec soulagement comment se déroulerait son existence avec lui. Elle serait la même personne qu'elle avait toujours été, avec l'avantage d'avoir une famille qui serait vraiment la sienne.

Tant de fatuité lui paraissait maintenant d'une stupidité sans nom. Comment avait-elle pu penser que sa vie était toute tracée ? Ses parents n'imaginaient pas qu'on leur trancherait la tête, et son frère Louis ne se doutait pas que la camarde le faucherait en pleine jeunesse. Pourquoi n'avait-elle pas prévu une planche de salut, au cas où ?

Les êtres humains se donneraient-ils la peine d'exister s'ils savaient ce que le destin leur réservait ?

Elle se remémora soudain l'homme qu'elle n'avait vu que deux fois en Espagne et n'avait pourtant jamais oublié. À l'époque, trop jeune pour assister aux réceptions que donnait son oncle, elle se faufilait parfois jusqu'à l'entrée et, au prix de contorsions acrobatiques, épiait les dames qui tournoyaient dans la salle de bal. Un soir, elle avait vu cet homme dans l'encadrement de la porte, entouré de femmes radieuses qui posaient sur lui un regard énamouré. Aurélie avait cessé de respirer, comme pour arrêter le temps et figer à jamais cette image. Elle avait gravé ce souvenir dans son cœur, aussi précieux que le collier d'émeraude cousu à présent dans son corsage.

Des années plus tard, elle avait lu dans le journal qu'il avait été emprisonné pour espionnage. Comment imaginer cet homme splendide enfermé dans une cellule ? Lui non plus ne s'attendait certainement pas à ce que l'avenir lui réservait.

Le destin d'Aurélie était, en partie, cousu dans son corsage.

Le reste dépendait de l'une des lettres de son frère.

Le temps pressait. Reprenant ses esprits, elle sortit les lettres d'Édouard.

Chère Lili,

D'aussi loin qu'elle se souvienne, il l'avait toujours appelée Lili. Les lettres qu'elle lui écrivait commençaient par « Cher Dodo » – deux syllabes moins élégantes, mais c'étaient les seules qu'elle réussissait à prononcer quand elle avait deux ans. Cela continuait à l'amuser, et il le tolérait, à la condition expresse qu'elle n'utilise jamais ce surnom devant ses amis ou, pire, devant de jolies femmes.

Si tu as besoin d'une aide quelconque à Londres, envoie un message à mon très cher ami, Erasmus Monroe. Je lui ai écrit pour lui annoncer que tu serais prochainement à Londres, nantie d'un époux titré et d'une résidence dans St. James Square. Il me doit une faveur (relative aux jeux d'argent – ne me gronde pas, j'ai gagné !) et il m'a assuré qu'il serait heureux de te rendre service. Tu n'auras qu'à lui remettre cette lettre. Ton mari (c'est bizarre d'écrire ce mot, ma chère petite sœur) se baguenaude sans doute toute la journée avec le roi et autres grands personnages, mais M. Monroe sait où trouver les meilleures glaces de la ville. Il habite sur le Strand, un quartier animé où une lady ne doit pas se promener seule, ce qui ne manquera pas d'éveiller ta curiosité.

Édouard indiquait ensuite l'adresse de M. Erasmus Monroe, sur le Strand.

« Ton mari »... Dieu qu'elle avait été fière de lire ces mots sous la plume de son frère. Quel plaisir de les répéter avec toutes les inflexions possibles. « Mon mari », car quelqu'un lui appartiendrait et que ce serait enfin réciproque. « Mon mari », parce qu'elle était fiancée à un comte et qu'elle serait comtesse, ce qui vivifiait le sang des Bourbons coulant dans ses veines.

Elle se plaisait à penser que ses parents auraient approuvé cette union. Elle n'en aurait cependant jamais la certitude. Contrairement à ses frères, elle n'avait aucun souvenir précis de leur père ni de leur mère. Ils vivaient en elle, comme si leur amour avait allumé une petite flamme qui couvait dans son cœur pour l'éternité. Quand elle se sentait désespérément seule, elle ravivait ce feu pour se rappeler qu'on l'avait aimée.

Il ne lui restait rien de ses parents, hormis le peigne en nacre que sa mère avait piqué dans ses cheveux, le jour où l'on avait arrêté et emmené ses parents.

Aurélie avait attendu avec impatience de se marier… et tout, absolument tout ce que cela impliquait. Or elle savait de quoi il s'agissait, car elle avait déniché, dans la bibliothèque de son tuteur, des livres que les jeunes filles n'étaient pas censées lire. Elle s'y était plongée et, les joues rouges, avait été prise d'une fébrilité émoustillante quoique sûrement inconvenante.

« Oh, Aurélie, je vous veux. Dites que vous serez ma femme, je vous en prie. »

Une demande en mariage murmurée d'une voix rauque, lorsque Brundage l'avait enlacée, derrière une fougère en pot dans le coin d'une salle de bal. Byron lui-même n'avait jamais rien dit d'aussi romantique et avec une telle passion, avait-elle pensé à ce moment-là.

« Je vous veux ! » Il était sincère, elle l'avait senti dans la crispation de ses muscles, et en avait été follement troublée. « Oui, oui... merci », avait-elle bafouillé. Alors il l'avait embrassée et son corps avait répondu d'une manière étonnante, comme déconnecté des émotions qui l'assaillaient et qui oscillaient entre la peur, l'euphorie et l'incertitude. Ces sensations physiques étaient si intenses qu'elle en avait eu le vertige. Son corps possédait, semblait-il, des instincts et des besoins qu'elle ignorait et que seul un homme était capable de révéler.

Brundage ne s'était pas confondu en remerciements. Elle l'aurait aimé humble, muet de gratitude ou fou de joie. En réalité, il avait paru triomphant, elle le voyait à présent. Comme si elle était un trophée qu'il venait de remporter, comme si cela prouvait sa supériorité. Sur le moment, cela l'avait enchantée, car cela montrait qu'il lui accordait de la valeur.

Elle aurait dû comprendre. Les trophées ne sont que des objets, à l'instar des vases en porcelaine et des crachoirs.

On pouvait infliger l'inconcevable à un objet.

Un frisson glacé la parcourut, malgré le feu qui crépitait dans la cheminée.

Brundage ne tolérait pas qu'on le contrarie, elle ne le savait que trop. S'il la trouvait ici, dans cette petite chambre, au deuxième étage d'une pension de famille...

Car il mettrait tout en œuvre pour la retrouver, elle n'en doutait pas.

Brusquement, l'angoisse la submergea et lui coupa le souffle. Elle se précipita vers le secrétaire, s'assit et prit une feuille de papier ministre.

Sa plume tremblait quand elle écrivit :

Cher Monsieur Monroe,

Mon très cher frère, Édouard Capet, m'a parlé de vous en des termes élogieux et affectueux. Je suis sa sœur, et je suis actuellement à Londres. Édouard m'a conseillé de faire appel à vous, il dit que vous savez où trouver les meilleures glaces de la ville, ce qui est assurément capital ! Je souhaiterais avoir votre avis concernant un objet personnel dont je veux disposer. L'affaire est assez urgente, car je compte rejoindre Édouard en Amérique le plus vite possible. J'aimerais vous rendre visite cette semaine, et je vous serais reconnaissante d'adresser votre réponse à Mme Mary Gallagher, au Grand Palais de la Tamise. Je vous expliquerai pourquoi quand nous nous verrons.

Cordialement,

Lady Aurélie Capet

Elle espérait avoir trouvé le ton juste, à la fois familier et respectueux. Elle misait également sur la présence d'esprit de M. Erasmus Monroe. Si Édouard l'avait effectivement informé qu'elle était fiancée, ce message où il était question d'une affaire urgente, d'Amérique et d'une certaine Mme Mary Gallagher ne manquerait pas de l'intriguer, voire de l'inquiéter. Avec un peu de chance, M. Monroe était un homme aussi dévoué et protecteur qu'Édouard.

Quand on n'avait pas de certitude, il fallait avoir la foi, aussi avait-elle décidé de se fier au jugement de son frère. Elle n'avait pas le choix.

Elle priait le ciel que M. Monroe l'aide à vendre le collier et à trouver une compagne de voyage respectable et digne de confiance. Elle n'avait pas la naïveté de croire que le monde regorgeait de femmes aussi simples et chaleureuses que la véritable Mary Gallagher, or il n'était pas question de voyager seule.

Si elle expédiait la lettre ce matin, M. Monroe devrait l'avoir dans la journée.

Son avenir dépendait de la vente du collier pour payer la traversée. Grâce à la générosité de Mme Aubert, elle avait assez d'argent pour se loger pendant un mois et faire quelques emplettes.

Ensuite... elle n'aurait plus rien.

Sa vue se brouilla, des mouches noires volaient devant ses yeux.

Elle pressa ses doigts glacés sur ses paupières, inspira et expira, puis baissa vivement les mains, comme pour se forcer à regarder la réalité en face.

Elle était au bord du précipice. Comment savoir si elle allait y sombrer ou réussir à surmonter cette épreuve ?

Peut-être était-elle tout juste bonne à devenir l'épouse d'un homme comme Brundage. Dans ce rôle, elle aurait été parfaite, songea-t-elle avec ironie.

Quoi qu'il advienne, et tant pis si c'était stupide ou vain, elle était résolue à prendre sa vie en main. Elle devait cette détermination à ses parents, qui n'avaient pas pu échapper à leur destin.

Elle saupoudra la lettre de sable pour sécher l'encre et la cacheta. Puis, en récitant une prière, elle se prépara pour le dîner.

6

Du coin de l'œil, Aurélie voyait M. Delacorte lever et baisser sa fourchette à une cadence parfaitement régulière. Ce va-et-vient l'avait d'abord rendue nerveuse, mais à présent elle le trouvait presque apaisant.

Depuis qu'elle avait envoyé sa lettre à Erasmus Monroe deux jours plus tôt, elle n'avait pas quitté sa chambre, puisque le règlement le permettait. Elle s'était reposée en toute tranquillité pour se donner le courage d'affronter les autres clients de la pension.

Pour se distraire, elle avait écrit une autre lettre à son frère Édouard. Mme Hardy lui avait prêté un ouvrage de Miles Redmond, en disant qu'elle le trouverait soit captivant, soit soporifique, selon son humeur. Aurélie s'était plongée dans sa lecture, mais elle avait entendu des voix joyeuses dans l'escalier, et les domestiques étaient si aimables quand elles venaient lui apporter son thé ou ranimer le feu qu'elle avait peu à peu éprouvé le besoin de sortir de son isolement.

Elle était donc descendue au rez-de-chaussée.

Aurélie n'avait jamais participé à des dîners comme celui-ci, dans une petite salle à manger, entourée d'inconnus affamés et guillerets, qui mastiquaient bruyamment et sauçaient leur assiette. Dans les résidences de son oncle – où elle ne s'était jamais sentie chez elle –, elle était habituée à entendre l'écho de ses pas résonner dans les pièces vides, ornées de meubles Chippendale et de portraits de dignitaires perruqués et affublés de fraises en dentelle. Elle avait souvent dîné à des tables reluisantes, longues comme des péniches, avec pour seule compagnie des chandeliers d'argent et les domestiques qui allaient et venaient autour d'elle. Plus âgée, elle avait été invitée à des dîners d'apparat parfaitement orchestrés, avec un laquais derrière chaque convive.

Au Grand Palais de la Tamise, les plats passaient de main en main, on les tendait même de l'autre côté de la table. Dans le mouvement, les pommes de terre manquaient parfois de percuter les petits pois, ce qui amusait tout le monde. La bonne humeur était commune, en partie parce que l'on se réjouissait qu'un certain M. Tweedy ait accepté la place de laquais. Aurélie n'en revenait pas qu'un simple laquais, qui dans ce qu'elle appelait maintenant son ancienne vie n'était pas plus considéré qu'un meuble, puisse déclencher une telle euphorie.

L'appétit d'ogre de M. Delacorte était justifié, découvrit-elle en avalant sa première bouchée. La soupe de poisson était succulente, et Aurélie n'avait pas eu de vrai repas depuis des jours. Avoir l'estomac plein lui ferait du bien, aussi s'y employa-t-elle.

Un authentique vicomte (l'époux de Mme Durand, lord Bolt, amusant et plein d'esprit) et un capitaine (le mari de Mme Hardy, à l'humour pince-sans-rire) étaient assis aux deux bouts de la table, comme les deux moitiés d'un serre-livres.

— Moi aussi, je suis veuve, ma chère, lui dit gentiment Mme Pariseau, qui avait des yeux noirs pétillants et d'éclatantes mèches blanches dans ses cheveux de jais. On s'en remet.

Tous s'étaient montrés bienveillants et chaleureux. Grâce sans doute à la sélection sévère qu'opéraient Mme Hardy et Mme Durand au cours de l'examen d'entrée auquel les futurs pensionnaires étaient soumis, Aurélie n'avait repéré aucun malotru dans l'assemblée. On ne lui posait pas de questions indiscrètes, les messieurs ne la lorgnaient pas – ils étaient tous des gentlemen, y compris M. Delacorte.

Elle qui avait craint de se sentir mal à l'aise au milieu d'étrangers sentait ses nerfs se détendre. Elle respirait mieux, comme un oiseau dont on ouvrait la cage et qui retrouvait l'air frais. Elle n'était donc peut-être pas destinée à la solitude.

La gentillesse et la sollicitude des pensionnaires l'emplissaient de gratitude, même si elle était toujours tenaillée par la sensation d'être une fraudeuse. Si elle le désirait, elle pouvait toujours se réfugier dans le silence et se contenter d'observer.

Elle remarqua subrepticement que le capitaine Hardy cherchait fréquemment le regard de Mme Hardy, et que lord Bolt cherchait celui de Mme Durand. Il y avait dans leurs yeux une sorte d'émerveillement, comme s'ils avaient besoin, pour mieux savourer l'instant, de s'assurer que l'autre était bien là. Et comme si le fait que l'autre soit là les stupéfiait encore.

Aurélie réalisa soudain qu'elle n'avait jamais eu l'occasion de voir un couple au quotidien. Cette douce intimité, ce dialogue muet lui serraient le cœur. Cela faisait naître en elle de l'envie et aussi une sorte de... honte, car elle n'avait jamais réalisé ce à quoi un mariage devait ressembler. Elle n'en avait jamais eu la moindre idée.

Dès leur première rencontre, Brundage l'avait traitée comme une femme adulte. Il s'était montré empressé et respectueux, mais son regard, quand il se posait sur sa bouche ou plongeait fugacement dans son décolleté, étincelait. Elle en avait le souffle coupé, sans savoir si ce regard lui inspirait du désir ou de la crainte – peut-être les deux. Elle ignorait presque tout de ce qui se passait réellement entre les hommes et les femmes.

Il avait, pour la courtiser, déployé tout son charme. Il était fougueux et, dans une réception, s'il la voyait bavarder ou rire avec un autre homme, il ne lui adressait plus la parole de toute la soirée. Sa jalousie la ravissait – c'était la première fois qu'elle entrevoyait son pouvoir sensuel et la responsabilité grisante que cela lui conférait.

De temps à autre, elle le mettait à l'épreuve pour vérifier qu'elle comptait pour lui – elle lui décochait une œillade en valsant avec un autre, ou riait aux éclats au milieu d'une horde d'admirateurs, pour le plaisir de l'enjôler ensuite pour le dérider et le sortir de son mutisme.

On ne lui avait jamais accordé autant d'attention. Elle ne s'était jamais sentie aussi désirable ni aussi féminine.

Elle n'avait jamais fait naître chez quiconque une... obsession.

Cela lui donnait l'impression d'être une héroïne de roman. Et elle se disait : « C'est sans doute ça, l'amour. »

Un jour, elle avait vu une araignée emmailloter une mouche dans ses fils de soie. À quel moment la mouche réalisait-elle qu'elle ne pouvait plus bouger ? s'était-elle demandé.

Avec Brundage, les choses s'étaient passées de cette façon-là.

Une bouffée de chaleur lui rougit les joues. Elle baissa les yeux sur la soupe de poisson. Brusquement, elle ne pouvait plus rien avaler.

Après le repas, tous se réunirent dans un salon douillet, à l'opposé du petit salon de réception où Aurélie avait subi son examen d'entrée. Les meubles étaient dépareillés, mais le feu crépitant dans la cheminée et les lampes disséminées dans la pièce baignaient l'endroit, et ses occupants, d'une lumière flatteuse. Un pianoforte trônait au fond du salon et paraissait attendre avec espoir que quelqu'un vienne le rejoindre.

M. Delacorte et lord Bolt étaient assis de part et d'autre d'un échiquier. Le capitaine Hardy avait ouvert un livre sur le guéridon placé à côté de lui. Les dames discutaient – jouerait-on aux jonchets, ou peut-être au whist, pendant que l'une d'elles ferait la lecture à haute voix ?

Aurélie restait prudente, partagée entre la volonté de se fondre dans l'anonymat et le plaisir de se sentir accueillie par tous et d'appartenir à une sorte de petite communauté.

Dieu merci, on n'attendait apparemment rien d'elle, hormis sa présence. Elle n'en avait pas l'habitude, et c'était bien agréable. Tous ici semblaient considérer qu'elle était des leurs.

— Oh ! s'exclama soudain Mme Pariseau. Madame Durand, vous devriez lire à Mme Gallagher le passage de la lettre de M. Bellingham au sujet de la poule Eleanor qui joue au morpion.

— Le morpion ? répéta Aurélie, sidérée. Mais une poule n'a pas de doigts !

Tous éclatèrent de rire, ce qui la fit rosir de plaisir. Que l'on puisse l'apprécier ou la trouver drôle était tellement nouveau et gratifiant.

Elle était cependant consciente de l'imperceptible hésitation qui précédait la moindre parole sortant de sa bouche. Et, quand ses propos amusaient l'assistance, elle ressentait une crispation au creux de l'estomac. Au début, Brundage semblait sous le charme et prétendait adorer l'entendre rire.

Jusqu'au soir où elle avait ri, amusée par ce qu'avait dit le laquais de Brundage à propos du mauvais temps.

Elle ferma un instant les yeux et prit une profonde inspiration pour se calmer.

— Figurez-vous, madame Gallagher, qu'elle joue avec son bec, déclara Mme Pariseau.

Sur quoi, elle mima la poule donnant des coups de bec et battant des ailes.

Aurélie et tous les autres éclatèrent de rire.

— Je me demande si elle pourrait jouer aux échecs de cette façon, s'interrogea Delacorte. Elle mettrait peut-être moins de temps que lord Bolt à bouger une pièce.

— Vous ne réussirez pas à m'intimider, Delacorte, vous le savez, rétorqua distraitement Bolt. Mais vos efforts m'amusent, je vous autorise donc à continuer.

M. Delacorte était le champion d'échecs en titre, néanmoins lord Bolt le battait de temps à autre.

— Nous avons tous les trois rendez-vous au White's avec les types du Lloyd's, déclara le capitaine Hardy. Soyez aimable de vous dépêcher de perdre, Bolt.

M. Delacorte gloussa. Lord Bolt lança au capitaine un regard narquois.

— Vous jouez aux échecs, madame Gallagher ? interrogea Dot.

— Oh oui… À vrai dire, je joue plutôt bien.

Aurélie sourit à M. Delacorte, qui garda le silence mais rougit comme un coquelicot.

Angélique s'éclaircit la voix :

— Ah, voilà le passage de la lettre de M. Bellingham que je cherchais. « Un jour, pour m'amuser, j'ai dessiné sur le sol, dans la cour du presbytère, une grille de morpion. Eleanor a piqué une case du bec avec tant de fermeté que j'y ai tracé une croix pour elle. Après quoi, j'ai dessiné un rond dans une autre case. Nous avons continué comme cela, et c'est elle qui a finalement gagné la partie ! »

Une fois de plus, tous éclatèrent de rire.

— Si seulement Bolt avait, comme la poule Eleanor, une chance de gagner…, persifla Delacorte.

Aurélie et les autres réprimèrent un sourire.

— À quoi ressemble M. Bellingham, à votre avis ? demanda Dot.

— Je pense qu'il porte le bouc, déclara Mme Pariseau.

Tous tournèrent vers elle des yeux ronds.

— Bellingham... Ça sonne comme le nom de quelqu'un qui a une barbe, expliqua placidement Mme Pariseau.

— Comme c'est intéressant, rétorqua Delilah. Les barbes ne sont plus à la mode. Que diriez-vous d'un petit pari ? Si M. Bellingham est barbu...

L'inquiétude dut se lire sur le visage d'Aurélie, car Mme Hardy enchaîna :

— Pauvre Mme Gallagher ! D'abord nous voulons lui faire boire du brandy, et maintenant nous la poussons à faire des paris. Elle finira par croire que notre établissement est un lieu de perdition. Rassurez-vous, madame Gallagher. Nos paris sont toujours inoffensifs.

— Si M. Bellingham est barbu, nous lirons à haute voix, cette semaine, les histoires de M. Miles Redmond au lieu du *Fantôme du grenier*, suggéra Mme Pariseau.

Dot et elle se défièrent du regard.

— Vous aimez les fantômes, madame Gallagher ? s'enquit Dot.

La question, posée avec une pointe d'agressivité, était à l'évidence importante, voire polémique, car tous les autres se turent et se tournèrent vers Aurélie.

« Ce doit être pareil quand on est en famille », songea-t-elle. Elle voulait donner la bonne réponse, et en même temps être fidèle à elle-même. Elle avait envie de s'amuser, mais elle souhaitait qu'ils l'apprécient. Ces aspirations contraires la rendirent muette un instant.

— Eh bien, je suis tentée de répondre non. Mais... comme je n'ai pas encore rencontré de fantômes, je préfère ne pas les diffamer.

Sa réponse fut saluée de rires. Elle en fut soulagée et, de nouveau, plutôt contente.

— Diffamer signifie insulter, chuchota Angélique à Dot.

— Merci, souffla cette dernière. Vous semblez capable d'aimer cette histoire de fantômes, que j'adore et qui est une très belle histoire, enchaîna-t-elle, s'adressant à Aurélie. Chaque fois que je l'entends, j'y trouve quelque chose de nouveau à aimer.

— Mme Gallagher me semble être une jeune femme sensée qui n'entrerait pas dans un grenier en sachant qu'un fantôme effrayant y habite, riposta Mme Pariseau.

Aurélie apprécia sincèrement ces deux points de vue sur sa personnalité, sans trop savoir cependant s'ils étaient exacts.

— Il faut d'abord mourir pour devenir un fantôme, n'est-ce pas ? suggéra-t-elle. Si le fantôme est une personne que l'on a connue de son vivant, serait-il si effrayant ?

Ses mots eurent l'effet d'une grenade philosophique lancée dans le salon. Tous les yeux étaient braqués sur elle. Dot affichait une mine sidérée, comme si la question ne lui avait jamais effleuré l'esprit. Mme Pariseau la regardait fixement, hochant la tête d'un air approbateur. Le capitaine Hardy et lord Bolt paraissaient à la fois amusés et intrigués.

— Cela dépend sans doute de la façon dont le fantôme vit le fait que son corps ne soit plus que vapeur, avança lord Bolt.

— Je doute que les fantômes soient constitués de vapeur, objecta Mme Pariseau. J'imagine que, quand un fantôme vous frôle, on doit plutôt avoir l'impression d'effleurer une toile d'araignée.

Une expression horrifiée se peignit sur le visage de Dot. Elle n'avait jamais réfléchi à la constitution des fantômes.

— Pourquoi aimez-vous tellement cette histoire, Dot ? hasarda Aurélie.

Dot, qui de toute évidence n'y avait pas réfléchi non plus, mordilla sa lèvre inférieure.

— L'héroïne est drôlement courageuse d'entrer dans le grenier sans savoir ce qu'elle y trouvera. Elle ignore si c'est dangereux ou non, mais elle a besoin de savoir, sinon elle ne connaîtra jamais la paix.

— Peut-être que frissonner de peur en lisant un livre ne nous déplaît pas parce que nous ne courons aucun danger et que nous le savons, rétorqua Aurélie d'un ton hésitant. C'est peut-être une manière de nous rappeler que nous sommes en sécurité et, du même coup, d'apprécier davantage notre situation.

Elle remarqua, car elle était maintenant douloureusement attentive aux détails les plus discrets, que Delilah et Angélique échangeaient un bref coup d'œil. Puis elles tournèrent de nouveau vers Aurélie un regard doux, dans lequel elle perçut un surcroît de sympathie et peut-être l'ombre d'un soupçon, comme si elles avaient compris quelque chose. Elle eut la sensation d'avoir été, l'espace d'une seconde, démasquée.

Elle baissa les yeux.

Mais elle avait une autre question à poser et pouvait sans doute profiter de cette discussion animée pour le faire sans risque.

— Si l'héroïne de l'histoire est en proie à une terreur qui la pousse à s'enfuir et qu'elle n'a pas d'autre choix que de se réfugier dans le grenier, qui sera peut-être tout aussi effrayant…, peut-on dire qu'elle fait preuve de courage ?

L'auditoire prit la question au sérieux, ce qui la toucha.

— Quel dilemme, n'est-ce pas ? répliqua Mme Pariseau. Tout le monde n'a pas le cran de fuir, certains baisseraient les bras tout de suite. Par conséquent, je pense qu'il lui faudrait du courage. Ou bien de l'optimisme, ou encore une foi inébranlable.

Oui, voilà, elle avait une foi inébranlable, même si elle n'avait toujours pas de nouvelles de M. Erasmus Monroe.

— Je crois que vous êtes drôlement courageuse de traverser l'océan toute seule, madame Gallagher, la complimenta Dot. Voilà pourquoi je suis persuadée que ce roman vous plairait, parce que c'est l'histoire d'une femme courageuse qui s'aventure dans le grenier.

« Et qu'elle n'est pas une écervelée », ajouta Dot en pensée.

C'était bien joué. Mme Pariseau leva les yeux au ciel en soupirant.

— Est-ce que le roman finit bien ? demanda Aurélie.

Elle voulait soudain savoir comment s'achevaient d'autres histoires, aussi terrifiantes que la sienne.

— Je ne vous le dirai pas, répondit habilement Dot. Je garde le meilleur pour la fin.

« Pourvu que le meilleur reste à venir ! » songea Aurélie.

— Nous devrions lire *Le Fantôme du grenier* à haute voix tant que c'est possible, intervint M. Delacorte d'un air sombre. Bellingham voudra probablement nous débiter des sermons, nous faire la morale et d'autres choses de ce genre-là.

— Ce n'est pas sûr, déclara Mme Pariseau. Il semble avoir de l'humour. À mon avis, les pasteurs connaissent bien les humains et ils recueillent tant de confidences scabreuses que plus rien ou presque ne les étonne.

— On voit qu'il n'a jamais rencontré Delacorte, dit négligemment lord Bolt.

Aurélie coula un regard inquiet à Delacorte, mais celui-ci gloussa de plaisir, comme s'il adorait qu'on le taquine.

— Quoi qu'il en soit, nous en aurons le cœur net dès demain, annonça Angélique avec satisfaction. M. Bellingham arrivera en principe quelques heures après M. Tweedy qui, lui, sera là de bon matin.

Penser que d'autres portaient des fardeaux qu'ils ne pouvaient confier à personne, hormis à un pasteur ou à un prêtre, consola un instant Aurélie : elle se sentait moins seule. Elle se demanda si sur la figure de ce M. Bellingham transparaîtraient les secrets entreposés dans sa mémoire.

Elle toucha machinalement sa joue, mais se hâta de baisser sa main.

Pouvait-on, en observant son visage, deviner son sordide secret ?

7

— Berwick ! Vous n'êtes pas encore mort, vieille crapule ! Dommage !

Berwick, attablé dans la salle de la taverne de la Tête de Cochon, plissa les yeux pour distinguer, à travers l'épaisse fumée, l'homme qui approchait. En reconnaissant Hawkes, sa large figure s'illumina, puis une lueur suspicieuse et calculatrice passa dans son regard.

— Tiens donc, mais c'est Hawkes ! Et moi qui espérais aller bientôt cracher sur votre tombe ! Les Français vous ont pas tué ? Ils ont manqué une belle occasion. Vous avez pas l'air en forme, dites donc.

Les amabilités d'usage étant échangées, Hawkes s'assit et posa brutalement une bouteille de gin au milieu de la table.

À ce bruit, toutes les têtes ou presque se tournèrent. La plupart des hommes présents dans la salle avaient terriblement soif.

Hawkes comptait justement là-dessus.

Sept ans auparavant, dans une ruelle obscure, Berwick avait tenté de dépouiller Hawkes. Il s'était retrouvé plaqué contre un mur, un poignard sous la gorge. Ils avaient vite passé un marché : Hawkes n'enverrait pas Berwick à la potence si ce dernier lui fournissait des informations utiles. Ils avaient ensuite noué une alliance et, d'une certaine manière, une amitié.

Après cette tentative de vol infructueuse, Berwick avait embrassé la profession de cocher de fiacre. En fait, c'était Berwick qui avait conduit celui qu'on soupçonnait d'être Cafard à l'église où il devait se marier, dans le Norfolk. Animé d'un louable esprit d'initiative, car Hawkes ne lui avait parlé qu'une seule fois de l'espion français, il s'était attardé pour consulter le registre paroissial et vu que Cafard l'avait signé sous le nom de Florian Vasseur.

Berwick ne se trompait pas, Hawkes n'était pas en pleine forme. Il avait mal dormi ces dernières nuits, tant il avait perdu l'habitude de coucher dans des lits à peu près confortables. Son sommeil avait en outre été peuplé de cauchemars.

Heureusement, la matinée avait très bien commencé : M. Harrigan, du cabinet Harrigan & Fils, s'était empressé de répondre à ses questions lorsque Hawkes lui avait montré la lettre de recommandation du comte de Brundage. Une personnalité aussi éminente que le comte de Brundage confiait-elle réellement au cabinet Harrigan & Fils le soin de tenir tous ses livres de comptes, actuels et antérieurs, tant ceux qui relevaient de son activité personnelle que ceux ayant trait à l'exercice de ses fonctions d'ambassadeur ? avait-il demandé innocemment. M. Harrigan s'était borné à montrer fièrement, sur une étagère derrière lui, les registres du comte, soigneusement étiquetés et rangés par ordre chronologique. Aurait-on la gentillesse, avait enchaîné Hawkes, de donner à un ancien prisonnier de guerre l'adresse d'une œuvre de bienfaisance figurant dans l'un de ces registres, afin qu'il puisse remercier ces gens qui avaient à cœur d'améliorer la maigre pitance du cachot ?

On le ferait volontiers pour M. Hawkes, héros de guerre et ami du comte de Brundage.

Hawkes apprit ainsi que les fonds remis à la Société d'aide aux prisonniers de guerre anglais avaient été collectés par un marchand d'antiquités de Bond Street, un certain Roland Guthrie.

L'individu et la boutique que Pike, le laquais de Brundage, avait mentionnés.

— Je suppose que les fonds ont ensuite été versés au Lloyd's Patriotic Fund[1], pour aider nos prisonniers, car ils cessent d'apparaître dans les registres après la guerre, déclara M. Harrigan.

Quand Hawkes s'en alla (ou plutôt disparut cinq minutes et quelques secondes plus tard), le cabinet Harrigan & Fils était l'heureux dépositaire de tous les livres de comptes de Brundage… sauf deux.

Feignant une quinte de toux, Hawkes les avait glissés sous son manteau lorsque M. Harrigan avait couru lui chercher un verre d'eau. Il venait, en quelque sorte, de commettre un vol – même si la fin justifiait les moyens.

Cela lui faisait un autre point commun avec Berwick, dont la main rampait sur la table en direction de la bouteille de gin.

D'un geste vif, Hawkes écarta la bouteille.

— J'ai des questions.

---

1. Littéralement : fonds patriotique. Créé en 1803, ce fonds avait pour but de venir en aide aux soldats et à leurs familles. *(N.d.T.)*

— Et moi qui croyais qu'on fêtait nos retrouvailles, grommela Berwick avec amertume. Vous avez pas de cœur, Hawkes.

— Je cherche une femme.

— Trouvez-la tout seul, ça entre pas dans le cadre de mes fonctions, rétorqua pompeusement Berwick.

— Une femme ravissante et de bonne famille, continua patiemment Hawkes. Elle fait à peu près votre taille. Il y a deux jours, au petit matin, la malle-poste l'a déposée quelque part dans le quartier des docks. De là, elle a dû grimper dans un fiacre. Elle parlait peut-être avec une pointe d'accent français.

Il s'était contenté de prévenir Brundage qu'Aurélie s'était vraisemblablement rendue à Londres, et qu'il allait prendre une chambre au Stevens Hotel et questionner ses informateurs dans les pubs que fréquentaient les cochers de fiacre – le comte avait certainement frémi à cette idée.

Brundage comptait faire la traversée jusqu'à Douvres, un ou deux jours après Hawkes. Ils s'étaient donné rendez-vous pour la semaine suivante, à la résidence londonienne de Brundage, dans St. James Square.

Le ciel était du côté de Hawkes : le mauvais temps avait retardé de six jours le voyage de lady Aurélie de Calais à Douvres. Les aubergistes, les cochers de fiacre et les ouvriers des docks gardaient le souvenir d'une jeune femme distinguée qui voyageait seule. À Douvres, elle avait censément trouvé une place dans la malle-poste.

Hawkes, quant à lui, avait traversé la Manche sans encombre, en six heures comme à l'accoutumée.

Autrement dit, la fugitive n'était arrivée à Londres que deux jours avant lui.

Elle était donc descendue de la malle-poste à proximité du quartier des docks et avait probablement grimpé aussitôt dans un fiacre. C'était là que la piste s'achevait.

En supposant qu'on ne l'ait pas encore dépouillée ou malmenée, Hawkes avait assez d'expérience pour savoir que la chance de la jeune femme ne durerait pas. Il devait faire vite.

— Une jolie petite Française ? Ouais, elle est montée dans un fiacre, déclara nonchalamment Berwick.

Il délogea d'un coup d'ongle un morceau de tourte à la viande coincé entre ses dents, puis s'essuya les doigts sur son gilet.

Hawkes demeura impassible, mais il sentait ce picotement familier à l'arrière du crâne, qui annonçait une vérité. Berwick connaissait tout le monde dans le milieu qui était maintenant le sien – les cochers, les veilleurs de nuit, les marchands des quatre-saisons et les employés de magasin – et il avait vent de tout ce qui se passait dans les autres milieux – les lords et les ladies, les prostituées et les voleurs. Mieux encore, il était bavard comme une pie.

Hawkes émit un ricanement railleur.

— Je ne vous crois pas. Qui vous a parlé d'elle ?

Rien de tel qu'un peu de mépris pour stimuler une tête de mule.

— Figurez-vous que c'est Davie Plunkett qui m'en a parlé, rétorqua Berwick, indigné. Il a dit qu'il avait pris un joli petit lot qui lui avait donné un gros pourboire. Elle a pas couché avec lui, notez bien. Elle lui a filé quelques pièces, et voilà.

— Merci pour cette clarification, ironisa Hawkes.

— DAVIE ! beugla alors Berwick en agitant la main.

Dans la salle, un client pivota sur sa chaise pour voir qui l'apostrophait. Il se leva et se fraya un chemin entre les tables jusqu'à eux. Le dénommé Davie Plunkett était un petit homme enveloppé d'une bonne couche de graisse, bien utile pour un cocher exposé aux intempéries. Il avait de petits yeux brillants et rusés, et une écharpe étonnamment élégante autour du cou.

— La fille que t'as vue au petit matin, lui lança Berwick d'un ton péremptoire. Notre ami Hawkes veut que tu lui en parles.

— Ah oui, rétorqua Davie avec un grand sourire. Un vrai cadeau, à cette heure-là, pour un homme solitaire.

— Comment était-elle habillée ? interrogea Hawkes.

— Elle avait une capuche sur la tête. Sa cape était bleue, il me semble. Une cape de reine, voyez, avec des plis. C'était pas une cocotte, et je m'y connais, déclara Davie avec un clin d'œil. Là-dessus, une rafale de vent lui a baissé sa capuche… et qu'est-ce que j'ai vu ? Un visage d'ange. Je me suis dit : « Et si c'était un ange descendu du ciel pour mettre mon âme immortelle à l'épreuve, hein ? »

— N'importe qui se poserait la question, rétorqua aimablement Hawkes.

— Ça m'a fait réfléchir, je vous prie de le croire. Enfin bref, je l'ai déposée du côté des docks, devant une espèce d'auberge. Avant, c'était un bordel. Pour une demi-couronne, un type pouvait avoir une fille qui lui faisait la Brouette du Fripon ! claironna-t-il.

Hawkes ne demanda pas de précisions, il imaginait sans peine de quoi il s'agissait et qui tenait le rôle de la brouette.

— Comment il s'appelait, ce bordel ? demanda Davie à la cantonade.

— Le Palais des Vauriens ! répondit d'une voix de stentor un type grisonnant, assis près de la cheminée.

S'ensuivit un chœur de grommellements et de soupirs nostalgiques.

— Ouais, c'est ça ! Vous enfilez Barking Road et, juste avant les écuries, vous prenez une petite rue... Love ou Lovely Street, quelque chose comme ça... et c'est là. Un bâtiment tout blanc, qui a l'air respectable. Le Grand Palais de je sais plus quoi.

Il secoua pensivement la tête.

— Je me suis dit qu'un grand palais, c'était ce qu'il fallait pour un ange.

Malgré sa fatigue, Hawkes éprouva une bouffée de soulagement. Si elle avait réussi à atteindre une auberge, elle était en sécurité.

Il poussa la bouteille de gin vers Berwick et posa discrètement sur la table deux shillings que ses interlocuteurs raflèrent prestement.

— Je vous remercie, messieurs, dit-il en se levant.

Demain matin, dès potron-minet, il irait à la recherche d'un ange logé dans un ancien bordel.

Le jour des Rois et la Saint-Nicolas ne valaient pas tripette, en comparaison de ce qui promettait d'être le jour de M. Tweedy.

Angélique et Delilah se retrouvèrent sur le palier, fatiguées mais gaies comme des pinsons. Toutes deux s'étaient habillées sans bruit, pour laisser dormir leurs maris. Le capitaine Hardy et lord Bolt étaient rentrés – avant le couvre-feu, bien sûr – un brin pompettes, après plusieurs verres de brandy au White's. Ils s'étaient écroulés sur leurs lits, blottis contre leurs épouses, et avaient commencé à ronfler.

M. Delacorte, qui avait accompagné le capitaine et lord Bolt, ronflait encore. (« Dites-vous que c'est la maison qui ronronne », avait naguère suggéré Delilah au capitaine Hardy qui, à son arrivée, occupait la chambre au-dessous de celle de Delacorte.)

Sur le palier du premier étage, elles eurent le plaisir de rencontrer Mme Pariseau et Mme Gallagher, bien réveillées et visiblement prêtes à attaquer le petit déjeuner.

— Bonjour, mesdames, déclara Mme Durand. Avez-vous bien dormi ?

Elles constatèrent avec satisfaction que Mme Gallagher, ravissante dans sa robe mauve, avait bien meilleure mine.

— Très bien, merci, répondit la jeune femme. J'espère que la lettre que j'attends arrivera aujourd'hui.

— C'est peut-être M. Tweedy qui vous la remettra, dit Mme Hardy, qui prononçait ce nom comme on savoure un bonbon.

— Il y a tant de menues besognes que l'on peut confier à un laquais ! s'enthousiasma Mme Pariseau.

Elles descendirent ensemble l'escalier.

— Mon Dieu, regardez-moi ça ! s'exclama Angélique quand elles furent dans le hall.

La « fièvre du laquais » semblait avoir contaminé le personnel. Maggie balayait énergiquement le dallage de marbre en damier noir et blanc, tandis que Rose époussetait avec ardeur les fesses des chérubins sculptés qui caracolaient sur la rampe d'escalier. Dans le salon de réception, Dot assemblait avec attention un bouquet de fleurs fraîches. Le feu flambait dans toutes les cheminées, et les pendeloques de cristal du grand lustre lançaient quelques arcs-en-ciel sur cette scène idyllique.

Helga était même sortie de sa cuisine, où elle s'adonnait sans relâche au travail qu'elle aimait par-dessus tout, afin de compléter le comité d'accueil. Ses joues rondes étaient toutes roses, et pas un cheveu ne dépassait de sa couronne de tresses blondes.

— J'ai pensé que nous pourrions d'abord prendre une tasse de thé, puis un bon petit déjeuner pour faire plus ample connaissance, déclara-t-elle. Et je voulais que M. Bellingham puisse goûter mes scones le plus tôt possible.

Dans l'une de ses lettres, M. Bellingham signalait qu'il avait hâte de dévorer les fameux scones dont les Farraday lui avaient chanté les louanges.

— Oh, quelle bonne idée ! Merci, Helga ! rétorqua Delilah.

À cet instant, un pas familier résonna dans l'escalier, et M. Delacorte apparut. Il paraissait quelque peu vaseux. Il s'arrêta, bâilla à s'en décrocher la mâchoire et se gratta subrepticement le derrière.

— Nous vous avons réveillé, monsieur Delacorte ? demanda Angélique sur un ton d'excuse.

— Oh, peut-être bien, mais ce n'est pas grave. C'est un grand jour, n'est-ce pas ? Je ne voulais pas manquer ça !

Toutes lui sourirent.

— Le café est prêt, monsieur Delacorte, l'informa Helga. Si on ne vous l'a pas encore apporté dans votre chambre, je...

BOM, BOM !

Le bruit les fit tous sursauter et pivoter vers la porte d'entrée, qu'ils observèrent dans un silence perplexe.

— Je n'ai jamais entendu quelqu'un toquer à la porte de cette façon, hasarda Dot à mi-voix.

— « Toquer » n'est pas le mot juste, répliqua Angélique, circonspecte.

— On aurait dit un sac de farine lancé contre la porte, commenta Helga – c'était une experte, elle savait quel bruit faisait un sac de farine contre une porte.

— C'est peut-être un gros oiseau qui s'est cogné, suggéra Dot.

— Comme c'est pittoresque, Dot, rétorqua Delilah d'un ton quelque peu crispé.

Aujourd'hui, on se passerait volontiers de surprises, bonnes ou mauvaises.

Tous continuaient à scruter le battant d'un œil méfiant.

— Eh bien, nous ne voudrions pas faire attendre M. Bellingham ou M. Tweedy, si ce... bruit annonce leur arrivée. N'est-ce pas ? dit Angélique d'un ton léger. Allez voir, Dot.

Celle-ci se précipita et ouvrit le judas.

— C'est bizarre, je ne vois personne... rien du tout... Je vais jeter un coup d'œil dehors.

Avant qu'Angélique ou Delilah puissent l'inviter à la prudence, Dot ouvrit la porte.

Un homme entra en titubant.

Ravalant une exclamation, tous reculèrent d'un pas.

Ce n'était pas M. Tweedy. À en juger par la cravate, l'élégante redingote et les bottes luisantes comme des miroirs, on avait affaire à un véritable Gentleman – la majuscule était importante.

Il luttait manifestement pour rester debout, mais la loi de la gravité eut raison de lui.

Il tomba lourdement sur ses genoux, et les membres de l'assemblée poussèrent un petit cri.

Son chapeau tomba de sa tête et glissa sur le sol. L'homme tenta encore de se redresser, en vain. Il s'effondra à plat dos, les bras et les jambes écartés.

Ce fut alors qu'on vit une large tache rouge sur sa chemise immaculée.

Un silence absolu s'abattit sur le hall. Tous écarquillaient des yeux horrifiés.

Soudain, Dot renversa la tête en arrière. Un cri à glacer le sang fusa de sa gorge et leur vrilla les tympans, si bien que Rose glapit, s'écroula sur le sol et s'évanouit. Maggie, sautant sur l'occasion de hurler et de feindre un évanouissement, se laissa tomber à côté de Rose.

Le hall était maintenant jonché de corps étendus.

— Monsieur Bellingham ! On a tué le pasteur ! Quelqu'un a tué M. Bellingham ! hurla Dot d'une voix où l'indignation se mêlait à l'effroi.

Et soudain, le sol se mit à trembler sous eux.

Tous poussèrent un gémissement de terreur.

Le cœur d'Aurélie cognait dans sa poitrine.

Tout le bâtiment tremblait. On entendit un sourd grondement qui enfla tout à coup en un tonnerre assourdissant, sans doute annonciateur de l'Armageddon. Instinctivement, Aurélie saisit la main que Delilah lui tendait, car si c'était la fin du monde, il lui semblait important de disparaître en tenant un autre être humain. D'un côté du hall, Helga et Mme Pariseau s'étreignaient, tandis que, de l'autre, Angélique s'évertuait à bâillonner Dot.

Il s'avéra que le fracas et les vibrations étaient dus au capitaine Hardy et à lord Bolt, qui dévalaient l'escalier.

— Delilah ! rugit le capitaine, torse nu, en sautant par-dessus la rampe, pistolet au poing.

Lucien, qui le suivait, seulement vêtu d'une longue chemise aux pans gonflés comme des voiles, atterrit à côté de lui. La pauvre Maggie s'évanouit alors réellement – par chance, elle était déjà allongée sur le sol.

— Je suis là, Tristan ! Nous sommes là ! dit Delilah en leur montrant l'homme ensanglanté.

Bolt, dont la chemise protégeait tout juste sa pudeur, tournait sur lui-même comme l'aiguille d'une boussole qui aurait perdu le nord. Aurélie n'oublierait jamais l'expression qui se peignit sur son visage quand il vit Angélique et s'arrêta enfin.

Le capitaine Hardy et lui s'accroupirent près du blessé.

— On a assassiné M. Bellingham ! hurla de nouveau Dot.

Angélique lui plaqua la main sur la bouche et la fit reculer.

— Il est vivant, annonça le capitaine, après lui avoir pris le pouls. Monsieur... Comment vous appelez-vous ? Pouvez-vous parler ?

Tous retenaient leur souffle et priaient.

— *Je tuerai ce salaud*, marmonna l'homme d'un ton féroce.

Un silence de plomb s'abattit sur l'assemblée.

— Je crois qu'on l'a poignardé, dit Lucien, qui avait doucement retroussé la chemise du blessé. La plaie est profonde. C'est vilain, mais ça pourrait être pire.

Aurélie baissa les yeux sur le visage de M. Bellingham et s'en repentit, car elle eut la sensation de commettre un sacrilège. La tête renversée en arrière, il avait les yeux mi-clos, et ses cils bruns jetaient une ombre sur ses pommettes saillantes et très pâles. Ses vêtements, de bonne qualité, étaient bien entretenus. Bizarrement, la vue de ses bottes impeccablement cirées la bouleversait. Les gestes banals que les gens accomplissaient tous les jours – lustrer des bottes, par exemple – lui paraissaient soudain presque ridicules, la marque d'une foi aveugle, alors qu'un être pouvait en un éclair perdre toute dignité et même la vie.

La vulnérabilité de cet homme l'emplissait d'une rage tellement forte et inexplicable que son cœur s'affola dans sa poitrine comme une bête prise au piège.

Mue par une impulsion irréfléchie, elle se précipita auprès de lord Bolt et lui tendit son mouchoir.

— Merci, dit-il d'un ton bref.

Elle n'aurait pas cru être le genre de femme qui accourt auprès d'un homme ensanglanté au lieu de se détourner pour respirer des sels.

Bolt appliqua fermement sur la blessure le mouchoir qui se teinta aussitôt de rouge. Aurélie recula vivement pour laisser lord Bolt et le capitaine Hardy s'occuper du blessé.

— Delacorte, venez nous aider à le transporter, ordonna Lucien. Il faut les emmener ailleurs, ajouta-t-il, montrant du menton les domestiques toujours pâmées et affalées sur le sol.

Après quelques secondes d'hésitation, Helga et Mme Pariseau soulevèrent les jambes de Rose et de Maggie et, comme si elles tiraient une charrue, les traînèrent avec ménagement sur le dallage brillant.

Ce fut à cet instant que M. Tweedy franchit le seuil d'un pas guilleret.

Il affichait un sourire heureux. (Delilah se le rappellerait plus tard, et ce souvenir lui apporterait un peu de réconfort. M. Tweedy était si content de venir travailler chez elles !)

Il leva les mains pour se cacher les yeux, trop tard hélas. Il vit en même temps les mollets de Maggie, dénudés jusqu'aux jarretières, deux hommes à moitié nus et armés d'un pistolet penchés sur un autre homme qui saignait, tandis que Mme Durand semblait vouloir étouffer une domestique hystérique.

Il ressortit précipitamment, referma la porte derrière lui, et s'éloigna à toute allure.

On ne le revit plus jamais.

(Ajoutons, à sa décharge, que si l'incident lui donna des cauchemars réguliers durant les années qui suivirent, il n'en parla jamais à personne. Cet homme était la discrétion incarnée.)

8

Les femmes s'étaient regroupées dans la cuisine qui ressemblait soudain au donjon d'un château fort assiégé. Elles avaient toutes la sensation d'avoir, elles aussi, perdu beaucoup de sang. Leurs nerfs et leurs cœurs – et les cordes vocales, en ce qui concernait Dot, qui était la cible de regards torves quoique furtifs – avaient été rudement malmenés. Il leur faudrait des litres de thé pour retrouver un semblant de calme. Elles en étaient pour l'instant à leur deuxième tasse.

Bolt et Hardy, combattants aguerris, habitués à infliger et à récolter des blessures, et à les soigner, avaient constaté que l'entaille était longue mais pas excessivement profonde. Les organes proches de la plaie semblaient intacts et à la bonne place.

Le blessé pouvait s'estimer chanceux.

Lucien s'était bravement porté volontaire pour le recoudre.

— Je l'ai déjà fait. Mes points de suture sont de petits chefs-d'œuvre.

Les dames avaient été informées que M. Bellingham, alternant des moments d'éveil et des moments de léthargie, s'était montré incroyablement stoïque. Il avait serré les dents et crispé les doigts, au point d'en avoir les jointures blanchies, sur le morceau de bois que le capitaine lui avait donné – comme si le pasteur savait ce qu'il fallait endurer pour recoudre une plaie.

Mais, hormis sa surprenante déclaration à son arrivée, il paraissait incapable de prononcer un mot.

Voir un homme souffrir autant de sa main, même si c'était pour lui sauver la vie, était une véritable épreuve pour Lucien. Son travail achevé, il avait rejoint, livide, le jardin qui portait le nom de sa mère pour respirer et être seul un moment.

Il attendit là M. Delacorte qui avait couru chercher l'apothicaire qui tenait boutique au bout de la rue. S'il connaissait les remèdes qui soulageaient, voire guérissaient diverses affections, Delacorte ne savait pas précisément à quelle dose les administrer dans le cas présent. Il ne voulait pas empoisonner un homme qui avait, du moins jusqu'ici, survécu à un méchant coup de poignard.

— C'est le genre de chose que M. Tweedy aurait pu faire, déclara Delilah avec mélancolie.

— Courir chercher l'apothicaire pour soigner les hommes poignardés qui s'effondrent dans notre hall ? rétorqua Angélique, tout aussi mélancolique.

— Exactement.

L'une et l'autre avaient vu M. Tweedy sortir à reculons. Elles n'avaient pas manqué de remarquer ses yeux exorbités d'effroi.

Cette journée commençait sous de fâcheux auspices.

— Les manches bouffantes n'étaient peut-être pas une bonne idée, marmonna Angélique.

Delilah essaya de rire mais ne put émettre qu'un soupir.

Toutes deux étaient en état de choc et avaient l'air franchement abattues.

Un comte et sa famille avaient séjourné chez elles durant plusieurs semaines[1]. Un duc avait fait de même, et pas n'importe quel duc – le duc de Valkirk. Le roi lui-même leur avait rendu visite. Et personne n'avait été poignardé.

À Londres, on pouvait être attaqué à tout moment et n'importe où. Elles n'y étaient pour rien, mais elles ne pouvaient s'empêcher de se sentir responsables.

Ce cher M. Bellingham… sur le perron de leur établissement…

Tandis qu'on s'occupait de ce cher M. Bellingham, on se remit à vaquer à l'ouvrage quotidien – épluchage (pommes, pommes de terre et oignons), pétrissage et ménage. Les domestiques, ranimées, calmées et de nouveau d'aplomb sur leurs jambes, finissaient de faire la poussière et de laver les traces de sang sur les dalles du hall.

Mais dans la cuisine, on était distrait. On s'affairait puis, soudain, on se figeait et on restait planté là, songeur.

Assise à la table, Aurélie regardait en silence les autres travailler. On lui avait enseigné les rudiments de la tenue d'une maison aristocratique, mais elle n'avait bien sûr pas appris à cuisiner, et le spectacle qui se déroulait devant ses yeux la fascinait. Elle était contente d'être au milieu de toutes ces femmes, même si celles-ci considéraient

1. Cf. *Le Palais des Vauriens 3 – Rendez-vous au clair de lune.*

sans doute qu'une Mme Gallagher maîtrisait forcément l'art culinaire. « Pourvu que la conversation ne dérive pas vers les recettes de cuisine et autres sujets du même genre », se disait-elle.

— Quand je suis préoccupée, rien ne m'apaise autant que de faire une tarte aux pommes, déclara Delilah.

Aurélie, à qui on avait donné des pommes et de la pâte, suivait donc son exemple, calquant ses gestes sur les siens. Car elle aussi était préoccupée. Elle pensait au blessé, aux deux hommes qui s'étaient précipités en entendant des cris, et à la façon dont tous ces gens s'étaient mutuellement réconfortés.

— M. Tweedy est une âme sensible, fit-elle remarquer. Il n'est peut-être pas de taille à travailler ici ?

Delilah et Angélique lui décochèrent un regard surpris, puis un faible sourire étira leurs lèvres.

— Je crois que vous avez raison, madame Gallagher. Quand je pense qu'Helga a eu le courage de chasser un malotru à coups de rouleau à pâtisserie…

Delilah n'acheva pas sa phrase, réalisant qu'elle s'adressait à une pensionnaire à qui l'on avait certifié qu'aucun vaurien n'avait jamais franchi la porte du Grand Palais de la Tamise.

— On se croit souvent plus courageux qu'on ne l'est en réalité, argua Aurélie. Avec son physique, M. Tweedy semblait l'être, mais c'est au pied du mur qu'on voit le maçon.

Pour sa part, elle découvrait de quel bois elle était faite. Elle était visiblement plus solide qu'une lady n'était censée l'être, mais peut-être les récentes péripéties de sa vie avaient-elles altéré son jugement.

La violence avait toujours fait partie intégrante de son existence. Les hommes étaient capables du pire, elle ne le savait que trop. Cependant, ils étaient aussi capables, elle en avait été témoin aujourd'hui, d'aimer de tout leur cœur.

C'était bon à savoir.

Si jamais elle flanchait, elle pourrait s'apitoyer sur son sort en se disant que l'homme qu'elle avait failli épouser appartenait à la première catégorie.

Avant de repartir, M. Waxworth, l'apothicaire, s'arrêta pour les informer que M. Bellingham était vivant, quoique inconscient. On lui avait fait ingurgiter une bonne dose de laudanum et un remède oriental prescrit en cas de fièvre, puis on l'avait badigeonné d'huile de millepertuis et on lui avait posé des bandages.

— Avez-vous de l'huile de millepertuis pour continuer les soins ? Ou peut-être du baume de consoude ? Et des linges pour les bandages ?

— Naturellement ! se hérissa Helga. Quel genre de maison serions-nous si nous n'en avions pas ? J'ai mes propres recettes. Voyez vous-même, ajouta-t-elle, montrant d'un geste l'étagère sur laquelle elle rangeait ses herbes médicinales.

L'apothicaire opina du bonnet avec les claquements de langue appréciateurs qui s'imposaient.

— Parfait ! Je pense que le pauvre homme était mal en point avant même son agression. Il a de la fièvre. Il faudrait le surveiller toute la journée et cette nuit, et refaire le pansement. Son état pourrait empirer.

Un silence choqué s'abattit sur la cuisine. M. Bellingham risquait-il de mourir ?

— Je le veillerai cette nuit, décréta impulsivement Aurélie – les mots avaient jailli malgré elle.

Imaginer cet homme seul dans le noir lui était soudain insupportable. Il se réveillerait peut-être, effrayé et se tordant de douleur, sans se souvenir de ce qui lui était arrivé, dans une chambre inconnue où personne ne l'entendrait s'il appelait à l'aide.

Elle se rendit compte que tous la regardaient avec une sympathie mêlée de compassion.

Ils imputaient peut-être sa sollicitude à la mort de Thomas, son mari fictif.

Elle se sentit de nouveau un peu méprisable : elle ne méritait pas leur gentillesse.

— Madame Gallagher... Proposer de le veiller est très généreux et courageux, mais vous n'y êtes pas obligée, déclara Mme Hardy avec douceur. Vous êtes notre hôte, et M. Bellingham est sous notre responsabilité.

— Cela ne me dérange pas, rétorqua fermement Aurélie. Vous avez déjà beaucoup fait pour lui. Je veux vous aider, et je sais comment m'y prendre. Je me charge de lui.

Elle entendit dans sa propre voix une note impérieuse qui ne convenait sans doute pas à une Mary Gallagher. Elle parlait comme une femme qui n'a pas l'habitude d'être contredite.

Elle ne mentait cependant pas totalement. Quelques années auparavant, elle était tombée gravement malade et avait été soignée par une nurse qui restait à son chevet jour et nuit. Elle se souvenait des linges humides sur son front, des cataplasmes de moutarde et de la voix rassurante de la garde-malade. Au cours de sa vie, on lui avait témoigné de la bienveillance, mais si peu de tendresse et de réelle attention qu'elle voulait en donner à autrui.

Il lui semblait que c'était la clé pour survivre, et même une raison d'exister.

— Très bien, acquiesça Mme Durand. Merci, madame Gallagher. Nous nous occuperons de lui jusqu'à ce soir, et vous le veillerez cette nuit.

— Si vous voyez qu'il brûle de fièvre, madame Gallagher, vous n'aurez qu'à lui appliquer des linges humides sur le front et la poitrine. Il faudra les tremper régulièrement dans l'eau froide, conseilla M. Waxworth.

Elle n'avait pas envisagé de rafraîchir un homme torse nu, voire complètement dévêtu. Mais elle en était assurément capable.

— De l'écorce de saule, intervint soudain Helga, qui se leva d'un bond pour saisir un pot sur l'étagère. Je préparerai une infusion pour M. Bellingham, dès qu'il pourra boire. Cela soulagera la douleur.

Tous paraissaient convaincus que M. Bellingham se tirerait d'affaire, pourtant chacun connaissait au moins une personne qui était morte des suites d'une infection. On essayait de conjurer le mauvais sort.

À cet instant, le capitaine Hardy fit son apparition sur le seuil de la cuisine.

Il s'était habillé et rasé de près. Tout le monde le regarda d'un air médusé, comme si un ours avait fait irruption dans la pièce. C'était que, d'aussi loin qu'on s'en souvienne, le capitaine, tout comme lord Bolt, n'avait jamais mis les pieds dans la cuisine en pleine journée (car il lui arrivait à l'occasion de s'y faufiler durant la nuit pour chiper un bout de fromage). Ce lieu était pour lui, sans conteste, un domaine féminin, comme son navire était un territoire exclusivement masculin.

Il ne prononça pas un mot. Il s'approcha de Delilah, lui prit doucement la main – posée sur la table à côté d'une pomme de terre qu'elle venait d'éplucher – et entrelaça ses doigts aux siens.

Puis, toujours en silence, il l'entraîna hors de la pièce.

— Tristan... ? murmura-t-elle, lançant par-dessus son épaule un regard perplexe à ses compagnes.

Il continua à marcher.

Elle se laissa emmener, puisqu'elle l'aurait suivi au bout du monde. Ils traversèrent le hall et entrèrent dans le salon de réception.

Là, il lui lâcha la main et ferma la porte.

— Tristan, qu'est-ce que...

Il l'attira contre lui et, le nez dans ses cheveux, l'étreignit.

— Je... J'avais juste besoin de..., bredouilla-t-il. Quand j'ai vu tous ces corps par terre... que j'ai entendu hurler...

Elle comprit, bien sûr, et l'étreignit à son tour.

— Je sais, murmura-t-elle. Je t'aime aussi. Tout va bien, mon chéri.

Elle n'oublierait jamais, quand il avait crié son nom, la terreur, la rage et l'amour fou qui vibraient dans sa voix.

Il la serrait si fort qu'elle croyait entendre son cœur battre contre le sien. Ils ne formaient plus qu'un à présent, si bien qu'elle ne savait plus si c'était le cœur de Tristan ou le sien qui cognait ainsi.

Plus tard, alors que M. Bellingham était encore plongé dans les brumes du laudanum, le capitaine Hardy et lord Bolt fouillèrent son manteau dans l'espoir d'y découvrir la preuve que le blessé était bien M. Bellingham. Même si on pouvait affirmer presque avec certitude qu'il s'agissait bien de lui, dans la mesure où personne d'autre n'avait franchi la porte du Grand Palais de la Tamise.

La première chose qu'ils trouvèrent fut… un pistolet.

— Qu'est-ce qu'un pasteur fabrique avec un pistolet qui ressemble autant au mien ? s'étonna Lucien.

L'objet était superbe, lustré et élégamment usé, comme si la crosse était régulièrement nichée dans la main de son propriétaire. Ce n'était pas un pistolet d'amateur, on utilisait ce genre d'arme pour tuer les bandits de grand chemin et autres importuns du même calibre.

Et il était chargé.

Le capitaine et Lucien le mirent de côté.

— Dommage que ce pauvre bougre n'ait pas pu le dégainer à temps. Ôtons-lui ses bottes, j'ai un pressentiment, ironisa le capitaine.

Ils le déchaussèrent et trouvèrent effectivement dans ses bottes un petit pistolet et, rangé dans son fourreau, un magnifique poignard dont la lame acérée aurait pu sans peine taillader un cerf… ou un pasteur.

— Et à quels vices s'adonne notre homme d'Église pour avoir besoin de tout cet argent ?

marmonna le capitaine Hardy en brandissant une épaisse liasse de billets et une bourse pleine de pièces sonnantes et trébuchantes.

Continuant à palper les vêtements du blessé, ils découvrirent une belle montre en or attachée à une chaîne très simple, et ce qui paraissait être la clé d'une chambre d'hôtel.

Lucien fronça les sourcils.

— Une sacrée montre pour un pasteur. Si c'était un objet de famille, elle serait sûrement gravée.

Mais ils n'y virent aucun monogramme, et aucune initiale n'était brodée sur son mouchoir visiblement neuf.

— On a donc tenté de le tuer, mais pas pour son argent ni pour sa montre, résuma Hardy.

— Ses amis, à la campagne, l'ont peut-être chargé de rapporter des cadeaux de Londres, suggéra Lucien. C'est chose répandue, et cela expliquerait ce paquet de billets.

— Oui, c'est possible. Après l'avoir poignardé, son agresseur n'a peut-être pas eu le temps de lui faire les poches. Quelqu'un lui est tombé dessus, à moins que l'ami Bellingham n'ait réussi à s'enfuir. Ou peut-être avait-il un autre poignard dans sa manche, et un cadavre gît quelque part dans les environs, avec un couteau de pasteur planté dans la couenne.

— Il n'a pas de bagages, enchaîna Lucien. Bien sûr, on les lui a peut-être volés. Pauvre type... ce n'est pas son jour de chance. Par contre, il fume d'excellents cigares, ajouta-t-il en passant un cigare sous son nez pour humer le tabac. On a le droit de s'offrir un petit plaisir, n'est-ce pas ?

Il extirpa de la poche de poitrine de la redingote une lettre maculée de sang et illisible.

— Une lettre de recommandation ? Notre pasteur paraît être un homme d'expérience, prêt à toute éventualité et conscient de ce qui risque de lui arriver à Londres... et qui a fini par lui arriver.

Ce malheureux avait été attaqué pratiquement sur leur perron. C'était révoltant.

Hardy hocha la tête avec un grognement.

Pour un pasteur doublé d'un campagnard, Londres n'avait rien à envier à la cité biblique de Gomorrhe. Mais à la campagne, tous les hommes savaient se servir d'une arme à feu.

— Il y a quelque chose dans la doublure, annonça Hardy qui continuait à fouiller les poches du blessé.

Ce ne fut pas facile, mais il réussit à déloger le portrait en miniature d'une jeune fille aux cheveux de jais et aux yeux bleus.

— Elle est jolie, commenta-t-il distraitement.

— Sa bien-aimée ? suggéra Bolt. Bellingham a-t-il précisé dans sa lettre qu'il était marié ?

— Je ne crois pas qu'il y ait fait allusion.

Il n'y avait aucune inscription au dos du portrait. Hardy le remit dans la poche de la redingote. Bolt et lui emportèrent les pistolets et l'argent pour les mettre en lieu sûr.

Ce soir-là, dans le salon, régnait une légère hébétude. On parlait peu, et seulement par phrases décousues. Les visages étaient pâles et fatigués, les mines chiffonnées. Après le dîner, les hommes ne se retirèrent pas dans le fumoir, comme à leur habitude, pour savourer un cigare, jurer et, éventuellement, lâcher un vent. Ils préféraient garder les dames à portée de vue.

— Si M. Bellingham meurt, vous pensez qu'il hantera le Grand Palais de la Tamise ? interrogea Dot.

— Peut-être, répondit tristement Angélique.

— Bien sûr que non, se hâta de dire Delilah. Ne soyez pas sotte, Dot. D'ailleurs, il ne va pas mourir.

— Quoique ce soit un endroit agréable pour y passer l'éternité, déclara Delacorte avec conviction. En fait, je pourrais bien décider de rester ici jusqu'au Jugement dernier.

— Nous serions heureuses de vous avoir ici pour toujours, rétorqua gentiment Delilah.

— Vous allez mourir, monsieur Delacorte ? demanda Dot d'une voix qui grimpait dans l'aigu – elle avait beaucoup d'affection pour lui et redoutait aussi de devoir cohabiter avec un autre fantôme.

— Pas avant plusieurs décennies, la rassura-t-il.

— Et M. Bellingham ne mourra pas non plus, affirma Mme Pariseau. Les hommes comme lui, qui viennent de la campagne et qui sont aussi robustes, vivent une éternité.

On ne pouvait naturellement pas en avoir la certitude, mais l'assurance de Mme Pariseau était réconfortante. Elle semblait toujours en savoir plus long que n'importe qui sur une multitude de sujets.

— S'il devenait un fantôme, il élirait sûrement domicile dans le grenier, vu qu'il n'a pas payé la chambre, fit remarquer Angélique.

— Je ne saisis pas pourquoi un fantôme voudrait s'enfermer dans un grenier alors qu'il y a tant de chambres confortables et qu'il pourrait flotter tranquillement de l'une à l'autre, objecta Lucien d'un air sombre.

Le capitaine Hardy se mordit les lèvres pour ravaler un gloussement incongru. Delilah décocha un regard de reproche à Angélique et à Lucien. Dot émit un couinement.

Mme Gallagher était avec lui maintenant, à l'étage. Il dormait encore, d'un sommeil agité.

Delilah et Angélique avaient apporté à la jeune femme des linges propres, des brocs d'eau fraîche et une cuvette. Elle les avait remerciées, leur avait dit que tout irait bien, et avait refermé la porte.

— Mme Gallagher paraît fragile, mais en réalité elle est solide, déclara Mme Pariseau. Je pense qu'elle s'en sortira très bien, cette nuit. Perdre un être cher vous endurcit, si cela ne vous tue pas.

C'était la vérité pure, tous le savaient, car tous avaient, à un moment ou à un autre, perdu quelqu'un.

Un long silence suivit ces paroles, chacun songeait avec mélancolie à sa propre mortalité et à la brièveté de la vie. Chacun avait sa façon, selon ses traits de caractère, de surmonter le désespoir. Angélique et Lucien, enclins à la causticité, se réfugiaient dans le sarcasme. Delilah était plus douce, et le capitaine Hardy plus silencieux.

On n'entendait dans le salon que le crépitement du feu, le cliquetis des aiguilles à tricoter de Delilah et le froissement des pages d'un livre que l'on tournait sans les lire.

— Il est très séduisant, déclara Dot à mi-voix.

— Dot ! gronda Delilah, stupéfaite.

Mais, de fait, Dot avait raison. Sa silhouette élancée, ses épaules larges et son visage à l'harmonie parfaite s'étaient gravés dans son esprit et lui avaient fait une forte impression. C'était surprenant pour un pasteur de campagne. Ce n'était pas ainsi que, d'après ses lettres, elles se représentaient M. Bellingham. Mais pourquoi un homme aimable et charmant ne pourrait-il pas être un apollon ?

L'honnêteté exigeait de reconnaître que toutes les femmes présentes dans le salon, de même que les hommes, avaient remarqué le physique avantageux du pasteur. Était-ce un péché ? Un homme qui était peut-être mourant ne devrait pas avoir à subir des regards inquisiteurs ou emplis de désir.

D'un autre côté, s'ils étaient capables d'apprécier la beauté physique, cela signifiait qu'ils étaient tous des êtres de chair et de sang, et ils ne pouvaient que s'en réjouir.

Angélique était passée voir si tout allait bien pour Mme Gallagher avant de rejoindre Lucien dans leur chambre.

Croyant qu'il dormait, elle se glissa doucement sous les couvertures et, couchée sur le flanc, appuya ses fesses contre son corps chaud.

— J'ai vu beaucoup de gens mourir. Et j'ai tué. Un pirate, comme tu le sais.

Angélique, surprise, se tourna vers son mari, qui était tout à fait éveillé.

— Je me souviens d'un temps où, au lit, nous parlions de choses comme… mes fesses, dont tu disais qu'elles étaient pareilles à des pêches.

Lucien se mit à rire et se tourna lui aussi vers elle. Angélique, qui avait prévu de lire un peu, n'avait pas encore éteint la lampe qui nimbait Lucien d'une lumière mordorée. Il avait l'air d'un dieu païen.

Et il la regardait comme s'il la voyait pour la première fois. Une expression étrange, presque... cruelle, se peignait sur ses traits.

En réalité, ils avaient discuté de tout et de n'importe quoi, à voix basse, dans leur lit. Ils aimaient par-dessus tout être ensemble.

— Lucien..., murmura-t-elle, parcourant le contour de ses lèvres du bout de l'index. Explique-moi ce qui te perturbe.

— Quand j'ai su que je t'aimais, je ne te l'ai pas dit. Je veux te le dire maintenant.

— D'accord, rétorqua-t-elle, circonspecte.

— C'était le soir où j'ai fait la connaissance du capitaine Hardy, quand nous jouions cette pantomime... l'attaque des pirates[1]. Tu te rappelles ?

— M. Delacorte ne nous laissera jamais l'oublier. Il nous supplie sans relâche de recommencer.

Cela aurait dû dérider Lucien, mais il ne sourit pas.

— À un moment, tu t'es écroulée sur le sol et tu as fait semblant d'être morte. Je crois que Dot t'avait embrochée de son épée imaginaire.

Il émit un petit rire sans joie.

— Mon cœur s'est arrêté. Je savais pertinemment que c'était de la comédie, pourtant... je jure que mon cœur a cessé de battre. À l'époque, je

1. Cf. *Le Palais des Vauriens 2 – Le bâtard de la maison Brexford.*

n'étais pas enchanté de voir à quel point j'étais à ta merci. Mais j'ai compris ce soir-là que je t'aimais.

Angélique sentit des larmes lui picoter les yeux.

— Et aujourd'hui, poursuivit-il d'une voix rauque, eh bien... c'était encore pire. J'ai mesuré l'ampleur de mon égoïsme. De ma faiblesse. J'avais devant moi un homme ensanglanté, et je ne pensais qu'à toi. Parce que s'il t'était arrivé... quelque chose...

Elle essuya une larme sur sa joue. Ces derniers temps, elle pleurait pour un rien, ce qui la surprenait et l'effarait à la fois. C'était un luxe inimaginable pour une femme qui, pour sa survie, avait si longtemps dissimulé ses émotions et plaqué sur ses traits le masque qu'un homme souhaitait voir. Lucien, lui, désirait seulement qu'elle soit elle-même.

— Merci de m'aimer, murmura-t-elle. Je voudrais te dire à quel moment précis j'ai su que je t'aimais, mais autant vouloir trouver où commence le ciel.

Lucien esquissa un sourire.

— Je ne me doutais pas que ce serait comme ça, dit-il pensivement.

— Terrifiant ?

— ... et en forme de pêche, souffla-t-il.

Posant la main sur ladite pêche, il l'attira contre lui. Ils se sentaient vivants, et leurs corps allaient fêter cette bonne nouvelle.

9

Mme Hardy et Mme Durand étaient passées la voir avant de se coucher, pour vérifier si elle n'avait besoin de rien et si elle était toujours résolue à accomplir sa mission.

Aurélie les avait rassurées et remerciées.

Elle était seule à présent avec M. Bellingham.

La chambre était plongée dans la pénombre, seules deux lanternes, de chaque côté du lit, éclairaient le blessé d'une faible lumière dorée. Il avait repoussé sa couverture et était nu jusqu'à la taille. Il portait encore son pantalon, mais on l'avait déboutonné et baissé de quelques centimètres pour dégager la blessure.

Il dormait, un bras plié au niveau du coude, sa main fermée frôlant sa joue. Son autre bras reposait le long de son corps, la paume de sa main tournée vers le ciel. Sa tête était inclinée, son profil net et élégant se découpait sur l'oreiller blanc. Ses cils frémissaient imperceptiblement.

On avait enroulé autour de son torse un large et épais bandage, qui, Dieu merci, restait immaculé. On avait bien recousu la plaie, il ne saignait plus.

Aurélie ne connaissait pas l'histoire de chaque personne qui dormait en ce moment entre les murs du Grand Palais de la Tamise, mais il n'y avait eu personne ici pour protéger M. Bellingham quand il avait été agressé. Cela leur faisait, lui semblait-il, un point commun. Elle avait besoin d'être avec quelqu'un qui comprenait réellement ce que l'on éprouvait quand on était agressé sans pouvoir se défendre. Quand on était humilié, traité comme un animal, et qu'on n'avait pas d'autre choix que de le supporter.

Prendre soin de cet homme était une sorte de défi, un engagement, une proclamation qu'elle se faisait à elle-même : « Voilà qui je suis et qui j'ai toujours voulu être, malgré ce qu'on m'a infligé. » Elle ne ferait de mal à personne, elle serait toujours bienveillante. Elle n'aurait pas peur. On ne pourrait pas la briser.

Mais aucune sculpture ni aucune peinture représentant la nudité ne l'avait préparée au spectacle du bel homme blessé qu'elle avait sous les yeux. Elle avait du mal à respirer et elle sentait déferler en elle un flot d'énergie. Cette beauté virile, brute et inconnue, l'avait d'abord stupéfiée, puis l'avait troublée et… fascinée.

Les muscles saillants de ses bras et de ses épaules. Les poils bruns, soyeux et frisés, sur sa poitrine. Les tétons, sombres et granuleux.

Son corps paraissait taillé pour la violence.

Pourtant, dans son sommeil, son visage était empreint de douceur.

Rassemblant son courage, elle posa la main sur son front brûlant, et la laissa là, comme si elle pouvait d'un simple contact faire tomber sa fièvre.

Comme il était étrange, l'instinct qui poussait les gens, dans les moments de terreur, à toucher leurs semblables. Elle n'aurait jamais cru avoir ce réflexe, puisqu'elle n'avait eu personne pour la prendre dans ses bras. Mais sans doute les humains, malgré les épreuves qu'ils avaient traversées, gardaient-ils au tréfonds d'eux-mêmes l'espoir qu'en cas de malheur quelqu'un serait là pour eux.

Elle n'oublierait jamais la façon dont le capitaine Hardy s'était précipité vers sa femme.

Le blessé remua soudain les jambes et tourna la tête.

— Au... ré... lie, marmonna-t-il.

Elle eut la sensation que son cœur se décrochait dans sa poitrine. Lentement, avec précaution, elle retira sa main. Pétrifiée et effarée, elle scruta le visage de M. Bellingham.

Il avait toujours les paupières fermées.

Elle avait sûrement mal entendu. Il avait sans doute dit... Emily, par exemple, en supposant qu'il ait réellement prononcé un nom. Il ne mentionnait cependant pas d'Emily dans sa lettre, mais peut-être appelait-il, dans son sommeil, la poule Eleanor – à laquelle il manquerait certainement beaucoup s'il mourait.

Pour une raison mystérieuse, ce fut cette idée-là qui lui fit monter les larmes aux yeux. Elle s'essuya les paupières d'un revers de main. Les larmes ne servaient à rien, et n'arrangeaient rien.

Sans doute réagissait-elle ainsi parce qu'elle aurait voulu entendre son nom prononcé à voix haute dans ce lieu où tout le monde était si gentil, le genre d'endroit où elle passerait volontiers sa vie si elle pouvait se permettre de ne plus fuir.

Serait-il un jour possible pour elle de dire qui elle était, sans se mettre en danger ? Ou lui faudrait-il, pour être vraiment en sécurité, s'inventer un nouveau personnage et se glisser dans ce costume comme dans les vêtements d'emprunt qu'elle portait ?

Un costume qui était une armure.

Elle devait rejoindre son frère, rejoindre quelqu'un qui connaissait lady Aurélie Capet, avant d'oublier qui elle était.

— Je suis là, murmura-t-elle à M. Bellingham. Je suis là.

Ces mots semblèrent l'apaiser, mais sa respiration était toujours hachée et ses paupières frémissaient, comme si des cauchemars le tourmentaient.

Elle savait désormais qu'elle rêvait d'entendre son nom prononcé d'une voix vibrante d'amour, de peur et de fureur, semblable aux trompettes qui avaient abattu les murailles de Jéricho dans la Bible. Semblable à la voix du capitaine Hardy lorsqu'il avait sauté par-dessus la rampe d'escalier.

Le capitaine avait l'air si réservé, si sérieux et si taciturne. Mais le drame l'avait mis à nu, à l'instar de M. Bellingham, au sens propre et au sens figuré. Quand il avait crié le nom de sa femme, il avait exposé son cœur – et son torse.

Elle n'oublierait jamais non plus le visage du capitaine Hardy lorsqu'il était venu chercher Mme Hardy dans la cuisine. Il l'avait prise par la main et entraînée hors de la pièce. « Je ne veux que toi », semblait-il dire.

Être aimée de cette façon…

Sa gorge se noua.

Elle s'était tellement fourvoyée avec Brundage. Elle ne l'avait pas aimé, pas plus qu'il ne l'avait aimée. Elle aurait pu ne jamais en prendre conscience, si les choses s'étaient passées autrement.

La personne que M. Bellingham appelait dans son sommeil – Emily ? Lorelei ? – savait-elle le consoler ? Depuis un mois et cinq jours, Aurélie n'avait personne à appeler. Peut-être était-ce pour cette raison que, depuis, elle était pratiquement muette. Un orgueil mal placé lui interdisait de crier à l'aide, puisqu'elle savait à présent que personne ne viendrait la prendre par la main pour l'emmener très loin.

C'était aussi pour cette raison qu'elle désirait rester auprès de M. Bellingham : pour que, s'il appelait, quelqu'un lui réponde.

Elle trempa un linge dans la cuvette d'eau, puis le tordit pour l'essorer avant de le passer délicatement sur la poitrine du blessé. Sa main s'attarda – sans trop de remords – sur le côté gauche du torse, là où le cœur battait, lui sembla-t-il, à grands coups réguliers.

Elle écarta les doigts, pour le simple plaisir d'effleurer sa peau.

Si ses muscles étaient sculptés dans la pierre, sa peau avait la douceur du velours.

Je vous propose un marché, monsieur Bellingham. Je vous soignerai, et vous m'éclairerez sur le mystère des hommes. Vous m'aiderez à chasser la peur.

Sa large poitrine se souleva et s'abaissa dans un souffle. La main d'Aurélie, tel un frêle esquif sur la vague, suivit le mouvement. Sentir la vie de cet homme palpiter sous ses doigts était terriblement excitant. Elle avait l'impression d'avoir capturé un animal sauvage.

Les os de ses hanches saillaient sous son pantalon, son ventre était un peu trop creux. Il était superbement bâti, mais plus mince qu'il n'aurait dû l'être.

Malgré tout, il était plus fort qu'elle. Les hommes étaient tous plus forts qu'elle, songea-t-elle dans un brusque accès de désespoir.

Elle inspira profondément, trempa de nouveau le linge dans l'eau, le tordit et l'appliqua sur le front du blessé.

Il était encore fiévreux.

Elle continua à le veiller en silence.

Mais tout à coup, sa respiration se fit laborieuse. Elle recula d'un bond, étouffant une exclamation, quand il agita les bras et repoussa d'un coup de pied la courtepointe.

— Non ! marmotta-t-il. Espèce de…

Aurélie recula encore, stupéfaite et effrayée. Elle s'obligea à respirer profondément pour se calmer.

Peut-être revivait-il son agression.

Ou une bataille qu'il avait gagnée ou perdue par le passé.

Il demeura immobile un moment, haletant et marmonnant entre ses dents.

— Je suis là, dit-elle. Vous n'avez rien à craindre, je ne laisserai personne vous faire du mal.

Il souffla et replia ses bras sur sa tête.

Aurélie découvrit alors, sur le côté de sa cage thoracique, un tatouage représentant une dague.

Elle en fut sidérée. Pourquoi diable s'était-il laissé marquer ainsi ?

Soudain, elle eut envie de suivre du bout des doigts ce tatouage secret, ce qui la surprit également.

Il avait cessé de se débattre.

Elle se rassit et, peu à peu, la respiration du blessé se fit plus lente et plus régulière. Il sombra de nouveau dans le sommeil.

Pour ne pas le déranger, elle écarta son fauteuil du lit.

— Monsieur Bellingham, souffla-t-elle. Si cela ne vous ennuie pas, j'aimerais vous raconter plusieurs choses que je n'ai jamais confiées à personne. Quand j'avais quatre ans, j'ai chipé les berlingots destinés aux invités et j'ai accusé mon grand frère, qui a reçu trois coups de badine. Moi, je n'avais pas imaginé qu'on le battrait ! Je sais que vous n'êtes pas prêtre mais vous êtes un homme de Dieu… vous comprenez peut-être. J'ai mille autres souvenirs de mon frère, mais celui-ci me taraude. J'accepterais volontiers cent coups de badine, si seulement Louis pouvait être là.

Elle s'interrompit pour l'écouter respirer. Elle sentait ses paupières s'alourdir.

— Est-ce un péché de dire que, parfois, j'aurais aimé mourir à sa place ? Mais ma mort lui aurait fait de la peine, même si cela aurait soulagé la mienne. En fait, il ne voudrait pas que je meure. Non, il voudrait que je le venge. Et puis, j'avoue que je suis contente de vivre. Malgré… Même si je ne suis… plus celle que j'étais.

Elle se vantait naguère de savoir manier les mots. Maintenant, à cause de Brundage, il y avait eu dans sa vie quelque chose qu'elle n'oserait jamais exprimer à haute voix.

Sa fuite n'avait pas été dictée par la peur mais par l'instinct de conservation, se répétait-elle. Elle devait rester en vie, en mémoire de tous les membres de sa famille qui n'avaient pas pu échapper à leur destin.

— ... Je ne... mérite pas..., marmotta-t-il.

Aurélie scruta son visage. Avait-elle bien entendu ?

Quels tourments pouvaient affliger un pasteur ? Se faisait-il du souci pour ses paroissiens ? Se jugeait-il indigne de leur confiance, et pas à la hauteur de ses responsabilités ?

— Je suis là, redit-elle doucement.

Elle serait celle qu'il voulait qu'elle soit en cet instant, celle dont il avait besoin.

Il soupira, comme s'il était rassuré.

Aurélie déglutit, son cœur se mit à cogner.

— Monsieur Bellingham... je ne l'ai dit à personne. Je n'arrive pas à en parler à voix haute, alors je vais le murmurer. Je pense que Mme Aubert s'en doute, même si je ne lui ai rien dit. C'est comme si c'était arrivé à quelqu'un d'autre, et que j'observais la scène de l'extérieur. D'une certaine manière, j'ai toujours l'impression d'être hors de mon corps, ce qui est sans doute une bénédiction. Je fixais son cou, pendant que ça se passait. Je ne regardais pas ses yeux, parce qu'il aurait lu dans les miens que j'étais vaincue. Pas question de faire ce plaisir à ce... salaud. Je vous ai entendu prononcer ce mot aujourd'hui, monsieur Bellingham, c'est la première fois que je l'utilise, et je vous remercie. Ce mot me plaît, je pense qu'il me sera utile. Je ne regardais pas ses yeux, juste son cou.

J'ai crié, une seule fois, mais je savais que cela ne servirait à rien. Personne ne viendrait. Je n'ai plus émis le moindre son. Je refusais de lui montrer ma peur, parce qu'il voulait me voir terrifiée. Il voulait me dominer. Je ne l'ai pas regardé pendant qu'il me faisait... ça. Et je n'ai pas pleuré. Non, je n'ai pas pleuré.

Elle déglutit de nouveau, avec difficulté.

Brundage méritait sa fureur et non ses larmes. Pourtant, elles roulaient lentement sur ses joues.

Elle les essuya d'un geste brusque.

— Ensuite, j'ai rajusté ma jupe et quitté la pièce sans un mot. J'entends dire depuis toujours que ma mère est allée à l'échafaud avec la même dignité.

Elle s'aperçut soudain que la fièvre de M. Bellingham était tombée, comme si l'histoire qu'elle venait de raconter l'avait lui aussi libéré. Elle humecta le linge et lui tamponna le front.

— Maman..., marmonna-t-il.

Elle ferma brièvement les paupières.

— Dors, mon chéri, souffla-t-elle. Tu iras mieux demain matin.

Combien de fois avait-elle appelé, quand elle était enfant, une maman depuis longtemps disparue ? Dans sa chambre obscure, il n'y avait malheureusement personne pour l'entendre.

La fatigue l'engourdissait mais l'emplissait d'un calme bienfaisant, aussi garda-t-elle les yeux grands ouverts, rivés sur le blessé.

10

Il reprenait connaissance progressivement, comme la marée haute envahit peu à peu une grotte ténébreuse.

Il ressentit d'abord, juste sous les côtes, une démangeaison cuisante – peut-être les flammes de l'enfer le rongeaient-elles déjà.

Un nuage frais soutenait pourtant délicatement sa tête.

Non… c'était un oreiller.

Pourquoi lui donnerait-on un oreiller en enfer ?

Il luttait pour remonter à la surface, mais des réminiscences s'accrochaient à lui comme des vrilles pour le ramener dans les abysses. Un cri strident, à briser du cristal. Des voix féminines, aiguës, et des voix graves à la diction martiale. Qui étaient ces gens ? Étaient-ils réels, ou façonnés par ses propres souvenirs, comme le sont les rêves ?

Ensuite… il y avait eu une voix tendre et mélodieuse qui, malgré l'étau cruel de la fièvre, s'était insinuée dans son sommeil peuplé d'ombres et d'images terrifiantes pour le maintenir à flot. Peut-être était-ce un ange ? Il aurait pourtant juré entendre une femme qui parlait de berlingots, d'un cou qu'elle regardait et d'un salaud. Elle n'avait pas pleuré, elle l'avait dit – il se souvenait clairement de certaines phrases.

Le salaud dont elle parlait... était-ce lui ? L'hypothèse n'était pas absurde. On l'avait plus d'une fois traité de salaud.

Il avait pensé : « Continue de parler, s'il te plaît. Peu importe ce que tu dis. Je resterai en vie uniquement pour t'écouter parler. »

Il décida de faire un état des lieux. Un matelas moelleux soutenait son dos... nu.

Était-il complètement nu ?

Et... qui l'avait déshabillé ?

Il remua les orteils, bougea les jambes. Il avait encore son pantalon sur lui, mais on l'avait baissé sur ses hanches. Il aurait préféré être nu, car le drap sous son dos était doux et frais. Il y avait si longtemps qu'il ne s'était pas autorisé à savourer un peu de confort.

Il leva le bras gauche, le toucha de sa main droite. Sa peau était moite, mais il était en chair et en os.

Il effleura sa poitrine, ses côtes... et ses doigts rencontrèrent le bandage.

Il ouvrit brusquement les yeux, submergé par un flot de souvenirs.

Le quartier des docks. La ruelle. Il avait suivi les indications du cocher et s'était engagé dans l'étroite ruelle, longeant les écuries de louage adjacentes à Lovell Street.

Un type s'était jeté sur lui et l'avait poignardé, avant de disparaître.

En plein jour.

Si Hawkes n'avait pas été aussi vif – il aurait d'ailleurs dû l'être davantage –, s'il n'avait pas en permanence des yeux derrière la tête et n'avait pas pivoté juste à temps, son agresseur serait reparti avec son foie piqué sur la pointe de son couteau, et Hawkes serait à présent un cadavre abandonné dans la ruelle.

On avait dû le filer quand il était sorti du Stevens Hotel.

Mais pourquoi ?

Son instinct lui soufflait que cela n'avait pas de rapport avec lady Aurélie Capet, et tout à voir avec sa visite au cabinet Harrigan & Fils. Brundage devait en avoir été informé, ce qui signifiait qu'il était d'ores et déjà à Londres. Peut-être savait-il que deux livres de comptes s'étaient envolés.

Ils se trouvaient actuellement au Stevens Hotel, dans un coffre soigneusement verrouillé.

Dans le premier registre – les comptes de l'ambassade –, on pouvait suivre les flux pécuniaires de cette mystérieuse œuvre de bienfaisance, la Société d'aide aux prisonniers de guerre anglais. Dans le deuxième livre étaient minutieusement détaillés les dépenses et versements de Brundage. Les deux budgets semblaient fonctionner comme des vases communicants. On pouvait constater que Brundage avait fait l'acquisition d'objets d'art, notamment de trois vases, achetés en 1812 et 1813 à M. Guthrie, marchand d'antiquités. Cela correspondait à ce que lui avait dit Pike.

Les finances d'un ambassadeur étaient surveillées d'assez près, particulièrement en temps de guerre. Brundage avait certainement eu besoin de maquiller des rentrées d'argent peu orthodoxes.

Ces deux livres de comptes étaient accablants. Mais l'affaire ne s'arrêtait pas là. Hawkes ignorait encore à qui précisément Brundage avait vendu des informations secrètes.

Le baron avait forcément compris que Hawkes était sur la bonne piste. Il avait donc reconsidéré sa situation : finir devant le peloton d'exécution pour trahison – ou, dans le meilleur des cas, croupir en prison jusqu'à la fin de ses jours – ou bien perdre une fiancée et un collier. Il avait opté pour la deuxième solution.

Par conséquent, Hawkes devait débarrasser le plancher.

Pour quelle autre raison l'aurait-on attaqué ? Un caprice du hasard lui aurait valu ce coup de poignard ? Il n'y croyait pas.

Il en aurait le cœur net quand il pourrait vérifier si son argent, sa montre et ses armes étaient toujours dans ses poches.

Bon Dieu... il avait du mal à réfléchir.

C'était exaspérant.

Il se rappelait avoir titubé, en se cognant contre les murs, jusqu'à la porte massive de l'auberge. Quelle distance avait-il parcourue ? Il n'en avait aucune idée, il se souvenait seulement de s'être écroulé sur le seuil.

Il n'avait apparemment pas voulu mourir seul.

Pourvu qu'il n'ait pas laissé derrière lui des traces de sang qui mèneraient son agresseur jusqu'à lui quand il déciderait de le retrouver et de l'achever.

Est-ce qu'au moins lady Aurélie se trouvait ici ?

Un sentiment d'urgence l'envahit de nouveau. Il se redressa sur son séant et fit passer ses jambes par-dessus le bord du lit.

Mauvaise idée.

Ravalant un gémissement, il se cramponna au matelas.

Son estomac se soulevait, la pièce tournait à toute allure.

Il ferma les paupières, le temps que le décor fasse un autre tour complet, et inspira profondément pour dissiper sa nausée. On lui avait sans doute fait ingurgiter du laudanum ou une autre substance du même genre.

Nom d'un chien, il se sentait si faible. On l'avait bel et bien drogué.

Comme si cela ne suffisait pas, il était de toute évidence mal en point, ou l'avait été, en sus du coup de poignard.

Il ne pouvait pas se plaindre et ne le ferait pas. Quelqu'un l'avait soigné et, grâce à cette personne, il était vivant.

Il se força à respirer à pleins poumons. L'air agissait comme un remède, il le savait.

Il lui fallait aussi de l'eau, pour éliminer de son organisme le résidu de laudanum ou autre, et rincer sa bouche pâteuse. Il saisit, sur la table de chevet, un pichet... presque vide.

Tournant la tête, il s'aperçut qu'un rayon de soleil filtrait entre les rideaux bleus de la fenêtre, et s'étirait sur le sol jusqu'à la porte. Aucun grain de poussière ne dansait dans ce trait de lumière.

Il lui semblait avoir été roué de coups, comme le fer à cheval sur l'enclume du forgeron, mais une vague de gratitude déferla en lui. Bon Dieu de bois, il était vivant et libre.

Peut-être était-il immortel.

Un improbable parfum de printemps flottait dans l'air. Hawkes repéra bientôt les coupables : un bouquet de fleurs fraîches dans un vase, sur un petit secrétaire, à quelques pas du lit. Sur le dossier de la chaise était drapé ce qui ressemblait fort à sa chemise, qui n'était sans doute plus bonne qu'à servir de drapeau blanc.

Le feu crépitait gaiement dans une cheminée impeccablement entretenue.

Il reconnut ses bottes posées à côté de cette cheminée. Si ses... hôtes ? ravisseurs ? sauveteurs ? projetaient de le dépouiller, profitant de son état de faiblesse, ils ne lui auraient sans doute pas laissé ses bottes. Ces merveilles, sorties de l'atelier de George Hoby, le célèbre bottier, auraient suffi à financer une orgie.

Quand la pièce cessa de tourner, il remarqua des bandes de linge blanc empilées sur le secrétaire.

On avait probablement emporté celles qui étaient maculées de sang.

Il avait un paquet de petits cigares et un briquet dans la poche de son manteau. Tirer quelques bouffées lui rendrait sa lucidité.

Pieds et torse nus, la tête pleine d'une espèce de plomb liquide, il réussit à se déplacer un pas après l'autre, comme s'il avançait dans de la mélasse. Il fit une première pause devant la fenêtre et ouvrit les rideaux. Ses bras fonctionnaient normalement.

Il souffla bruyamment, cligna les paupières. Plus jamais il ne dédaignerait la lumière du soleil.

Lorsqu'il ouvrit la fenêtre, une bouffée d'air marin pénétra dans la pièce et souleva sa chemise posée sur la chaise. Il s'en saisit et examina le carnage.

Il n'y en avait quasiment aucune trace, constata-t-il, surpris.

On s'était donné beaucoup de peine pour nettoyer le sang, à l'aide de quelque élixir magique – les gouvernantes et les majordomes détenaient des recettes miracles qu'ils se transmettaient de génération en génération. Il ne restait qu'une légère trace rose autour de ce qui avait été une entaille irrégulière, maintenant recousue à petits points et quasiment invisible.

Une onde de chaleur étrange le traversa. Il souffla de nouveau, sans trop savoir ce qui l'émouvait ainsi. Il y avait une éternité qu'on ne s'était pas aussi bien occupé de lui.

Il serra un instant la chemise contre son cœur, comme si c'était un talisman.

C'étaient les femmes qui songeaient à ces choses-là, ces menus détails qui embellissaient la vie.

Sa redingote et son manteau étaient suspendus dans l'armoire. On les avait soigneusement brossés, découvrit-il avec stupéfaction. Il plongea une main dans la poche intérieure du manteau. Son estomac se contracta douloureusement.

Son pistolet n'était plus là.

Sacré nom d'un chien...

Il fouilla les autres poches. On lui avait laissé ses cigares et son briquet, mais sa liasse de billets et sa bourse avaient disparu. Il trouva cependant une feuille de papier pliée en deux. Un message.

Cher Monsieur,

Nous avons mis votre argent et vos armes en lieu sûr afin d'assurer votre sécurité tant que vous êtes souffrant. Nous vous les rendrons quand vous serez rétabli. Nous avons pris la liberté de prélever quelques pièces pour payer l'apothicaire.

Bien à vous,

Mme Angélique Durand
et Mme Delilah Hardy,
propriétaires du Grand Palais de la Tamise

Une manière raffinée de dire qu'on l'avait désarmé et qu'il était maintenant à leur merci.

Hawkes grimaça, amusé par tant d'exquise politesse. Il comprenait leur raisonnement. Le plus honnête des domestiques, s'il avait trouvé un beau paquet de billets et un pistolet chargé, aurait sans doute dû lutter avec sa conscience.

Ils ne se rendaient certainement pas compte que, sans son arme, Hawkes se sentait tout nu.

Il glissa ses doigts dans le fond de sa poche, sous la doublure. Le portrait d'Aurélie était là, on ne l'avait peut-être pas découvert.

Il inspecta ensuite ses bottes, et constata que son petit pistolet et son poignard s'étaient envolés.

Il s'en doutait. L'extrême propreté de la chambre ainsi que sa chemise nettoyée et raccommodée indiquaient que Mme Durand et Mme Hardy ne faisaient pas les choses à moitié.

Sa malle était toujours au Stevens Hotel. Elle ne contenait pas grand-chose, hormis son nécessaire de toilette et, bien sûr, les livres de comptes dérobés à Harrigan.

Bon Dieu, il avait besoin de s'asseoir.

Il prit sa chemise et traîna jusqu'au lit sa pauvre carcasse cabossée.

Il dépliait la chemise pour l'enfiler quand une lueur brilla à la limite de son champ de vision. Il pivota brusquement.

Le bouton de la porte tournait.

Il saisit la lanterne sur la table de chevet. Cela lui servirait de projectile ou de gourdin.

Retenant son souffle, les muscles bandés, il regarda la porte s'ouvrir sans bruit, car au Grand Palais de la Tamise, les portes ne grinçaient évidemment pas.

Une jeune femme se faufila dans la pièce et referma doucement la porte. Il remarqua aussitôt ses frêles épaules et son cou de cygne.

Sa taille fine et la courbe de ses hanches titillèrent la bête qui sommeillait dans son ventre.

Le rayon de soleil, quand elle se retourna, teinta d'or sombre ses cheveux noirs.

Elle le vit soudain et pressa une main sur son cœur.

— *Oh, mon Di*[1]... Vous êtes réveillé. Je suis désolée.

Il eut l'impression de recevoir un coup de poing au plexus. Il baissa la lanterne, sans toutefois la reposer sur la table de chevet. Il avait besoin de toucher quelque chose pour garder les pieds sur terre.

Son émerveillement se mua en fureur d'avoir été retenu contre son gré, fureur qui se dissipa pour céder de nouveau la place à l'ébahissement.

---

1. En français dans le texte. *(N.d.T.)*

Il avait connu le bonheur de contempler la beauté féminine, mais il ne se souvenait pas d'avoir éprouvé cette sorte de panique sensuelle, comme s'il devait agir immédiatement, faute de quoi il se mettrait en péril.

Il était secoué, et il sut d'instinct qu'une part de lui était fondamentalement altérée.

Il restait figé, les muscles et les nerfs tendus pour encaisser le choc, comme s'il affrontait une vague scélérate. Sans doute pouvait-on imputer ce trouble étrange au laudanum ou à la fièvre, et il l'aurait fait s'il avait été plus lâche.

Que cela lui arrive alors qu'il était souffrant, à moitié nu et poisseux de sueur, et qu'il n'avait pas touché une femme depuis trois ans… Eh bien, il allait faire ce qu'il faisait si bien : la jouer au culot.

Il n'aurait su dire si quelques secondes ou des heures s'étaient écoulées tandis qu'ils se regardaient d'un air ébahi.

— Vous êtes désolée que je sois réveillé ? Vous me peinez, déclara-t-il gravement.

Elle eut un sourire fugace qui éclaira tout son visage. Ses joues rosirent, ce qui ne l'aida pas à se calmer.

Mais la stupéfaction semblait l'avoir rendue muette. Elle crispait les doigts sur sa jupe, comme si elle aussi avait besoin de se cramponner à quelque chose pour ne pas s'envoler.

Elle avait les yeux d'un bleu pareil à celui de la vague scélérate qui assaillait Hawkes. Le bleu du ciel après le coucher du soleil, juste avant la tombée de la nuit. Il connaissait ce bleu-là. Il se l'était souvent remémoré, seul dans sa cellule, pour ne pas oublier la beauté du monde.

Deux croissants bistre soulignaient ses yeux. Elle manquait de sommeil.

— Si vous me permettez une question incongrue, madame... Êtes-vous réelle ? Ou êtes-vous l'hôtesse d'une sorte de salon de réception dans l'au-delà, fort agréable, où j'attends le jugement de mon âme ?

Quand elle souriait, une fossette se creusait dans sa joue. Une fossette qui lui transperçait le cœur.

— Je suis bien réelle, monsieur. Il y a un salon au rez-de-chaussée, et une cagnotte à gros mots qui vous condamnera si vous commettez des écarts de langage. Il vous en coûtera un penny. Mais il y a aussi un fumoir où vous pouvez fumer et, si j'ai bien compris, jurer.

Il l'écoutait, déconcerté et bizarrement enchanté.

— J'ai hâte de découvrir ça.

Cette fois, elle eut un petit sourire en coin qui lui donna de nouveau un coup au cœur.

— Puis-je demander comment vous vous sentez, monsieur ? s'enquit-elle timidement.

— Comme si une enclume m'était tombée sur la tête, lancée du haut d'une montagne. Mais je dois surtout sentir mauvais.

— Oh non, pas du tout, vous ne...

Elle s'interrompit, car comment achever sa phrase sans admettre qu'elle l'avait reniflé ?

Il secoua la tête d'un air de reproche.

— Et j'ai mal là, dit-il, montrant son bandage.

Elle esquissa encore ce petit sourire moqueur qui lui faisait plisser les yeux, mais elle ne répliqua pas.

Un silence suave les enveloppa. Hawkes avait des picotements dans les paumes, tant il brûlait de prendre entre ses mains ce ravissant visage en forme de cœur.

Ses lèvres aussi, roses et pulpeuses, évoquaient un cœur.

Tout à coup, comme suintant d'une vilaine blessure, la réalité lui apparut.

Qu'avait dit Brundage ?

Que la bouche d'Aurélie avait enflammé son imagination. Elle avait, selon lui, la bouche de Thérèse d'Artois.

Hawkes se figea, soudain sur ses gardes.

Peut-être était-il encore en train de rêver.

Car pourquoi diable lady Aurélie Capet se permettrait-elle d'entrer tranquillement dans la chambre où il avait été transporté après son agression ?

Elle ne ressemblait pas vraiment à son portrait, néanmoins…

Une bouffée de rancœur, presque de désespoir, lui serra la gorge. Il aurait voulu continuer à s'extasier, sa vie comptait si peu de moments de grâce. Mais la jeune femme portait une robe mauve.

La couleur du demi-deuil.

Elle était brune aux yeux bleus, dotée d'une bouche à damner un saint et d'un léger accent français, et elle portait une robe empruntée à sa dame de compagnie.

Une fureur primitive et vaine lui coupa un instant la respiration à l'idée que Brundage ait posé les mains sur cette femme.

Ou qu'il puisse affirmer qu'elle lui appartenait.

Ou pire, qu'il lui ait fait du mal.

« Réfléchis », s'ordonna-t-il – la logique était sa plus vieille compagne.

Il y avait d'autres hypothèses à examiner, dont certaines à éliminer d'emblée. Elle n'était pas une domestique venue tisonner le feu ou vider le pot de chambre. Pas dans cette robe, sans bonnet ni tablier. Ses mains devaient être aussi douces qu'elles le paraissaient, il en aurait mis sa tête à couper.

Il n'avait qu'à s'approcher d'elle pour vérifier si elle lui arrivait bien à la clavicule. Rester à distance semblait cependant plus sage. S'il humait son parfum, cela ne manquerait pas de produire sur lui l'effet d'une forte dose d'opium.

Bon, très bien. On la lui avait présentée comme une jeune fille naïve, bien éduquée, qui avait des opinions et une tendance à la frivolité.

Qu'allait-il lui dire ? Il avait deux secondes pour se décider.

Il n'hésitait pas, en principe, mais l'émotion qu'elle lui inspirait le désarçonnait. Il détestait avoir à poser la question, pourtant il devait le faire.

— Si je peux me permettre, madame... Vous êtes entrée dans cette pièce comme si vous étiez chez vous... Je crois être resté inconscient durant un ou deux jours, et je ne me rappelle pas si... nous avons...

Du menton, il montra le lit.

— Je ne vous ai pas... séduite, n'est-ce pas ?

11

Le feu aux joues, Aurélie ravala une exclamation choquée.

Les pasteurs ne posaient tout de même pas des questions pareilles ?

On pouvait certes le comprendre. Elle était effectivement entrée dans la pièce comme en terrain conquis. Or qui se comportait de cette façon, sinon une femme habituée à aller et venir dans des chambres où dormaient des inconnus ?

— Dommage, marmonna-t-il distraitement, d'un ton amusé.

De toute évidence, le visage cramoisi d'Aurélie était une réponse suffisante.

— Pardonnez-moi, ajouta-t-il.

Il n'était pas le moins du monde contrit.

Quelque chose clochait. Aurélie faillit tourner les talons et déguerpir.

Mais puisqu'il s'agissait de M. Bellingham, que tout le monde appréciait, elle pouvait peut-être lui accorder le bénéfice du doute.

Elle s'éclaircit la voix :

— Monsieur Bellingham, je... je suis Mme Gallagher, et je vous ai veillé la nuit dernière.

Vous étiez très malade, il est donc compréhensible que vous ne vous souveniez pas de moi. Votre fièvre n'est tombée que ce matin à l'aube. Comme vous paraissiez dormir paisiblement, je suis sortie un moment. Je m'attendais, en revenant, à vous trouver endormi. Je suis navrée de vous avoir dérangé. Voulez-vous que je vous laisse ?

La perplexité se peignait sur le visage ensorcelant du pasteur.

— Enchanté de faire votre connaissance, madame Gallagher. Ne partez pas, s'il vous plaît. Qui diable est M. Bellingham ?

Elle le dévisagea avec inquiétude.

— Mais... c'est vous, monsieur.

— Je vous certifie que ce n'est pas moi, rétorqua-t-il avec conviction.

Aurélie toussota, troublée.

— Monsieur..., commença-t-elle prudemment, vous êtes peut-être encore un peu... confus, à cause de la fièvre ? C'est que, voyez-vous, on vous a administré du laudanum. Je vais vous apporter de l'eau fraîche ou du café, cela vous aidera à reprendre vos esprits.

Elle s'interrompit, puis, baissant la voix, ajouta :

— Je crois nécessaire de vous prévenir qu'il vaudrait mieux ne pas évoquer le... le diable dans cette maison. Vous seriez obligé de mettre un penny dans la cagnotte à gros mots.

Il prit une longue inspiration, comme pour s'exhorter à la patience.

— Madame Gallagher... je me trouve dans une position inconfortable. Vous semblez croire que je m'appelle Bellingham. Je suis obligé de vous détromper, or j'ai l'impression que vous avez de l'affection pour ce M. Bellingham, ce qui fait de lui un homme chanceux. Au risque de vous décevoir, je ne suis pas pasteur.

Elle resta bouche bée.

— Mais... alors..., balbutia-t-elle, horrifiée.

Alors, cette nuit, elle avait confié quelques-uns de ses plus sombres secrets à un homme qui, pensait-elle, avait l'habitude de recueillir des confidences. Un homme qui, par sa profession, était un intermédiaire entre Dieu et les humains. Pensant qu'il s'agissait de l'aimable M. Bellingham, qui possédait une poule à l'intelligence supérieure, elle avait touché la peau nue de cet homme, elle l'avait apaisé et avait trouvé du réconfort à le faire. L'homme qui se tenait devant elle, quel que soit son nom, méritait-il moins qu'un pasteur qu'on s'occupe de lui ?

Avait-il entendu ce qu'elle disait ?

Avait-il compris ?

Était-ce un problème ?

Sans doute pas, puisqu'il était endormi.

Elle était furieuse de s'être laissé duper, une fois de plus, par ses suppositions, ou peut-être, plus exactement, par son instinct.

Comment vivre en partant du principe que les gens n'étaient pas ce qu'ils paraissaient être ? La confiance était libératrice, c'était un luxe. Sans cela, la vie n'était qu'une prison où l'émotion n'avait pas de place.

Voulait-elle vivre de cette manière ? En était-elle capable ? Devrait-elle à l'avenir soupeser chacun de ses gestes ?

Il lui semblait maintenant évident qu'elle aurait dû voir du premier coup d'œil qu'il n'avait rien d'un gentil pasteur de campagne. Il émanait de lui une force mystérieuse, perceptible dans sa façon de bouger et dans ses yeux d'un bleu étourdissant, cristallin comme l'eau d'un torrent déferlant sur des rochers. Il gardait en parlant le regard rivé sur elle, et elle avait la sensation que, pour la première fois de sa vie, quelqu'un la considérait à la fois en tant que femme et en tant qu'être humain. Brundage ne l'avait jamais regardée de cette manière.

Personne ne l'avait jamais regardée de cette manière.

Cette révélation bouleversa quelque chose en elle.

Si elle l'avait réalisé plus tôt, elle n'aurait peut-être pas été forcée de traverser la Manche et bientôt l'océan Atlantique pour échapper aux conséquences de son ignorance.

Il la scrutait toujours, mais son visage s'était radouci.

— Pardonnez ma grossièreté, dit-il humblement. La situation est embarrassante pour moi, et je ne m'attendais pas à tomber sur vous, madame Gallagher. Je vous suis redevable, puisque vous avez eu la bonté de me soigner. Merci infiniment.

Elle hocha lentement la tête.

— Pourquoi l'avez-vous fait ? demanda-t-il d'un ton bref, avant d'esquisser un sourire. Vous avez tiré à la courte paille et vous avez perdu ?

— Je ne voulais pas, si vous appeliez à l'aide durant la nuit, qu'il n'y ait personne pour vous répondre. Je ne voulais pas vous laisser mourir seul.

Il se figea, et une expression circonspecte se peignit sur ses traits. Il ne s'attendait pas à cette réponse.

Il garda le silence, et elle eut l'impression qu'il la jaugeait, voire qu'il révisait son jugement. Il fixait sur elle un regard bien trop pénétrant, comme aiguisé par une existence entière consacrée à sonder les consciences. Mais peut-être avait-elle l'âme et le cœur tellement à vif qu'il suffisait d'un regard aussi perçant pour les érafler.

Elle s'éclaircit de nouveau la voix :

— Si vous n'êtes pas M. Bellingham, alors...

Il hésita un instant.

— Je suis M. Hawkes.

Elle opina, s'imprégnant de ce nom qui lui semblait bizarrement menaçant, et qui, en tout cas, lui convenait beaucoup mieux que Bellingham. Sans doute était-ce un patronyme anglais relativement fréquent. Elle avait en effet connu deux M. Hawkes – l'un avait été à une époque le maître d'escrime de son frère.

L'autre était l'homme au charme ravageur qu'elle avait aperçu autrefois dans la salle de bal, entouré de femmes subjuguées.

Mais celui-là était enfermé dans une prison française. En outre, l'homme qu'elle avait devant elle était trop mince et, avec le début de barbe qui noircissait ses joues, il n'était pas vraiment resplendissant.

— M'occuper de vous ne m'a pas ennuyée, monsieur Hawkes, dit-elle d'une voix sourde.

— Absurde ! rétorqua-t-il fermement. C'était probablement désagréable, pénible même, pourtant vous avez eu le courage et la générosité de le faire. Je vous en suis reconnaissant.

Elle aimait bien le portrait moral qu'il brossait d'elle, et elle appréciait son franc-parler. Elle esquissa un sourire.

— À quel point avez-vous été dévouée dans votre tâche, au juste ? demanda-t-il après un silence.

Il était incorrigible – il avait l'habileté et la subtilité d'un expert en badinage, si bien qu'elle sentait son charme l'envelopper peu à peu, comme un sortilège. Ou s'insinuer en elle comme une brume.

— Pourquoi, monsieur ? ironisa-t-elle. Vous craignez pour votre pudeur ? À moins que vous ne cherchiez à me faire rougir ?

— Rougir, répéta-t-il avec un sourire ravi. Rafraîchissez ma mémoire, madame Gallagher. Si on rougit, c'est qu'on se sent honteux, n'est-ce pas ? Pour ma part, je n'ai aucun motif d'avoir honte, ajouta-t-il, narquois.

Elle ne répliqua pas. S'il faisait allusion à son physique, même ou surtout quand il était à moitié nu, elle était bien obligée d'être de son avis. Pas question cependant de l'admettre à voix haute.

— Êtes-vous déçue que je ne sois pas pasteur ? interrogea-t-il – il semblait sincèrement curieux de le savoir.

Elle haussa une épaule.

— Les hommes sont rarement ce que les femmes souhaiteraient qu'ils soient.

— Vous en avez donc souvent fait l'expérience ? rétorqua-t-il d'un ton suave.

Elle l'avait soigné, veillé, et soudain elle avait une envie folle de lui jeter à la figure quelque objet contondant.

— J'ignore ce que vous êtes, puisque vous n'êtes pas pasteur. Si je le savais, je serais peut-être moins déçue.

— Eh bien, je suis un gentleman, déclara-t-il, jovial.

Il dut lire du scepticisme sur son visage, car il ajouta :

— Et je suis peut-être quelqu'un qui pourra un jour vous aider, madame Gallagher.

Une déclaration apparemment sincère, quoique suspecte.

Comme elle ne réagissait pas, il se décida à enfiler sa chemise. Aurélie détourna la tête. Bizarrement, le regarder s'habiller lui paraissait plus intime que l'inverse. Il était trop tard pour se comporter convenablement – pivoter ou contempler le plafond ou, mieux encore, sortir de cette chambre. Feindre une pudeur virginale serait ridicule. Après tout, elle ne s'était pas privée de lorgner les muscles qui se dessinaient sur son abdomen (elle en avait compté six).

S'habiller devant quelqu'un ne semblait pas le gêner le moins du monde. Il avait dû le faire devant de nombreuses femmes, songea-t-elle, et pour la troisième ou quatrième fois depuis le début de leur conversation, elle sentit le feu lui monter aux joues.

Il lui était cependant difficile de refréner un instinct possessif face à cet homme qu'elle avait veillé toute une nuit. Elle voyait son visage se crisper à chaque geste, et elle avait mal pour lui. Il savait endurer stoïquement la douleur.

Ses mains tremblaient. M. Hawkes était exténué, mais il était têtu, ou inconscient, ou les deux. Ou c'était simplement un homme.

Elle l'avait vu dans un état de grande faiblesse. Quand ils se sentaient faibles, les hommes devenaient aussi dangereux qu'un animal blessé. Il y avait néanmoins une différence entre se sentir faible et l'être réellement, elle en prenait conscience en observant M. Hawkes.

— Je pense qu'il faudrait examiner votre blessure et sans doute changer le pansement. Je vais annoncer aux autres que vous êtes rétabli, ils se réjouiront de cette bonne nouvelle. Vous voudriez peut-être boire un peu de bouillon ? Du café ou du thé ?

— J'ai besoin de fumer, répondit-il abruptement.

Il inspira et expira discrètement, pour se ressaisir après les efforts fournis pour s'habiller. Il lança un coup d'œil à l'armoire, pensif.

— Madame Gallagher, auriez-vous la gentillesse de me donner mon manteau ? Si je devais faire quelques pas devant vous, ma dignité n'y survivrait pas, je le crains. Ma fierté, déjà sévèrement égratignée, exige que je paraisse aussi viril que possible.

Le ton était léger, pourtant il y avait dans l'imperceptible fléchissement de ses épaules et les fines ridules imprimées au coin de ses yeux quelque chose qui ressemblait, sinon à une défaite, du moins à une abdication. Cet homme était accoutumé à se tirer des pires situations avec panache et, lorsqu'il lui fallait choisir entre mourir et appeler au secours, il ne savait que choisir.

Pourtant, il lui demandait de l'aide. C'était, songea-t-elle, ce que ferait un homme fort.

Sans un mot, elle prit le manteau dans l'armoire et le lui tendit.

Il extirpa de la poche un paquet de petits cigares.

— Le règlement interdit de fumer dans les chambres, prévint-elle avec raideur.

— Ah... je n'ai pas été informé du règlement.

— Il est imprimé sur un bristol.

— Un bristol ? Je dois en prendre connaissance sur-le-champ, avant de commettre une autre infraction.

Elle récupéra l'imprimé et le lui tendit. Il s'en saisit doucement, en la regardant droit dans les yeux. Un frisson la parcourut, comme s'il avait promené son doigt le long de son dos.

Elle en eut le souffle coupé.

Les sensations puissantes qu'elle éprouvait en présence de cet homme la déroutaient. Elles n'avaient rien de comparable avec ce qu'elle ressentait avec Brundage, même quand il l'embrassait – ce qu'elle ne détestait pas, au début.

Pour la première fois depuis qu'elle s'était enfuie, elle oubliait sa peur et ne pensait plus au lendemain. Elle éprouvait étrangement une satisfaction intense.

— Et M. Gallagher ? demanda-t-il négligemment, tout en parcourant le règlement. Il loge aussi dans l'établissement ?

Il lui lança un coup d'œil par-dessous ses cils.

— Je suis veuve.

Elle avait prononcé ces mots des dizaines de fois, mais soudain ils lui écorchaient les oreilles – sans doute à cause du regard pénétrant qu'il fixait sur elle.

— Je suis navré pour vous, rétorqua-t-il gravement.

Elle inclina gracieusement la tête.

— Merci. Mon époux, Thomas, est décédé depuis un certain temps. J'ai bientôt fini mon deuil.

— Oui, je vois que vous portez du mauve. C'est bien le nom de cette couleur ?

— Il est rare que les hommes connaissent les noms des couleurs, sauf s'ils paient les factures de la couturière de leur épouse. J'en conclus que Mme Hawkes est élégante.

— Eh bien...

Il s'interrompit pour allumer son cigare et, manifestement, titiller la curiosité d'Aurélie.

— ... il n'y a pas de Mme Hawkes.

Aurélie sentit son cœur bondir dans sa poitrine et s'en irrita aussitôt.

Fermant les yeux, Hawkes tira voluptueusement sur son cigare. Elle agita la main pour dissiper la fumée.

— Vous faites ce que bon vous semble, monsieur Hawkes, pour la simple raison que vous êtes un homme ?

— Mais non, répondit-il tranquillement. Ce n'est pas la seule raison.

— Tous les messieurs qui logent ici, même l'un d'eux qui est vicomte, obéissent au règlement.

Elle réprima une grimace : elle parlait comme une petite fille collet monté.

Une lueur moqueuse s'alluma dans les yeux de son interlocuteur.

— Vraiment ? Je me suis effondré sur le perron d'un authentique vicomte ? Quelle chance ! Puis-je savoir comment il se nomme ?

— Lord Bolt.

Il tressaillit, surpris, et laissa échapper un rire bref.

— Vous êtes sérieuse ? Bolt ? Il est vivant ? Lord Bolt ?

Aurélie se hérissa.

— Je suis tout à fait sérieuse ! La dernière fois que je l'ai vu, il était vivant, mais vous êtes bien placé pour savoir que les hommes peuvent passer en un clin d'œil de vie à trépas.

— Je ne me moquais pas de vous, madame Gallagher. Si vous avez eu cette impression, j'en suis navré. C'est désagréable, n'est-ce pas ? Je vous comprends tout à fait, car il y a quelques minutes à peine, on a voulu me persuader que j'étais ce gros balourd de Bellingham.

Elle ouvrit la bouche pour riposter, et ne put émettre qu'un couinement étranglé.

Il la gratifia d'un grand sourire.

Aurélie sentit le coin de ses lèvres se retrousser, comme un serpent ondule au son de la flûte d'un charmeur.

Il avait en effet un charme ravageur, il lui décochait ses flèches avec une sorte de douceur et de déférence qui lui faisait croire qu'il la protégeait d'un danger. Cette douceur attirait Aurélie comme un aimant et émoussait sa détermination.

C'était comme une marée qui l'entraînait au loin, et c'était dangereux.

Car l'ennui, avec les marées, c'était qu'on ne pouvait prédire si elles vous lécheraient gentiment les pieds ou vous emporteraient vers le large.

— Plus sérieusement, madame Gallagher, je me range à vos arguments. J'obéirai au règlement, à contrecœur certes, pour rester dans vos bonnes grâces.

— Vous devriez plutôt le respecter parce que les gens qui vivent ici sont bienveillants, qu'ils se soucient de vous et continueront probablement de le faire même si vous n'êtes pas un pasteur. Lord Bolt a recousu votre blessure. Helga a lavé votre chemise, et M. Delacorte vous a donné, pour faire tomber la fièvre, un remède qu'il transporte dans sa mallette.

Voilà qu'elle parlait maintenant comme une gouvernante revêche. Eh bien, tant pis. Elle ne disait que la vérité.

— Je suis impatient de les rencontrer tous, surtout ce M. Delacorte, qui doit être bien utile s'il transporte des remèdes dans sa mallette.

— Il est surprenant, répondit-elle après réflexion.

— Comme moi, je suppose.

Il la taquinait, et elle ne put s'empêcher de sourire. Il inclina alors la tête sur le côté, comme pour protéger ses yeux d'un rayon de soleil. C'était étonnant.

Comment réagirait-il si elle énumérait tout ce qui la surprenait chez lui ? *Vous avez une dague tatouée sous le bras, la poitrine velue et, sous le nombril, une bande de poils qui disparaît sous la ceinture de votre pantalon. Vous avez la peau douce, des muscles durs comme l'acier, et vous êtes beaucoup trop mince. Votre visage ferait le bonheur d'un peintre de la Renaissance. Lorsque vous dormez, vous ressemblez à l'enfant que votre mère berçait le soir. Et maintenant que vous êtes réveillé, vous avez l'air de quelqu'un qui n'a jamais été innocent.*

Était-elle différente à présent, elle aussi ? Était-il possible de lire sur sa figure qu'elle n'était plus innocente, de deviner ce qui lui était arrivé ?

Était-elle différente quand elle dormait ? Pourquoi se délestait-on de son fardeau dans le sommeil pour le retrouver au réveil ?

Elle était capable de désarmer cet homme avec des mots, elle en avait la certitude. Il avait lui aussi des opinions préconçues, et des faiblesses.

Aurélie était désormais l'une de ces faiblesses, elle le sentait.

Cela lui donnait un pouvoir grisant. Et une certaine responsabilité.

— Quel bon vent vous amène dans ce charmant établissement du quartier des docks, madame Gallagher ? Vous êtes peut-être en voyage ?

— Oui, répondit-elle sèchement.

Il la dévisagea longuement, en silence.

— Puis-je demander quelle est votre destination ?

— Je vais retrouver mon frère qui... qui a besoin de moi.

Cette demi-vérité, qu'elle énonçait pour la première fois, sonna agréablement à son oreille. Elle désirait tellement être indispensable à quelqu'un et, par ailleurs, jugeait plus prudent de montrer à un homme qu'un autre tenait à elle et l'attendait.

Il ne réagit pas et se borna à tapoter son cigare pour faire tomber la cendre dans une soucoupe posée sur la table de chevet.

— Le connaissant, j'aurais cru que Bolt se ferait un plaisir d'enfreindre le règlement, déclara-t-il, comme s'il se parlait à lui-même.

— Je ne saurais le dire, je ne le connais que depuis peu, s'entendit-elle répondre d'un ton pincé. C'est le mari de Mme Angélique Durand.

Il sourit de nouveau, comme si Aurélie était une source perpétuelle d'attendrissement, comme un chaton pouvait l'être.

— Ah oui, Mme Durand... On m'a parlé d'elle, rétorqua-t-il, goguenard.

— Quant à Mme Hardy, l'autre propriétaire, elle est l'épouse du capitaine Hardy.

— Le capitaine Hardy ?

La voix était neutre, le visage inexpressif, pourtant Aurélie eut l'impression que M. Hawkes était brusquement aux aguets.

— Oui... Ils m'ont tous accueillie avec tant de bienveillance que je me sens en sécurité ici. Je ne doute pas qu'il en ira de même pour vous. Je vais prévenir Mme Hardy et Mme Durand, et tous ceux qui vous ont transporté à l'étage, que vous avez repris conscience et qu'ils peuvent se réjouir. Mais je dois vous avertir, monsieur Hawkes, qu'il faut passer un examen d'entrée avant de se voir attribuer une chambre.

C'était à la fois un défi et une taquinerie. Il hocha pensivement la tête.

— Cette épreuve est le prix à payer pour avoir le plaisir de loger ici ?

— Il s'agit d'un entretien plutôt rigoureux.

— Magnifique...

Il souffla un élégant rond de fumée.

— Je fais toujours bonne impression, ajouta-t-il avec un petit sourire ironique.

Il affichait une assurance qu'elle avait rarement vue chez d'autres personnes. Il tirait cette confiance en soi de sa virilité et de son charisme, mais aussi pour une autre raison, qu'Aurélie ne parvenait pas à déterminer. On l'avait poignardé, ce qui aurait refroidi n'importe qui. Pourtant, il se comportait comme si survivre à pareille blessure était pour lui aussi naturel qu'enfiler sa chemise.

Il était cependant trop sûr de lui et de l'effet que son charme produisait sur elle. Il avait besoin qu'on lui rabatte un peu le caquet.

Elle se dirigea vers la porte, pivota :

— Cette nuit, vous avez appelé votre maman, dit-elle d'une voix douce.

Elle soutint un instant son regard stupéfait, le salua d'une gracieuse inclinaison de tête, et sortit de la chambre.

12

Pétrifié, Hawkes regarda la porte se refermer.

Puis il se mit à rire. Si cela avait été un duel à l'épée, cette dernière réplique l'aurait désarmé.

La demoiselle était habile. Sa façon de lui lancer une pique, avec une douceur et une précision redoutables, l'estomaquait. Honnêtement, il l'avait bien cherché. Quant à ce qu'il avait, selon elle, marmonné durant la nuit… c'était plus que troublant.

Il était donc vulnérable. Aux portes de la mort, il avait appelé sa mère – l'une des rares personnes qu'il avait aimées –, décédée pendant qu'il était en prison.

La vie lui avait laissé des blessures, et Mme Gallagher les avait, en une seule nuit, décelées mieux que quiconque.

Brundage l'avait assez bien décrite. Elle était belle et charmante, et elle avait de l'esprit, mais le tableau brossé par le comte ne rendait pas justice à la femme qui était entrée dans la chambre ce matin, pas plus que le qualificatif « bleu » n'aurait suffi à décrire l'immensité du ciel.

Pourquoi lui avait-il révélé son vrai nom ? Il n'avait pas eu le temps de réfléchir, et il voulait vérifier si ce nom éveillait sa suspicion, si elle avait connaissance d'un lien entre Brundage et Christian Hawkes.

Elle avait peut-être entendu parler de lui, même s'il était en prison pendant que Brundage la courtisait. Mais le patronyme Hawkes était assez répandu en Angleterre.

Il n'avait pas pris plaisir à la désarçonner et la faire rougir, cependant cela lui avait fourni une mine d'informations – c'était son but. En revanche, il avait été ravi de la voir se rebiffer. Sous ses airs de fleur fragile, il la trouvait résolument pragmatique. En outre, elle ne paraissait ni volage ni capricieuse. Mais bien sûr, une seule rencontre ne pouvait pas être concluante.

Il faudrait d'autres conversations – nombreuses – pour en avoir le cœur net.

Mme Aubert, la domestique qui s'était fardé les joues pour dissimuler un hématome, avait dit vrai : Mme Gallagher était une bonne personne. Elle ne l'était pas par intérêt, sa générosité semblait innée. Pour Hawkes, c'était surprenant, et cela lui donnait le désagréable sentiment d'être un vieil homme blasé.

Quoi qu'il en soit, s'il ne se trompait pas sur le caractère de cette jeune femme, cela signifiait qu'un événement grave l'avait poussée à s'enfuir.

Si lady Aurélie Capet était bien celle dont il avait senti la main fraîche sur son front cette nuit, alors les paroles apaisantes que, dans son sommeil agité, il avait prises pour des bribes de rêves étaient peut-être des confidences qu'elle aurait pu faire à un pasteur, habitué à recueillir des secrets.

« Je ne regardais pas ses yeux », avait-elle murmuré.

Étaient-ce ses mots exacts ? Que voulait-elle dire ?

Il secoua la tête, s'obligea à respirer profondément.

Les effets du médicament qu'on lui avait donné s'atténuaient, et la douleur attisait la fureur qui flambait en lui à l'idée que Brundage avait touché la jeune femme, que ce soit pour l'embrasser ou pour lui faire du mal.

Avait-elle été... éprise de lui ? Cela aussi semblait intolérable.

Si elle avait été amoureuse, se serait-elle enfuie ?

Si elle n'était pas l'écervelée qu'on lui avait décrite, elle n'avait sans doute eu personne vers qui se tourner.

Tout cela n'empêchait pas qu'il avait accepté de retrouver une jeune femme qui avait volé un collier et pris la poudre d'escampette. Quelle ironie ! Il n'était sorti de sa cellule que pour se précipiter dans un autre pétrin.

Mais bien sûr, son séjour en prison n'avait fait que retarder le moment de régler ses vieux comptes avec Brundage.

S'il n'était pas impossible que l'agression dont il avait été victime soit uniquement due au hasard, il se tiendrait néanmoins sur ses gardes quand il quitterait les lieux. Brundage était un diplomate, il maîtrisait donc l'art de dissimuler ses émotions, mais il risquait de tressaillir si l'homme qu'il croyait mort frappait à sa porte. Car Hawkes avait la ferme intention d'honorer leur rendez-vous. Armé de pied en cap, bien sûr.

Mme Gallagher – en réalité lady Aurélie Capet, il aurait parié là-dessus sa dernière chemise – avait raison : il devrait se recoucher et rester tranquille. Pour se remettre d'aplomb, il avait besoin de repos, et sans doute d'un supplément de pommades et de potions.

Nom d'un chien...

Il n'était pas du genre à s'apitoyer sur son sort – c'était trop déprimant –, mais l'état de faiblesse où il se trouvait et qui le contraignait à l'immobilité lui tapait sur les nerfs. Il craignait fort, si cette situation se prolongeait, d'être un patient infernal.

Il s'allongea un moment sur le matelas moelleux et poussa un soupir d'aise. Il ne pouvait cependant pas se laisser aller à croire, comme autrefois, que le confort, le calme et la sécurité lui étaient dus et acquis.

Il se sentait usé et vieux, alors qu'il était encore loin de la quarantaine. Et il éprouvait une étrange sensation de vide, comparable à celle que provoque une brusque absence.

Il n'avait pas eu ce sentiment-là quand Mme Gallagher était avec lui dans la chambre.

La matinée commençait au Grand Palais de la Tamise, or Mme Gallagher n'était pas encore descendue donner des nouvelles de M. Bellingham.

La journée apporterait-elle d'autres mauvaises nouvelles ? Cette crainte flottait dans l'air comme une odeur nauséabonde autour de la table du petit déjeuner, bridant les conversations mais pas les appétits. Les piles de pain grillé disparaissaient à une vitesse folle, comme si on avait lâché sur ces pyramides une armée de sauterelles. Les tasses de café se vidaient et se remplissaient de nouveau. Tous – même ceux qui, telle Mme Pariseau, aimaient à l'occasion faire la grasse matinée – s'étaient levés tôt. Être ensemble les réconfortait, ils se sentaient plus forts et se soutenaient mutuellement.

L'un après l'autre, ils quittèrent la table. Le capitaine Hardy, lord Bolt et M. Delacorte devaient rencontrer un investisseur potentiel et ne pouvaient pas reporter le rendez-vous. Mme Pariseau était partie rejoindre une amie.

Delilah, Angélique et Dot restèrent seules.

— Je crois que nous devrions aller voir comment s'est passée la nuit pour M. Bellingham et Mme Gallagher, déclara Delilah.

Angélique acquiesça. Toutes trois traversaient le hall – Delilah et Angélique se dirigeant vers l'escalier pour monter à l'étage, Dot s'apprêtant à descendre les marches menant à la cuisine – quand on frappa à la porte.

Elles se pétrifièrent, telles des biches devant une meute de loups.

— C'est une façon normale de frapper à la porte, commenta Dot, circonspecte.

— Allez voir, Dot, l'encouragea fermement Delilah.

Il fallait bien affronter ses peurs. Dot prit une grande inspiration et, très lentement, avec d'infinies précautions, ouvrit le judas.

— Bonjour ! lança aimablement un inconnu.

Dot tressaillit. À l'évidence, le visiteur n'avait pas été poignardé.

Dot l'examina un instant au travers du judas, puis pivota pour chuchoter à Delilah :

— Il y a des reflets sur ses lunettes, je ne vois pas ses yeux.

Dit sur ce ton et à voix basse, ce n'était pas rassurant.

— Vous devez être Dot, déclara le visiteur, toujours résolument jovial.

— Oui, c'est moi, répondit Dot, surprise et si contente d'être reconnue qu'elle ouvrit la porte avant que Delilah ou Angélique puissent émettre une objection.

L'homme qui se tenait sur le seuil était grand et mince, vêtu d'une houppelande. Une malle à ses pieds, il serrait son chapeau entre ses mains. Ses cheveux noirs, coupés court, brillaient autant que ses lunettes. Il affichait un sourire radieux.

— J'ai un jour de retard, j'en suis terriblement navré ! Figurez-vous qu'un cheval de notre attelage a perdu un fer, si bien que nous avons dû nous arrêter dans une auberge. On nous a servi un cuissot de chevreuil décharné. Je crois que le malheureux animal avait été tué deux ans auparavant, au moins, et qu'on le grignotait depuis. Il ne restait plus que les os. Oh, comme j'ai hâte de goûter la cuisine d'Helga !

Toutes trois le regardaient avec des yeux ronds. Son sourire vacilla quelque peu, mais il garda contenance.

— Monsieur… Bellingham ? bredouilla Delilah, abasourdie.

Ce fut à cet instant que Mme Gallagher apparut en haut de l'escalier.

Elle s'arrêta pour étudier la scène qui s'offrait à elle : trois femmes pétrifiées et un homme qui triturait son chapeau.

Aurélie comprit immédiatement ce qui se passait.

— Je viens de parler avec M. Hawkes, il est réveillé et il va bien, déclara-t-elle d'une voix claire.

Il ne fallut que deux secondes à Angélique et Delilah pour saisir la situation.

— Mais, s'étonna Dot, si M. Bellingham a été poigna...

Angélique lui pinça gentiment mais fermement le bras pour la faire taire.

— Monsieur Bellingham... nous sommes si heureuses de vous voir !

— Et moi donc ! s'exclama-t-il en s'inclinant. Quel bonheur d'être enfin au Grand Palais de la Tamise. Oh, et ce lustre... quelle splendeur ! Exactement comme vous le décriviez.

Il s'interrompit, souriant de plus belle.

— Vous devez être Mme Hardy, et vous Mme Durand. Et vous êtes Dot, bien sûr. Je n'ai pas encore le plaisir de connaître cette dame dans l'escalier.

À l'entendre, elles étaient des personnalités notables – c'était cocasse.

— Nous étions un peu inquiètes pour vous, monsieur Bellingham, déclara gaiement Angélique. Mais vous n'avez pas à vous excuser, nous connaissons les vicissitudes de l'existence, nous en avons aussi fait les frais.

Elle lança un coup d'œil à Aurélie.

— Nous sommes enchantées de vous voir. Vous désirez sans doute une tasse de thé, et nous avons des scones et de la tarte aux pommes. Dot, prenez la houppelande de M. Bellingham. Nous ferons monter vos bagages dans votre chambre, cher monsieur. En attendant, que diriez-vous de vous asseoir un moment dans notre salon de réception ?

— Excellente idée ! madame, ajouta-t-il, s'adressant à Aurélie. J'ignore votre nom, mais j'espère que nous profiterons d'une partie de jonchets pour faire connaissance. Je sais que le soir, au salon, les distractions ne manquent pas.

Il était aimable sans être mielleux, il plut tout de suite à Aurélie.

— Je suis Mary Gallagher. Enchantée de vous rencontrer, monsieur Bellingham.

Elle fit la courbette et il s'inclina galamment.

Il correspondait à l'idée qu'on pouvait se faire d'un M. Bellingham. Il avait un sourire exquis et une coquetterie dans l'œil qui lui donnait un air malicieux.

Cette nuit, elle l'aurait lui aussi soigné avec plaisir... Elle voulait le croire mais, en toute sincérité, elle n'en était pas certaine.

En tout cas, elle ne regrettait rien.

Après avoir fait un brin de toilette, Hawkes avait achevé de s'habiller, non sans mal, et se sentait de nouveau lui-même. Il se félicita que ses vêtements soient un peu trop lâches, cela lui facilitait la tâche. Par chance, il n'y avait pas de miroir dans la chambre.

Du dos de la main, il frotta sa joue râpeuse et grimaça. Dire qu'il était naguère admiré pour son élégance ! Son orgueil en prenait un coup.

Soudain, il entendit des bruits de pas et des chuchotements. Probablement une visite qui s'annonçait.

Il but d'un trait ce qui restait d'eau dans le gobelet en étain et s'essuya les lèvres. Quand on voulait se présenter sous son meilleur jour, mieux valait ne pas avoir la bouche sèche.

— Vous pouvez entrer ! lança-t-il.

La porte s'ouvrit, et une bonne odeur de café chatouilla les narines de Hawkes. Une domestique tenait un plateau sur lequel il vit des scones. Dieu merci, son estomac eut la décence de ne pas gargouiller.

— Pas de cérémonies, je vous en prie. Je suis levé, entrez donc ! plaisanta-t-il.

Un petit groupe entra, avec des sourires circonspects.

Il se rendit alors compte, un peu tard, que son séjour en prison avait laissé des séquelles. Il était mal à l'aise, face à ces personnes qui braquaient leur regard sur lui et lui donnaient l'impression d'être acculé.

En prison, il ne savait jamais si on allait lui serrer la main ou le frapper.

Il essaya de se raisonner. Mais les souvenirs étaient gravés dans sa chair, et son corps réagissait toujours de la même façon quand il flairait un danger. Tous ses muscles se contractèrent.

Il inspira le plus discrètement possible pour ralentir les battements de son cœur.

Alors, telle une plume dans la brise, Mme Gallagher se détacha lentement du groupe et s'approcha de la fenêtre comme pour admirer le panorama. Puis, sans un mot, elle s'assit dans le fauteuil placé près la fenêtre, tout près de Hawkes.

Elle avait deviné son malaise, il en était sûr.

À cette pensée, la tension qui l'habitait changea de nature. Jamais personne ne l'avait protégé, c'était de la part de cette jeune femme un geste incroyablement bienveillant.

Elle ne le regarda cependant pas. Dans sa bonté, elle lui épargnait ça.

Comment avait-elle compris ?

Les autres pénétrèrent à leur tour dans la chambre, encouragés par l'aisance et le naturel de Mme Gallagher. La pièce ressemblait désormais à un salon ordinaire, et non plus à une embuscade.

La domestique aux yeux ronds comme des soucoupes posa le plateau sur le secrétaire avec une grande précaution.

Deux femmes la surveillaient du coin de l'œil : une blonde et une brune, toutes deux ravissantes – Mme Hardy et Mme Durand, probablement. Deux ladies capables de rédiger d'une écriture calligraphiée des messages autoritaires pour les glisser dans la poche d'un homme.

De fait, il y avait deux hommes avec elles. Ils paraissaient accoutumés à inspirer le respect – des militaires, ou d'anciens militaires, estima Hawkes – et n'avaient pas l'allure des gentlemen londoniens élevés dans du coton. Ils se tenaient tout près des femmes, prêts à leur servir de remparts. Celui avec les cheveux noirs et les yeux d'un vert étonnant était vraisemblablement le sulfureux lord Bolt. L'autre, celui au regard acéré, devait être le fameux (pour certains, du moins) capitaine Hardy.

Il y avait un troisième homme, qui ressemblait à un œuf sur pattes, coiffé d'une touffe de cheveux noirs, et vêtu d'une redingote simple mais seyante. Avec son allure débonnaire, il semblait très content de son sort.

Hawkes, pour sa part, affichait son sourire le plus chaleureux. Il savait le plaquer sur ses traits quand les circonstances l'empêchaient d'être spontanément aimable. Dans sa profession, ce masque était l'équivalent de l'uniforme pour un soldat.

Une minute s'écoula sans que personne sache trop quoi dire ni faire. En diplomate chevronné, Hawkes décida de prendre les choses en main.

— Je crains d'avoir, bien malgré moi, abusé de votre hospitalité et je ne sais comment vous exprimer ma gratitude. Je ne voudrais pas abuser davantage, mais j'avoue que je tuerais – pardonnez ce terme malencontreux – pour un whisky.

Cette déclaration provoqua un bref silence interloqué, suivi de sourires crispés.

— Un verre de whisky et peut-être un miroir, enchaîna-t-il, car vos regards effarés me laissent penser que je vous offre un aspect sinistre. Mais peut-être croyez-vous encore que je suis M. Bellingham ?

— Mme Gallagher nous a dit qui vous étiez, répondit l'homme dont la tête avait la forme d'un œuf. Un bon rasage ne serait effectivement pas du luxe, je vous prêterai mon savon à barbe, mon blaireau et mon coupe-chou, ajouta-t-il gentiment.

— Merci, monsieur, vous êtes trop bon. Je suppose que vous êtes M. Delacorte, l'homme à la mallette pleine de remèdes.

— C'est bien moi, rétorqua fièrement le bonhomme en s'inclinant. Enchanté de faire votre connaissance, monsieur Hawkes. J'importe d'Inde et d'Orient toutes sortes de pilules, de tisanes, de poudres et autres bricoles. Je les vends aux chirurgiens et aux apothicaires le long de la côte. La plupart de ces produits soignent vraiment, certains sont excellents si on aime avoir des hallucinations – ce n'est pas mon cas, mais je ne juge pas, tous les goûts sont dans la nature. Enfin bref, je peux vous procurer tout ce dont vous avez besoin si on vous poignarde ou qu'on vous tire dessus, si vous avez la migraine ou du mal à band...

— Merci, monsieur Delacorte ! coupa vivement la femme brune.

— Ravi de vous rencontrer, monsieur Delacorte. Vous êtes d'une grande générosité, je vous revaudrai cela un jour, et j'espère ne jamais avoir besoin du dernier remède que vous avez mentionné, rétorqua Hawkes d'un ton suave.

De petits sourires vite réprimés accueillirent cette boutade – c'était de bon augure, vu qu'il allait sans doute rester ici un certain temps et qu'il était adepte de ce genre d'allusion grivoise.

— Vous avez peut-être un laquais qui accepterait d'aller récupérer pour moi quelques affaires à l'hôtel où je logeais ? demanda-t-il à Mme Durand et Mme Hardy.

La question causa à sa grande surprise un silence lugubre, qui le mit mal à l'aise.

— C'est Bolt qui vous a recousu, claironna alors M. Delacorte, qui manifestement excellait à changer de sujet de conversation.

Il montra du pouce Lucien, qui s'inclina.

— Merci, monsieur, dit humblement Hawkes. Vous devez être le vicomte de Bolt. Je n'ai pas encore examiné votre travail, mais dans la mesure où mes viscères sont toujours à leur place et que je ne saigne...

Il s'interrompit brusquement. Un gentleman ne parlait pas de ces choses dégoûtantes devant des dames, même si c'étaient elles qui avaient nettoyé le sang dans le hall. Cela ne se faisait pas.

— C'est moi qui vous remercie, rétorqua Bolt avec aisance. Vous m'avez donné l'occasion d'exercer mon talent. J'ai envisagé de broder « Dieu bénisse ce travail », mais je n'ai pas eu assez de place.

Hawkes éclata de rire.

Ils parlaient le même langage : celui des hommes virils qui feignaient d'ignorer la douleur et qui plaisantaient comme si recoudre un être humain était un jeu d'enfant.

Les présentations se poursuivirent avec courbettes et saluts de la tête. Hawkes ne s'était pas trompé sur l'identité des unes et des autres. Il apprit que la domestique s'appelait Dot.

— C'est vous qui avez hurlé, devina-t-il.

— Oui, monsieur, acquiesça-t-elle timidement.

— Je n'oublierai jamais ce cri, il était vraiment impressionnant. Vous devriez mener les régiments de cavalerie au combat, cela permettrait d'économiser sur les trompettes.

— Merci, murmura-t-elle en rougissant.

— Une question me brûle les lèvres : M. Bellingham existe-t-il réellement, ou est-il le fruit de l'imagination de Mme Gallagher ?

Ces mots avaient un brut précis : faire sourire Mme Gallagher et pétiller ses beaux yeux, ce qui le revigorerait autant qu'une tasse de café.

Il lui lança un coup d'œil, auquel elle répondit par un regard oblique et un petit sourire ironique.

Elle avait les mains croisées sur son giron, comme pour se protéger, et il réalisa qu'elle les avait gardées ainsi durant toute leur conversation, un peu plus tôt. On avait l'impression qu'elle voulait occuper le moins d'espace possible.

Elle semblait surtout prête à bondir et à s'enfuir à chaque instant.

Plusieurs raisons pouvant expliquer cette attitude se mirent à tournailler dans son esprit, tels des insectes venimeux.

— Je lui ai ouvert la porte il y a quelques minutes, répondit gaiement Dot. À M. Bellingham, précisa-t-elle.

— Eh bien, je suis content pour vous tous que ce cher pasteur soit arrivé sain et sauf. J'aurai peut-être, moi aussi, la chance de gagner vos bonnes grâces. J'ai étudié attentivement votre règlement, ajouta-t-il en brandissant le bristol, pour être fin prêt si je dois subir un examen.

C'était la chose à dire, car à présent tout le monde lui souriait.

Quoique... Bolt et Hardy affichaient le sourire de façade des hommes soucieux de ne pas inquiéter les femmes. Ils se demandaient encore à quel genre d'individu ils avaient affaire. C'était compréhensible. Mme Durand et Mme Hardy étaient manifestement perspicaces et attentives au moindre détail, mais leurs maris se méfiaient davantage - après tout, il avait débarqué ici couvert de sang et armé jusqu'aux dents. Il faudrait les convaincre qu'il était un client convenable, et cela promettait d'être délicat.

— Entre nous, reprit-il, j'espère qu'il n'y aura pas de soirées dansantes. Je crains de ne pas être en jambes. Mais, sous la menace, je peux accepter de chanter.

Tout le monde se mit à rire. L'opération séduction était en bonne voie.

— En supposant que vous réussissiez l'examen de passage, intervint Mme Gallagher d'une voix douce.

Il lui décocha un nouveau coup d'œil oblique.

— Un soir, nous avons tous dansé, déclara M. Delacorte avec mélancolie. Nous avons même valsé.

— Nous le referons un jour, monsieur Delacorte, le rassura Mme Hardy.

Hawkes remarqua qu'elle échangeait un regard amusé avec Mme Durand.

— Vous vous souvenez de ce qui s'est passé, monsieur Hawkes ? interrogea soudain Hardy d'un ton bref. Si en parler n'est pas trop pénible pour vous.

Il ne quittait pas Hawkes des yeux et le jaugeait ouvertement.

— Il y a un débit de tabac, près d'une boutique d'apothicaire, qui vend mes cigares préférés. Je suis à Londres pour affaires, et on m'a recommandé votre établissement. J'ai fait un petit tour dans le coin pour voir les écuries de louage et j'allais m'arrêter dans le petit pub d'à côté quand on m'a accosté. À l'évidence, ce sale type m'a confondu avec quelqu'un qui méritait un coup de poignard. J'ai réussi à lui fausser compagnie, sinon je crois bien qu'il m'aurait achevé.

— Oh, c'est terrifiant ! souffla Dot, pressant les mains sur ses joues rondes.

Il haussa une épaule, agitant une main insouciante.

En fait, Dot trouvait cette histoire follement excitante. Dès qu'elle en aurait l'occasion, elle la raconterait aux autres domestiques, sans omettre de mimer le geste désinvolte du blessé.

— J'avoue que, depuis quelques jours, je n'étais pas dans mon assiette, poursuivit Hawkes. Je pensais que c'était dû au manque de sommeil, mais en fait je devais avoir un peu de fièvre. Je me sens beaucoup mieux ce matin, même si je ne suis pas encore en pleine forme. Je ne vous remercierai jamais assez pour tout ce que vous avez fait pour moi. J'ajoute que mon triste état ne doit pas vous empêcher de réclamer votre dû.

Mme Hardy et Mme Durand souriaient, mais du coin de l'œil, Hawkes vit le capitaine glisser une main sous sa redingote, comme pour en sortir une arme. Ce fut une flasque qui apparut.

— Avez-vous d'autres choses intéressantes dans vos poches, capitaine Hardy ? demanda Hawkes. Un pistolet, par exemple ?

Hardy hocha la tête avec un petit sourire, et déclara :

— Si cela ne vous ennuie pas, mesdames, Bolt et moi souhaiterions discuter avec M. Hawkes, entre hommes. J'ai là, enchaîna-t-il en montrant la flasque, de quoi exaucer l'un de ses souhaits et rendre son café plus savoureux.

— Nous vous laissons, rétorqua Mme Hardy. Nous sommes impatientes de faire plus ample connaissance, monsieur Hawkes, et d'avoir nous aussi une petite conversation avec vous.

— Ce sera un plaisir pour moi. Veuillez, je vous prie, transmettre mes plus chaleureuses salutations à la personne qui a nettoyé ma chemise.

Les dames sortirent à la queue leu leu, conquises. Mme Gallagher, qui fermait la marche, le gratifia d'un regard indéchiffrable, qui lui insuffla pourtant du courage.

13

— Hardy..., articula Hawkes, pensif, dès que la porte se fut refermée. Je me rappelle avoir entendu parler, pendant la guerre, des exploits d'un dénommé Hardy, un capitaine chargé de faire respecter le blocus. On disait qu'il était la terreur des contrebandiers et qu'il faisait même peur au roi.

Il remplit une tasse de café et la tendit à Hardy, qui y versa une rasade de whisky.

— C'est bien moi.

Sur quoi, avec des gestes vifs et précis, le capitaine sortit de ses poches les deux pistolets, le poignard et l'argent, qu'il posa sur le secrétaire, à côté de Hawkes.

Celui-ci inspecta rapidement le tout, comme le ferait n'importe quel homme qui retrouve ses biens les plus précieux. Il vérifia que les pistolets étaient toujours chargés et les remit dans leurs cachettes respectives.

Bolt et Hardy l'observaient en silence.

— Pour ma part, reprit Hardy, j'ai entendu parler d'un certain Hawkes, un diplomate qui, durant la guerre, joua un rôle essentiel dans l'établissement des services de renseignements. Il a été emprisonné par les Français pour espionnage.

Hawkes esquissa un sourire – les journaux avaient relaté ses succès, ainsi que son arrestation. Après quoi, on l'avait probablement oublié.

— J'ai été libéré voilà deux semaines.

Il eut le plaisir de voir ces messieurs hausser le sourcil.

— À votre santé, dit-il et il avala son café.

Oh, quelle merveille ! Voilà tout ce dont il avait besoin : du café et du whisky pour émousser la douleur et calmer ses nerfs.

— C'est un honneur et un plaisir de faire votre connaissance, monsieur, déclara le capitaine.

— Appelez-moi Hawkes.

Il se tourna vers Bolt.

— Vous êtes le fils du comte de Brexford, le vicomte de Bolt, réputé pour être une tête brûlée et qui s'est noyé dans la Tamise ? C'est bien vous ?

— J'ai été repêché par un navire hollandais qui faisait route vers l'Orient, répondit Bolt, laconique. Les dix années qui ont suivi ont été assez... mouvementées. C'est à cette époque que j'ai appris à recoudre un homme. Je suis à présent... domestiqué – c'est le mot juste –, marié pour la vie et follement heureux de l'être. Hardy, M. Delacorte et moi-même sommes associés au sein de la Compagnie Triton, qui importe et exporte des marchandises. L'autre soir, nous étions au White's pour rencontrer l'un de nos partenaires du Lloyd's. Nous nous sommes couchés tard, ce qui explique pourquoi, le lendemain matin, nous n'étions pas correctement habillés pour vous accueillir, ajouta-t-il, goguenard.

Hawkes avait dressé l'oreille à la mention du Lloyd's, l'organisme initiateur du Patriotic Fund, qui collectait des fonds pour venir en aide aux prisonniers de guerre. La Compagnie Triton l'avait vraisemblablement choisi pour assurer la cargaison de son navire.

— Bolt et Hardy, marmonna-t-il, songeur. Incroyable... Franchement, je me demande si je n'ai pas encore l'esprit brouillé par les potions magiques qu'on m'a administrées cette nuit.

Hardy avala une gorgée de whisky par solidarité, ce qui était courtois de sa part, vu qu'il venait juste de prendre son petit déjeuner. Il passa la flasque à Bolt, qui l'imita, en vertu du principe selon lequel un homme ne doit pas boire seul.

Un petit silence s'ensuivit.

— S'il y a une chose qu'un diplomate apprécie particulièrement, reprit Hawkes, ce sont les situations épineuses qui l'obligent à choisir avec soin les informations qu'il peut confier à ses hôtes.

— Par exemple les raisons de votre présence dans le quartier des docks, répliqua Hardy.

Hawkes laissa échapper un rire bref.

— Je suis en mission. Il m'est malheureusement impossible d'en dire plus, mais je ne suis pas convaincu que le travail dont on m'a chargé soit la cause de mon agression. Même si je n'ai aucune preuve du contraire. Si vous vouliez me donner votre parole d'honneur de ne pas répéter ce que je viens de vous confier, et de ne pas révéler mon passé, je vous en serais reconnaissant. Dites simplement que je suis M. Hawkes, un gentleman ordinaire – ce que d'ailleurs je suis désormais.

C'est tout ce que je peux divulguer pour l'instant, j'espère que cela suffira.

Il s'était exprimé d'une façon élégante et respectueuse, mais son ton n'invitait pas à la négociation. Il attendit la réponse, patiemment.

Hardy hocha la tête.

— Pensez-vous que votre présence au Grand Palais de la Tamise puisse mettre en danger quelqu'un de chez nous ?

On arrivait au cœur du sujet.

— Non, puisque vous êtes là, répondit-il avec une pointe d'ironie.

Ses deux interlocuteurs se contentèrent d'esquisser une moue indulgente.

— Sérieusement, si un mauvais plaisant cherchait à m'assassiner, je ne crois pas qu'il réussirait à se débarrasser de la petite armée qui loge ici ni à passer avec succès votre rigoureux examen d'entrée. Je ne compte pas rester longtemps chez vous, mais je vous suis reconnaissant de m'offrir un abri. Plutôt mourir que de vous causer des ennuis.

— Ce serait la moindre des choses, commenta Hardy.

Hawkes ne put s'empêcher de rire.

— J'ai quelques affaires, au Stevens Hotel, dont j'ai un besoin urgent, or il ne me paraît pas prudent d'aller les récupérer moi-même.

Hardy et Bolt haussèrent de nouveau le sourcil.

— Je m'en charge, ils me connaissent, proposa Hardy.

— Merci infiniment.

— Reposez-vous, Hawkes, déclara Bolt, montrant le lit du menton. Inutile d'être héroïque, vous n'aurez qu'à descendre dîner si vous vous sentez d'humeur.

Ce soir-là, l'entrée de Hawkes dans le salon provoqua un silence étonné. De toute évidence, on avait un nouveau pensionnaire.

Il s'était rasé et, une domestique lui ayant apporté un broc d'eau chaude, il avait fait une toilette complète. Il était donc propre comme un sou neuf et paraissait aussi raffiné que menaçant, telle une dague sertie de pierreries.

Le sourire amusé et un brin sarcastique qui jouait sur ses lèvres – comme s'il savait exactement ce que chacun pensait de lui – émut les dames, dont le cœur battit un peu plus fort.

Aurélie, qui avait passé presque tout l'après-midi à dormir pour se remettre de sa nuit au chevet de M. Hawkes, fut frappée par l'étrangeté de la situation. Elle était en quelque sorte la gardienne des secrets de cet homme. Personne ici ne savait qu'il avait une dague tatouée sous le bras, que dans son délire il s'était colleté avec des ennemis invisibles, et qu'il avait appelé sa mère. Et rares étaient ceux qui avaient eu la chance d'admirer son torse dénudé.

Mais, à vrai dire, qu'il en soit conscient ou non, il était lui aussi le gardien de ses secrets.

D'une certaine manière, cette nuit avait tissé un lien entre eux. Aurélie avait l'impression que la présence de Hawkes comblait un vide dans le salon.

— Vous voyez que je prends le règlement de votre établissement au sérieux, puisque je viens profiter de l'atmosphère familiale qui y règne, et participer à vos conversations animées, déclara-t-il, solennel.

— Et nous vous en sommes reconnaissants, monsieur Hawkes, susurra Mme Pariseau.

Elle le lorgnait comme s'il était une pièce d'or pour laquelle elle se battrait bec et ongles si quelqu'un s'avisait de la lui disputer.

Angélique et Delilah lui lancèrent un regard stupéfait.

Mme Pariseau était sans doute pardonnable. Chacun avait eu droit à un verre de sherry pour fêter l'arrivée de M. Bellingham et le rétablissement de M. Hawkes, si bien que tous étaient, à des degrés divers, agréablement pompettes.

Mme Hardy servit un sherry à M. Hawkes et lui tendit le verre en disant :

— Permettez-moi de vous présenter notre chère Mme Pariseau.

Celle-ci se leva d'un bond et fit la courbette.

— Enchanté de faire votre connaissance, madame, déclara Hawkes. Je m'inclinerais bien bas si mes bandages ne m'en empêchaient pas.

— Surtout restez bien droit, monsieur Hawkes, que nous puissions vous admirer de pied en cap. Je n'ai qu'à saluer à votre place, ajouta Mme Pariseau en faisant derechef la courbette.

Tous deux éclatèrent de rire.

Aurélie éprouva alors une bouffée de jalousie qui la stupéfia. M. Hawkes n'était pas le moins du monde déconcerté, il avait manifestement l'habitude que les femmes lui fassent des avances. Seigneur Dieu ! Cet homme ne lui appartenait pas, et Mme Pariseau était certainement une dame convenable.

Aurélie grinçait des dents – il ne lui avait pas adressé un regard. Mais soudain, elle réalisa que, depuis qu'il était entré dans le salon, il se rapprochait insensiblement d'elle. Un frisson délicieux la parcourut.

Hawkes leva son verre, porta un toast à l'assemblée et but son sherry. Il resta debout. Cela devait être douloureux pour lui de s'asseoir et de se lever sans cesse, songea Aurélie et, à cette idée, son cœur se serra.

Puis il se décida enfin à la regarder, comme s'il avait dû rassembler son courage ou avait décidé de garder le meilleur pour la fin.

— Madame Gallagher, la salua-t-il. Heureux de vous revoir, ajouta-t-il, baissant la voix. J'étais justement en train de me remémorer notre première rencontre.

Elle s'exhorta à ne pas sourire, pour ne pas avoir l'air de tomber si facilement sous son charme. Elle se méfiait d'un individu doté d'un tel pouvoir de séduction, et s'était juré de ne plus jamais être à la merci d'un homme.

Mais elle lui sourit malgré elle, et elle vit passer dans ses yeux une lueur ardente et grave, comme si elle lui avait fait un cadeau qu'il n'était pas sûr de mériter.

Une fois de plus, il réussissait à lui couper le souffle. Il n'essayait pas de masquer l'intensité de son regard, et il en était sans doute incapable, tout comme le soleil ne contrôle pas sa chaleur. Il admirait ses formes féminines et ne s'en cachait pas, pourtant elle ne se sentait pas menacée. Elle percevait, dans sa façon de s'adresser à elle, une sorte de tendresse dont il s'étonnait lui-même.

Dans une certaine mesure, il était lui aussi à sa merci. Soit il voulait qu'elle en soit consciente, soit il ne savait pas comment le dissimuler.

Quelques jours avaient suffi pour qu'elle comprenne la différence entre ce qu'elle croyait devoir éprouver et ce qu'elle ressentait vraiment. Avant de rencontrer M. Hawkes, elle n'imaginait pas que son corps puisse lui faire prendre conscience de toutes ces vérités.

— Le repos vous va bien, monsieur Hawkes, répondit-elle d'une voix douce – si elle ne pouvait pas rivaliser avec la hardiesse de Mme Pariseau, elle n'était tout de même pas complètement démunie. Était-il cependant bien raisonnable de quitter si tôt votre chambre ?

— Peut-être pas, mais je sais que vous auriez souffert de mon absence. Je ne supporterais pas de vous attrister, après tout ce que vous avez fait pour moi.

Elle pinça les lèvres, mais ne put s'empêcher de lui sourire de nouveau en secouant légèrement la tête.

— Monsieur Hawkes, intervint Mme Hardy, nous ne vous avons pas encore présenté notre cher M. Bellingham.

Hawkes pivota.

— Enchanté de faire votre connaissance, monsieur Bellingham. J'ai beaucoup entendu parler de vous.

M. Bellingham semblait lui aussi intimidé et sous le charme. Il sauta sur ses pieds et s'inclina.

— Enchanté moi aussi, monsieur. Je suis navré que vous ayez eu des ennuis, mais vous n'auriez pas pu choisir meilleur établissement pour votre convalescence. Voyez vous-même ! s'exclama le pasteur avec un geste ample.

Comme s'il suivait son conseil, Hawkes balaya la pièce d'un regard appréciateur.

— Vous avez raison, j'ai rarement vu un salon aussi agréable.

Il avait le don, Aurélie l'avait remarqué, de se rendre aimable en devinant ce que ses interlocuteurs aimaient chez eux pour en faire ensuite les louanges. Il avait immédiatement senti que les propriétaires s'enorgueillissaient d'avoir réussi à créer un nid douillet pour chacun de leurs pensionnaires. Aurélie appréciait cette qualité chez lui.

Mais peut-être le faisait-il de manière calculée.

La preuve, toutes les personnes présentes dans le salon acquiesçaient en souriant.

Soudain, Aurélie fut frappée par une sensation déroutante de déjà-vu. Cachée en haut d'un escalier, elle épiait un autre M. Hawkes, sur le seuil d'une salle de bal, qu'entouraient des femmes subjuguées.

Ces deux hommes ne faisaient-ils qu'un ? Serait-ce possible ?

— Quel bon vent vous amène à Londres, monsieur Bellingham ? interrogea Hawkes. J'espère ne pas être trop assommant en posant une question dont tout le monde connaît déjà la réponse.

— Figurez-vous, monsieur Hawkes, que j'ai hérité d'une grand-tante un charmant cottage dans le Sussex : le Sansonnet, c'est le nom qu'elle lui avait donné. Je l'ai fait restaurer pour qu'il soit habitable, mais il reste quelques menus travaux à faire. La porte de derrière est à moitié dégondée, il faut nettoyer le toit de chaume et réparer une ou deux fenêtres. Je suis à Londres pour régler les derniers détails concernant la succession et voir de vieux amis. J'ai confié mes paroissiens à mon vicaire, je sais qu'il me remplacera sans difficulté.

— Lord Bolt a une petite propriété dans le Derbyshire qui a aussi besoin de quelques réparations, déclara Mme Durand. Nous comptons y séjourner, un jour ou l'autre.

— Oh, imaginez une auberge de campagne aussi agréable que le Grand Palais de la Tamise ! s'enthousiasma Mme Pariseau. Nous pourrions tous y séjourner avec vous !

Lord Bolt décocha à Angélique un regard douloureux et légèrement réprobateur.

— Aucune auberge ne pourra jamais ressembler à cette pension, déclara Delilah, diplomate.

— Je n'aurais jamais pensé devenir propriétaire, le presbytère me convient parfaitement, mais je suis bien content, reprit M. Bellingham d'un air béat. Le cottage est niché dans l'anse d'un ruisseau bordé d'aubépines, si bien qu'on a du mal à le voir de la route. Il y a une grande prairie plantée de vieux pommiers, qui sont très généreux en fruits. Le cottage n'est qu'à une encablure de Baggleston, où passe la malle-poste tous les mercredis et vendredis à midi. C'est une petite ville moderne avec un pub, une librairie, et même une boutique où l'on peut acheter ou vendre toutes sortes de choses.

Une vie simple en marge de la civilisation : un tableau exotique et idyllique pour Aurélie, accoutumée à se déplacer dans des salles immenses et résonnant du bruit de ses pas, ou à flâner avec son chaperon dans des parcs parfaitement entretenus.

— J'ai grandi à la campagne, monsieur Bellingham, répliqua M. Hawkes, et je comprends votre bonheur. Je suis moi aussi à Londres pour régler quelques affaires, et même si je n'avais pas prévu de m'installer ici, je ne m'en plains pas, loin de là.

Ces paroles furent une fois de plus accueillies par des sourires attendris. Il était probablement habitué à provoquer cette réaction, songea Aurélie.

M. Hawkes se tourna vers elle.

— Vous avez dit, madame Gallagher, que vous alliez rendre visite à votre frère. Habite-t-il lui aussi à la campagne ?

Aurélie hésita, mais elle avait déjà parlé de ses projets à toutes les personnes assises dans le salon. Se dérober maintenant serait stupide.

— Il vit en Amérique, à Boston. J'espère embarquer à Douvres dès que j'aurai terminé ce que j'avais à faire à Londres. Je ne crois pas que Boston puisse être considéré comme une ville de campagne.

— Vous traverserez l'océan toute seule, madame Gallagher ? demanda-t-il.

Elle eut l'impression que son regard était soudain plus pénétrant et scrutateur. Elle n'appréciait pas qu'il lui rappelle qu'une femme raisonnable n'était pas censée faire quoi que ce soit seule.

— J'aimerais, tant que je suis à Londres, trouver une compagne de voyage.

— Avez-vous déjà traversé un océan ? Ou peut-être la Manche ?

Elle nota l'article indéfini, comme si Hawkes avait sillonné toutes les mers et tous les océans du globe, comme s'ils étaient tous différents et que chacun exigeait des talents spécifiques de navigation. Cette idée ne lui avait jamais effleuré l'esprit, pourtant elle n'était pas ignorante en géographie. Pour elle, l'océan Atlantique était seulement une immense étendue d'eau entre l'endroit où elle se trouvait et celui où elle voulait vivre. Elle ferait tout ce qu'il faudrait pour combler cette distance, et elle ne se faisait pas d'illusions : ce ne serait ni facile ni agréable. Mais elle refusait d'y penser, pour ne pas ressentir de nouveau cet étau qui lui comprimait la poitrine.

— Ce sera ma première traversée de l'Atlantique, répondit-elle. J'ai hâte d'embarquer.

Ce n'était pas tout à fait faux.

Elle eut l'impression que M. Hawkes avait brusquement une foule de choses à lui dire et se demandait par laquelle commencer.

Son cœur se mit à battre plus fort, et ses paumes devinrent moites.

— Si vous avez du mal à trouver une place sur un bateau à Douvres, sachez qu'il y a quelques années de cela, quand j'étais frais émoulu de l'université, j'ai fait la traversée de Falmouth à Boston, intervint M. Bellingham. Falmouth n'est qu'à quelques journées de route d'ici, par la malle-poste. Mon oncle m'avait offert le voyage. J'ai beaucoup aimé l'Amérique, et les Américains sont des gens très intéressants. Je pense que vous serez heureuse là-bas, madame Gallagher.

Des paroles réconfortantes et qui, venant d'un vrai pasteur, sonnaient comme une bénédiction.

— Merci, monsieur Bellingham. Mon frère est effectivement très heureux à Boston.

— Est-ce votre premier séjour à Londres, madame Gallagher ? interrogea aimablement

M. Hawkes. Je ne voudrais pas faire de suppositions hâtives, mais vous avez une pointe d'accent français. Or tous les Gallagher que j'ai croisés jusqu'à ce jour étaient irlandais.

Tous les regards étaient à présent braqués sur elle, pleins de curiosité. Maudit soit cet homme ! Elle avait réussi à esquiver les questions indiscrètes, et s'en réjouissait car elle n'avait rien d'une menteuse chevronnée et ne savait pas si elle serait capable de se souvenir des péripéties imaginaires des personnages qu'elle inventait.

— Oh... oui, mon défunt mari, Thomas, était irlandais.

Elle baissa les yeux sur ses mains croisées sur son giron. Elle avait à plusieurs reprises, non sans remords, joué cette petite comédie qui paraissait mettre fin aux questions embarrassantes.

Un silence s'ensuivit, respectueux et compatissant.

Quand elle releva les yeux, elle s'aperçut que M. Hawkes l'observait. Il fronça imperceptiblement les sourcils, puis une expression songeuse se peignit sur ses traits.

Elle détourna le regard, se concentra de nouveau sur ses mains. Elle avait les joues brûlantes.

Ce fut M. Bellingham qui la tira d'affaire.

— J'attendais l'occasion d'aborder un certain sujet, déclara-t-il. Je crains que ce ne soit un peu embarrassant.

— C'est dans le fumoir que nous abordons les sujets embarrassants, monsieur Bellingham, rétorqua M. Delacorte d'un ton docte, tel un guide conduisant un visiteur dans un musée.

— Merci, monsieur Delacorte, je m'en souviendrai. Mais il s'agit plutôt de... eh bien de... d'une prédilection que j'ai pour... enfin, d'un passe-temps, à mon avis inoffensif, mais... je me demandais si... si quelqu'un le partageait ?

La défiance se lisait tout à coup sur les visages.

— C'est une chose que j'ai découverte à la campagne, et j'ai entendu dire que cela se pratiquait aussi à Londres, poursuivit M. Bellingham.

Delilah et Angélique étaient pétrifiées, priant de concert et avec ferveur que cette chose embarrassante ne soit pas le Dada du Pasteur. Il leur arrivait encore d'éconduire des messieurs en mal de sensations fortes qui venaient frapper à la porte et réclamaient le fameux Dada du Pasteur.

M. Bellingham s'éclaircit la voix :

— Je n'ose pas espérer que l'un de vous accepterait de me... eh bien... de m'emmener à une course d'ânes.

M. Delacorte se redressa sur sa chaise. Il resta un instant immobile, le regard vide. Puis il se leva très lentement, en s'appuyant des deux mains sur la table.

Il se rassit. Se releva brusquement. Il ouvrit la bouche, mais aucun son n'en sortit.

Tout le monde, dans le salon, eut le sentiment d'assister à un événement historique : M. Delacorte était trop ému pour parler.

— Bellingham..., finit-il par croasser. Bon Dieu...

Il ferma brièvement les yeux, jura de nouveau d'une voix étranglée :

— ... Bon Dieu de bon Dieu, j'adore les courses d'ânes.

— Vraiment, monsieur Delacorte ? répliqua M. Bellingham, ravi et soulagé. Vous le pensez réellement ? Je trouve cela tellement amusant ! La façon dont les jockeys se cramponnent ! Et quand les ânes galopent, leur arrière-train est hilarant ! Vous ne trouvez pas ?

— Celui de lord Bolt, quand il court, n'est pas mal non plus, marmonna Mme Pariseau.

Toutes les têtes se tournèrent vers elle. Mme Pariseau écarquilla des yeux innocents.

— Du calme, j'ai seulement *aperçu* son arrière-train, quand il a sauté par-dessus la rampe en chemise. Ce n'est pas ma faute. Faut-il, pour pénitence, que je mette un penny dans la cagnotte ? ajouta-t-elle d'un air contrit. Oui, sans doute. Je n'ai jamais eu à m'approcher de la cagnotte jusqu'ici. Le faire me donnerait le sentiment d'être terriblement audacieuse.

— Rien ne vous en empêche, madame Pariseau, rétorqua Delilah d'un ton suave.

Le contenu de la cagnotte à gros mots, grâce à M. Delacorte, payait régulièrement les journaux du matin.

Ce soir, elle aurait apparemment de nombreux donateurs.

— Je crois que Maggie a eu un aperçu de son avant-train, fit remarquer Delacorte. Ce qui explique pourquoi elle s'est évanouie.

Lord Bolt leva le nez de l'échiquier et darda sur Delacorte un regard assassin.

— Lucien..., murmura Angélique en dévisageant son mari. Ça alors, vous rougissez ?

On assistait peut-être au deuxième événement historique de la soirée.

Angélique était tiraillée entre l'envie de défendre son époux et celle de le laisser se dépêtrer de cette situation qui était franchement cocasse – d'autant plus qu'elle avait un peu de sherry dans le sang.

À la table derrière lord Bolt, le capitaine Hardy réprimait difficilement son hilarité.

— Je me demande si « arrière-train » ne devrait pas être mis à l'amende, déclara lord Bolt, crispé. Même chose pour « avant-train ».

— Assez, vous deux, commanda Mme Hardy. Regardez ce que vous avez fait à notre pauvre M. Bellingham.

Celui-ci était rouge comme un coquelicot.

Aurélie avait du mal à ne pas pouffer – il lui était tellement plus naturel de rire maintenant que Hawkes était là.

Elle lui lança un coup d'œil à la dérobée, pour voir s'il s'amusait. C'était manifestement le cas.

— Nous sommes en principe beaucoup plus convenables, monsieur Bellingham. Veuillez nous excuser, dit gravement Angélique. Ces derniers jours ont été intenses et je crains que nous ne soyons tous passablement excités.

— Oh, j'ai piqué un fard, et alors ? rétorqua tranquillement M. Bellingham. Je n'en mourrai pas. Je devrais peut-être boire un peu plus de sherry pour me mettre au diapason de la gaieté générale.

Sur le visage de Delacorte, qui observait M. Bellingham avec un sourire radieux, passa une expression légèrement incrédule, comme s'il n'en revenait pas d'avoir autant de chance. Il s'imaginait sans doute déjà remorquer Bellingham d'un pub à l'autre jusqu'à ce que, ivres et réjouis, ils entonnent des chansons grivoises.

Mme Pariseau se leva et alla déposer un penny dans la cagnotte à gros mots. Delacorte se délesta de trois pence pour ses « bon Dieu », après quoi, satisfaits, tous deux regagnèrent leurs sièges.

— Lord Bolt a sauté par-dessus la rampe, en chemise, pour voler au secours de M. Hawkes, expliqua Dot à M. Bellingham, au cas où il ne serait pas encore lassé de se représenter la scène.

— Oh, commenta poliment M. Bellingham, dont le sourire vacilla – on ne lui avait pas raconté en détail l'arrivée dramatique de M. Hawkes.

— Nous étions tous là, rectifia galamment lord Bolt. En fait, Mme Gallagher a été l'une des premières à se précipiter.

M. Hawkes pivota vivement, et braqua sur Aurélie un regard si chargé d'intention qu'elle faillit presser une main sur son cœur pour en contenir les battements.

Elle resta muette, incapable d'émettre le moindre son. Sans doute était-elle toute rouge, une fois de plus.

— C'est bizarre, non ? fit remarquer Delacorte, pensif. Bolt enfile d'abord sa chemise, et Hardy son pantalon. Chacun a sa manière de s'habiller. Personnellement, je commence par la chemise, et ensuite le pantalon. Le duc de Valkirk disait que ses valets le soulevaient avec des poulies pour l'introduire ensuite dans son pantalon, de crainte qu'il ne se fatigue. Ha, ha, ha ! Il était sacrément amusant. Il me manque.

Aurélie tressaillit. M. Hawkes s'était raidi.

— Valkirk ? articula-t-il sèchement. Valkirk a séjourné ici ?

— Pendant quelques semaines, et il est reparti avec une épouse à son bras, répondit Delacorte. Il était superbe, et elle était magnifique. Il semblerait que tous les pensionnaires repartent d'ici mariés, ajouta-t-il avec un brin de mélancolie.

— Valkirk est un homme bien, déclara le capitaine Hardy, qui scrutait Hawkes du regard.

— Un homme admirable, acquiesça Hawkes.

Mais Aurélie avait remarqué, car plus rien ne lui échappait, son étrange réaction à la mention du célèbre général Blackmore, devenu le duc de Valkirk.

Tout le monde en Europe - et probablement dans le monde entier - connaissait celui que l'on surnommait le Valeureux Valkirk. On pouvait effectivement s'étonner qu'un aussi éminent personnage ait séjourné dans cette modeste pension de famille. Cela expliquait peut-être la réaction de Hawkes.

— Et vous, Bellingham ? demanda Delacorte, tandis que Bolt réfléchissait, penché sur l'échiquier. Vous mettez d'abord votre chemise ou votre...

— Madame Gallagher, coupa Mme Hardy. Auriez-vous la gentillesse de nous jouer un petit morceau au pianoforte ? M. Delacorte aimerait peut-être chanter ?

— Il adorerait ça, répliqua Delacorte, ravi.

14

Mme Gallagher s'assit au pianoforte et plaqua quelques accords ; M. Delacorte s'éclaircit la voix.

Mais avant qu'il se mette à chanter, le capitaine Hardy et lord Bolt se retirèrent dans le fumoir attenant au salon, et Hawkes les suivit – il était curieux de découvrir cette pièce, et il désirait être seul avec Hardy et Bolt pour leur poser quelques questions. Ces derniers avaient invité M. Bellingham à se joindre à eux, ce qu'il avait aimablement refusé : lui aussi avait envie de chanter.

Le fumoir avait été aménagé par des femmes qui connaissaient bien les hommes, pensa Hawkes. Elles avaient créé un refuge où les visiteurs et les pensionnaires masculins du Grand Palais de la Tamise avaient la liberté d'être grossiers et dégoûtants. Un épais tapis moelleux aux motifs marron et crème, parfaits pour dissimuler les taches, jonchait le sol. Des tentures en velours brun masquaient les fenêtres. Les fauteuils étaient profonds et confortables, quoique usés. On pouvait poser les pieds sur la table basse, qui avait visiblement connu des jours meilleurs.

Hawkes s'installa précautionneusement dans un fauteuil et saisit le verre de brandy que le capitaine lui tendait, ainsi que le cigare allumé que lui offrait Bolt. Il poussa un soupir de satisfaction.

Tous trois savourèrent leur première bouffée dans un silence méditatif. Hawkes songeait à Mme Gallagher – Aurélie – qui se préparait à partir pour Boston, apparemment seule. Elle s'apprêtait à s'enfuir au bout du monde, ce qui n'était pas une mince affaire pour une personne qui n'avait jamais traversé l'océan. Le voyage était onéreux et parfois périlleux. Elle n'en avait peut-être pas conscience, ou bien elle estimait nécessaire de courir ce risque. Hawkes penchait pour la seconde hypothèse.

Il fallait être désespéré pour partir ainsi, le plus loin et le plus rapidement possible. Cette idée le rendait nerveux.

D'un point de vue professionnel, cependant, il applaudissait à la fable du mari défunt, qui servait très bien de bouclier.

Il ne la croyait malheureusement pas capable de recourir longtemps à ce stratagème. Il était bien placé pour savoir qu'une supercherie réussie exigeait un talent naturel et des années de pratique, or elle n'avait ni l'un ni l'autre.

Elle était manifestement convaincue que Brundage se lancerait à sa recherche.

Et elle était manifestement résolue à lui échapper.

Qu'allait-il faire, maintenant qu'il était quasiment sûr d'avoir retrouvé la disparue ? Demain, il avait rendez-vous avec Brundage. Sacré nom d'un chien !

— Alors comme ça, Hardy, vous connaissez Valkirk ? demanda-t-il.

— Nous nous sommes liés d'amitié. Il nous prêtait sa loge à l'opéra, voyez-vous. Il a séjourné ici et, comme l'a dit Delacorte, épousé l'une de nos pensionnaires – une chanteuse d'opéra.

— Tant mieux pour lui, rétorqua Hawkes avec un petit sourire ironique. Dieu sait qu'il a amplement mérité un peu de bonheur.

— Vous le connaissez ?

Hawkes réfléchit un instant. Par où commencer ?

— Oui, j'ai eu l'honneur de discuter quelques fois avec lui. La dernière fois, c'était en Espagne, la veille de la bataille de Dos Montanas. Nous participions à un conseil militaire.

Ses deux interlocuteurs hochèrent gravement la tête. La bataille, nul ne l'ignorait, avait été un terrible désastre pour le général, qui n'avait jamais auparavant essuyé de défaite.

— Je n'oublierai jamais son expression quand on a appris que les troupes françaises s'étaient massées là où il comptait déployer les siennes. Comme si les Français avaient anticipé le mouvement. J'étais affligé pour lui.

— Comment est-ce arrivé, à votre avis ? interrogea Hardy.

Hawkes ne répondit pas tout de suite. Il savait que Hardy avait mené ses propres enquêtes pour démanteler des réseaux de contrebande, ils avaient donc probablement les mêmes aptitudes et la même opinion désabusée sur leurs hommes.

— Quand on a l'habitude de collecter des renseignements, on est capable de repérer d'éventuelles fuites, déclara-t-il prudemment.

Il ne révélait rien qu'ils ne sachent déjà.

— Vous pensez que les Français connaissaient le plan de Blackmore et qu'ils avaient préparé une contre-attaque.

Dans la mesure où Hardy s'était lui-même chargé de dire les choses, Hawkes se borna à lui décocher un regard éloquent.

— C'est aussi ce que j'ai pensé à l'époque, ajouta le capitaine.

Ils se turent, tirant sur leur cigare.

— L'un de vous deux connaît-il personnellement le comte de Brundage ? demanda Hawkes au bout d'un moment.

Le ton était détaché, pourtant Bolt et Hardy sentirent que la question n'était pas anodine.

— Brundage... Je me rappelle l'avoir vu jouer un jeu d'enfer, déclara Bolt. On murmurait qu'il s'y adonnait souvent. Cela m'avait marqué, puisque j'étais moi-même autrefois un joueur acharné. L'autre soir, au White's, nous avons entendu dire qu'il allait être nommé ambassadeur en France. Je l'ai toujours considéré comme un genre de puritain, doté d'un charme onctueux. Notez que, comparé à moi quand j'étais jeune, n'importe quel quidam passerait pour un puritain.

— Vous jugez bien, rétorqua Hawkes d'un ton bref. Mais je ne suis peut-être pas impartial. (Il marqua un silence.) Bolt... vous êtes membre du White's ?

— Pour le meilleur et pour le pire.

— Et vous êtes, tous les deux, en relation avec le Lloyd's ?

— Le groupe assure le navire de la Compagnie Triton.

Hawkes tira sur son cigare et souffla lentement la fumée.

— J'ai cru comprendre que vous aviez rendez-vous, au White's, avec quelqu'un du Lloyd's. Ça s'est bien passé ?

— Très bien, nous nous sommes quittés passablement éméchés.

Hawkes esquissa un sourire. Il réfléchissait : comment formuler sa question, et devait-il la poser ? Il finit par conclure que l'occasion qui se présentait était trop belle, peut-être était-ce un autre signe du destin.

— Pourriez-vous demander quelque chose à votre ami du Lloyd's ? Vous me rendriez un grand service. C'est assez urgent, voyez-vous. La Société d'aide aux prisonniers de guerre anglais – c'est une œuvre de bienfaisance – a-t-elle versé tout l'argent qu'elle a récolté au Lloyd's Patriotic Fund ?

Ses deux interlocuteurs lui décochèrent un regard acéré.

— C'est une question très spécifique, Hawkes, commenta Bolt, circonspect.

— Effectivement.

— Où avez-vous découvert l'existence de cette œuvre de bienfaisance ? interrogea Bolt.

Hawkes le dévisagea longuement.

— Vous pouvez lui faire confiance, dit simplement Hardy.

— Elle figurait dans le budget de Brundage, avant la guerre.

Un silence tendu s'ensuivit.

Ce fut Bolt qui reprit la parole.

— Il me semble inhabituel pour un ambassadeur de parrainer ce genre d'organisme. Le White's a collecté des fonds pour les prisonniers de guerre, qui ont été transférés au Lloyd's. Twinings a également organisé une collecte.

— Vous pensez qu'il ne s'agit pas d'une véritable œuvre de bienfaisance, comprit Hardy.

— Disons que la période durant laquelle elle apparaît dans les livres de comptes m'a donné à réfléchir, répondit Hawkes. Ainsi que la façon dont, durant la même période, elle a prospéré puis périclité.

Ses deux interlocuteurs, qui étaient assez malins pour analyser la situation, en tiraient déjà des conclusions.

— Qui supervisait le budget de Brundage ? demanda Bolt.

— Lui-même, répondit Hawkes.

— Vous croyez qu'il...

Bolt s'interrompit. Aucun d'eux ne voulait énoncer ce soupçon à voix haute.

— Si vous pouviez poser la question à votre partenaire du Lloyd's, je vous en serais infiniment reconnaissant, se borna à dire Hawkes. Je vais maintenant rejoindre nos amis musiciens. L'air que joue Mme Gallagher m'attire comme le chant d'une sirène.

De retour dans sa chambre, Hawkes alluma la lampe sur la table de chevet puis se campa devant la fenêtre pour contempler, au loin, les mâts des navires qui se découpaient comme des flèches noires sur le ciel brumeux.

Il ouvrit un instant la fenêtre et y passa la tête. Le vent le gifla.

Demain matin, il rendrait visite au dénommé Roland Guthrie, marchand d'antiquités. Sauf si Mme Gallagher avait d'autres projets, auquel cas il la suivrait, où qu'elle aille.

La douleur et la fatigue commençaient à se faire sentir, dissipant l'effet apaisant du brandy et de l'effervescence de la soirée. Il devrait s'allonger, soulager un peu sa blessure et, si possible, dormir jusqu'au matin.

Mais l'image de Mme Gallagher qui trottait dans son esprit faisait travailler ses nerfs, comme une drogue stimulante. Il se revoyait près d'elle, chantant avec les autres autour du pianoforte. À un moment, leurs regards s'étaient rencontrés et étaient restés rivés l'un à l'autre plus longtemps que ne le tolérait la bienséance. Elle avait manqué quelques notes et ses joues s'étaient empourprées. Mais, avant qu'elle baisse les yeux, il avait vu naître sur ses lèvres roses un petit sourire aussi sensuel qu'une caresse.

Il revécut mentalement ce moment, seconde par seconde, pour le plaisir primitif de se sentir puissant. Car c'était lui qui avait provoqué cette rougeur adorable, ce sourire, cette façon de ployer le cou, comme si elle était incapable de rester de marbre en sa présence.

La réalité était cependant moins glorieuse : le sourire de Mme Gallagher avait été pour lui un coup de massue qui l'avait pendant quelques secondes rendu incapable de penser, de parler et encore moins de chanter. Partagé entre la fascination et une émotion qui ressemblait à de la colère, il avait contemplé sa bouche et la naissance de ses seins dans le décolleté de son corsage. En cet instant, ne pas la toucher, alors que quelques centimètres les séparaient, lui avait paru un crime contre nature.

Comment réagirait-elle si elle connaissait la véritable raison de sa présence au Grand Palais de la Tamise ?

Il secoua la tête, marmonna un juron.

S'il maîtrisait les subtilités de la diplomatie, il n'avait jamais eu le loisir de courtiser une femme dans les règles de l'art, avec ce que cela comportait de galanterie, de délicatesse et de complexité. Il n'était même pas sûr de savoir comment s'y prendre.

Dès le début de sa carrière, il avait été emporté par la spirale de l'ambition et du succès, s'était senti grisé par le danger. Jusqu'à ce que son métier devienne un tourbillon duquel il ne pouvait plus se dégager. La machine infernale ne s'était arrêtée qu'avec la captivité.

En prison, se focaliser sur le moment présent était une forme de survie, et désirer être ailleurs, une torture. Il était incapable d'imaginer ce qui l'attendait et, surtout, il se refusait à le faire. Il n'était pas un rêveur.

Pourtant, il était incapable de repousser le rêve qui s'insinuait en lui, aussi insaisissable que le brouillard de Londres : une succession de soirées comme celle qu'il venait de vivre, simples et chaleureuses, presque familiales. Des conversations à bâtons rompus, des rires, des chants, des jeux. Tout cela en compagnie d'une femme qui lui donnait le sentiment que le temps n'avait aucune prise sur lui, qu'il était un homme nouveau et léger comme l'air. Que rien n'avait d'importance, hormis le fait d'être tous les deux vivants.

Nul n'était plus foncièrement pragmatique que lui, or il avait l'impression de comprendre enfin la signification du mot « destin ». Et, paradoxalement, le destin n'était pas une vague chimère, mais une réalité brutale : cette femme était faite pour lui, et c'était pour cette raison qu'il s'était retrouvé ici.

Mais nom d'un chien... pourquoi maintenant ? Pourquoi de cette façon ? Irrité, il s'écarta brusquement de la fenêtre. Son cœur fit un bond dans sa poitrine.

Il y avait quelque chose qui bougeait sous le lit. Retenant son souffle, il s'approcha.

Seigneur Dieu... C'était juste un bout de chiffon sombre, entre le mur et le pied du lit, que le vent qui s'engouffrait dans la chambre avait déplacé. S'il n'avait pas ouvert la fenêtre, il ne l'aurait sans doute pas vu, et on pouvait pardonner aux domestiques de la pension de l'avoir oublié là.

Du bout du pied, il le fit glisser vers lui. Le tissu était souillé de sang séché. Son propre sang, vraisemblablement.

Il le ramassa à l'aide du tisonnier pour ne pas avoir à se baisser. Ce n'était pas un chiffon, mais un mouchoir, que quelqu'un – probablement le capitaine Hardy ou lord Bolt – avait dû appliquer sur sa blessure pour stopper l'hémorragie.

Prenant le mouchoir entre le pouce et l'index, il sentit un motif en relief. Des initiales ou un dessin brodés. Il le tint sous la lampe pour l'étudier de plus près.

Il ravala une exclamation.

Lady Aurélie Capet

Il n'aurait su dire pourquoi son nom, qu'elle avait peut-être brodé de ses mains, lui faisait un tel effet, mais il avait soudain la gorge nouée.

Était-elle près de lui quand il s'était effondré dans le hall ? Sans doute, sinon pourquoi son mouchoir serait-il taché de sang ?

Elle avait emprunté les vêtements de sa dame de compagnie pour se déguiser, mais elle avait gardé ses mouchoirs, et en voulant aider Hawkes, elle s'était trahie. Il avait dans les mains la preuve de son identité.

Lui n'aurait jamais négligé des détails aussi révélateurs que ce mouchoir. « Parce que mon âme est corrompue », songea-t-il avec une sombre ironie. Il pouvait être un excellent menteur quand il le fallait.

Il sentit de nouveau la colère bouillir en lui – un événement grave s'était produit dans la vie de cette jeune femme, et l'avait contrainte à mentir. Mais il fallait des années d'apprentissage pour duper les autres, il était bien placé pour le savoir. Après quoi, les mensonges et les subterfuges nous enfermaient dans une carapace qui empêchait notre âme et notre cœur de s'épanouir, jusqu'à ce que la vie nous en dépouille et mette à nu le noyau de notre être. Jusqu'à ce que l'on apprenne la sincérité.

Son rendez-vous avec Brundage, à Paris, ne datait que de quelques jours, pourtant il n'était déjà plus l'homme qui avait accepté de retrouver la fiancée du comte.

Dire qu'autrefois il se pensait invincible… Quelle illusion ! Il avait cru avoir derrière lui la puissance de l'armée anglaise, et même de l'Angleterre tout entière. Il se sentait fier, droit, brillant et béni des dieux.

C'était pourtant Brundage, la médiocrité incarnée, qui l'avait abattu.

À présent, Hawkes n'était plus qu'un homme usé par la prison, désabusé par la « justice », qui était réservée à ceux qui avaient les moyens de la soudoyer. Un homme révolté et terriblement seul, jusqu'au moment où il avait dévoilé une part de ses soupçons à Hardy et à Bolt.

Que lui avait dit Aurélie ?

« Je ne voulais pas, si vous appeliez à l'aide durant la nuit, qu'il n'y ait personne pour vous répondre. Je ne voulais pas vous laisser mourir seul. »

Seigneur... Elle aussi devait se sentir complètement seule.

Il se rendit brusquement compte qu'il avait du mal à respirer. Il aurait dû être capable de la protéger du danger qui l'avait poussée à s'enfuir.

Du bout de l'index, il caressa son prénom brodé – *Aurélie* –, comme si cette caresse pouvait chasser sa peur et effacer le mal qu'on lui avait fait.

Son avenir dépendait de ce qu'il révélerait à Brundage. Qu'allait-il faire ? Il le savait déjà, n'est-ce pas ?

Il se revit, assis vis-à-vis de Brundage et serrant dans sa main le portrait d'Aurélie, si fort que le cadre avait laissé une marque en creux dans sa main. Comme si son avenir était déjà tracé, et comme s'il en avait eu conscience dès cet instant.

15

Aurélie n'aurait jamais imaginé, en traversant la Manche, se réveiller un matin avec un mal de tête dû au sherry et l'impression que la voix de baryton de M. Delacorte, très belle quoique tonitruante, résonnait encore à ses oreilles.

Elle avait passé une délicieuse soirée, et avait de plus en plus de remords de mentir à tous ces gens si bienveillants. Cela renforçait sa volonté de partir, malgré ses regrets. Mais il le fallait, et le plus tôt serait le mieux.

Elle ne reverrait sans doute plus jamais M. Hawkes – elle ne le retrouverait que dans ses souvenirs, où l'autre M. Hawkes brillait comme un soleil lointain. C'était le prix à payer, et il lui semblait atrocement injuste.

Après avoir fumé un bon cigare avec le capitaine Hardy et lord Bolt dans la petite pièce conçue à cet effet, M. Hawkes était revenu chanter deux chansons avec une belle voix grave. Debout à côté d'Aurélie qui jouait du pianoforte, il avait galamment tourné pour elle les pages de la partition. Heureuse de le sentir si proche, elle avait oublié tous ses tracas.

Le retour à la réalité n'en était que plus pénible. Maintenant que s'atténuaient la peur et la rage qui lui avaient servi de cuirasse à Paris, sa fuite lui paraissait insensée.

« Cesse donc de ruminer, se tança-t-elle. Continue à avancer, un pas après l'autre. »

Elle prit un bon petit déjeuner en compagnie des lève-tôt de la pension – les propriétaires et Dot – pendant que les autres dormaient encore, assommés par le sherry, ou déjeunaient dans leur chambre. Ensuite, chacun vaqua à ses occupations quotidiennes.

N'ayant rien de particulier à faire, Aurélie hésita. Pourquoi ne pas se rendre à l'adresse de M. Erasmus Monroe, sur le Strand ? Elle n'avait aucune nouvelle de lui. À deux reprises – pendant le petit déjeuner et juste avant midi –, elle avait demandé à Dot s'il y avait un message pour elle. Elle ne pouvait pas lui reposer la question, elle passerait pour une gourde. À moins qu'il n'ait pas reçu sa lettre ?

Si elle attendait qu'il se manifeste, son séjour au Grand Palais de la Tamise se prolongerait, elle dépenserait tout son argent et, bientôt, elle n'aurait plus le sou.

M. Monroe ne reprocherait sans doute pas à la sœur de son ami Édouard de se présenter chez lui sans y être invitée, si ? Elle n'aurait qu'à lui dire que, ayant une course à faire dans le quartier, elle avait impulsivement décidé de passer le saluer. Elle était censée être veuve, or les veuves avaient le droit de vadrouiller sans chaperon, n'est-ce pas ?

Elle se donna le temps de la réflexion – elle se méfiait de son instinct et craignait que le désespoir ne lui brouille l'esprit. Mais elle devait impérativement faire quelque chose, au lieu de rester là à ressasser, à se tourmenter pour l'avenir, ou à laisser l'image de M. Hawkes envahir son esprit comme le soleil inonde une pièce dès que l'on écarte les rideaux.

Elle prit sa décision et partit en direction du Strand.

Lors de son trajet du Stevens Hotel au Grand Palais de la Tamise, avant qu'une graine d'assassin lui tombe dessus, Hawkes avait repéré les habitants du quartier qui pourraient lui être utiles – ceux à qui rien n'échappait, ceux qui hantaient les ruelles et épiaient les passants depuis les lucarnes de leurs mansardes : les marchands des quatre-saisons, les boutiquiers et les filles de joie.

Ce matin de très bonne heure, Hawkes était sorti faire son dur métier d'espion. Une bouteille de gin et une aimable conversation lui avaient valu l'amitié de deux bavards adossés à un bâtiment voisin. Il s'avéra que tous deux éprouvaient de l'affection pour Mme Durand et Mme Hardy, lesquelles leur avaient offert des scones à la condition expresse qu'ils ne passent plus leurs journées affalés devant le Grand Palais de la Tamise. L'un d'eux prétendait même avoir été invité dans l'Annexe pour écouter chanter une soprano.

Hawkes avait ensuite harponné plusieurs cochers pour leur glisser quelques pièces dans la poche, en leur promettant un supplément s'ils l'informaient discrètement des allées et venues d'une ravissante jeune femme vêtue d'une cape bleue.

Lui qui déplorait la pénurie de domestiques corruptibles au Grand Palais de la Tamise découvrit bientôt que Dot avait été sensible aux flatteries dont il l'avait abreuvée.

Car il apprit, un quart d'heure après l'événement, qu'on avait emmené Mme Gallagher à une certaine adresse, sur le Strand. L'un des cochers qu'il avait soudoyés avait frappé à la porte de la pension en demandant à le voir, et Dot était montée à toute allure le prévenir.

Le bonhomme l'attendait sur le perron, visiblement enchanté à la perspective de pourchasser une jeune femme. Hawkes grimpa dans le fiacre qui s'ébranla.

Quand ils eurent atteint le Strand, le cocher arrêta Hawkes à une centaine de mètres de l'endroit où son collègue avait déposé Mme Gallagher.

Il acheta un journal et, d'un pas nonchalant, comme s'il flânait en regardant les vitrines des boutiques qui s'alignaient le long de la rue, se dirigea vers l'adresse indiquée – en l'occurrence, une bâtisse peu engageante dont la façade avait besoin d'un bon nettoyage.

Il entendit soudain l'écho d'une dispute – une voix féminine, véhémente, et la voix insistante d'un homme.

S'approchant, il vit dans l'encadrement de la porte d'entrée un grand jeune homme au visage dur, sans chapeau ni cravate. Il avait un pied sur le seuil de la maison, l'autre sur le trottoir.

Tout à coup, Mme Gallagher – car c'était bien elle, même si elle lui tournait le dos – s'écarta et s'éloigna de son interlocuteur à reculons, comme si elle avait peur de le quitter des yeux avant de se fondre dans la foule des passants.

Le jeune homme fit deux pas en avant, puis s'arrêta brusquement en voyant Hawkes sur le trottoir, raide comme une barre de fer et dardant sur lui un regard meurtrier.

Il tourna aussitôt les talons, s'engouffra dans la maison et claqua la porte. Mme Gallagher pivota, s'essuyant les paupières d'un revers de main. Seigneur Dieu... Elle pleurait. Il eut l'impression de recevoir un autre coup de poignard, qui lui coupa le souffle.

Mme Gallagher marcha vers lui et manqua de le percuter. Elle fit un bond en arrière, stupéfaite.

— Madame Gallagher...

Elle détourna vivement la tête pour dissimuler ses yeux brillants de larmes.

— Monsieur Hawkes..., balbutia-t-elle. Excusez-moi, je ne vous avais pas vu.

Incapable d'articuler un mot tant l'émotion le submergeait, il extirpa un mouchoir de sa poche et le lui tendit. L'espace d'un instant, ils restèrent immobiles, formant un îlot de silence au milieu du brouhaha et de l'agitation de la rue.

— Merci, murmura-t-elle.

Baissant la tête, elle se tamponna les yeux.

— Madame Gallagher, permettez-moi de vous offrir une tasse de thé, déclara-t-il gentiment.

Elle le regarda par-dessous ses longs cils noirs.

— Est-il bien raisonnable pour vous d'aller par monts et par vaux, monsieur Hawkes ? Comment voulez-vous guérir si vous ne vous reposez pas ?

— Je me contente de flâner un peu. Rester enfermé me rendra fou furieux, Dot devra me jeter de la viande crue à travers la porte de ma chambre.

Esquissant un sourire, elle se tamponna une dernière fois les yeux et lui rendit le mouchoir d'un air résolu, comme si elle avait décidé de ne plus verser la moindre larme jusqu'à la fin de ses jours.

— Vous pouvez le garder, dit-il.

Elle contempla un instant le mouchoir, puis le plia et le glissa dans la poche intérieure de la cape bleue de Mme Aubert.

— Je prendrai volontiers une tasse de thé, merci, monsieur Hawkes.

Dans l'élégant salon de thé Twinings[1], ils auraient pu passer pour un couple qui se reposait un moment après avoir couru les boutiques.

Hawkes découvrit qu'Aurélie buvait son thé sans nuage de lait, avec une cuillerée de sucre, et il grava cette information précieuse dans sa mémoire. Lui prenait son thé sans sucre ni lait.

La salle bruissait du glougloutement des théières et du tintement des petites cuillères contre la porcelaine. Les clients parlaient à voix basse.

— Quelque chose vous a bouleversée, madame Gallagher, déclara-t-il avec douceur. En parler vous ferait sans doute du bien.

Elle ne répondit pas tout de suite, le temps peut-être d'inventer une histoire. Puis elle soupira.

— Je ne sais pas par où commencer. Mon frère, voyez-vous...

— Je vous interromps, pardonnez-moi, mais comment s'appelle votre frère ?

— Édouard.

Elle tressaillit, une lueur inquiète s'alluma dans ses yeux. Elle regrettait sa réponse.

— Ma sœur, qui est plus jeune que moi, s'appelle Diana. Donc, votre frère Édouard...

1. En 1706, Thomas Twining ouvre un salon de thé sur le Strand, le premier à servir du thé à la tasse plutôt que du café, et à accueillir la clientèle féminine. *(N.d.T.)*

— Il m'avait dit qu'en cas de besoin je pourrais m'adresser à l'un de ses bons amis, M. Monroe, à qui il avait autrefois rendu service et qui serait donc heureux de m'aider. Édouard lui avait parlé de moi. À mon arrivée au Grand Palais de la Tamise, j'ai envoyé une lettre à M. Monroe, mais je n'ai pas eu de réponse. Voilà pourquoi j'ai pris l'initiative de lui rendre visite. Cela ne me paraissait pas inconvenant, dans la mesure où je suis veuve et qu'il est l'ami de mon frère. Mais apparemment...

Elle s'interrompit, s'éclaircit la voix :

— ... M. Monroe n'habite plus à cette adresse. Mon frère n'est pas fautif, s'empressa-t-elle d'ajouter. S'il l'avait su, il m'aurait prévenue.

— Bien sûr.

— L'homme qui occupe à présent la maison a interprété ma visite... d'une autre manière, et j'ai eu du mal à le détromper. Il avait reçu et lu ma lettre, et il a essayé de m'attirer à l'intérieur, et je...

Elle toussota de nouveau.

— Je suis affreusement gênée, reprit-elle d'une voix éraillée. Et terriblement déçue.

Il hocha gravement la tête.

— Voulez-vous que je lui règle son compte ?

Elle se mit à rire, surprise.

— Eh bien... oui.

— Bonne réponse, madame Gallagher.

— Attendons peut-être que votre blessure soit cicatrisée, au cas où ce monsieur serait coriace.

— Parfait, je l'inscrirai à mon programme.

Elle rit de nouveau, et il songea qu'il serait prêt à tout, ou presque, pour entendre ce rire argentin toute sa vie.

— Venir seule ici n'était pas très prudent, je le sais, monsieur Hawkes... mais il s'agit d'une... d'une affaire assez urgente. J'espérais qu'il pourrait... En fait, j'avais besoin d'un service, acheva-t-elle dans un murmure.

— Expliquez-moi.

Il réprima une grimace en entendant sa propre voix, sourde, vibrante et beaucoup trop sincère. Jamais il n'avait parlé sur ce ton sans avoir d'arrière-pensée. Il voulait l'aider. Plus que cela : il en avait besoin. Pourvu que son ardeur ne l'ait pas effrayée !

Elle le dévisagea longuement et ses yeux se voilèrent peu à peu. Il y lut de l'étonnement, comme si elle cherchait à déterminer ce qui la fascinait ainsi. Quand elle regarda fixement sa bouche, il eut la sensation de recevoir une décharge électrique.

Près de trois années s'étaient écoulées depuis la dernière fois qu'il avait tenu une femme dans ses bras. Il comprenait soudain la différence entre appétit charnel et désir. Car le feu qui l'embrasait à l'idée d'étreindre son corps adorable semblait lié aux émotions qu'elle lui inspirait. Mais peut-être était-il question de désir sexuel plutôt que de sentiments, il n'en savait rien. Il savait seulement qu'il avait besoin de l'embrasser, de sentir ses seins se frotter contre sa poitrine, d'écarter doucement ses cuisses et de goûter la moiteur de son sexe.

Il émanait d'elle une sensualité à laquelle aucun homme ne pouvait être insensible. Qu'avait dit Brundage ? « Je l'ai convoitée à la seconde où j'ai posé les yeux sur elle. » Mais c'était surtout sa personnalité qui le subjuguait et lui donnait l'impression qu'elle était faite pour lui.

Il avait connu des amitiés, des amourettes et des liaisons passionnées, cependant aucune femme n'avait eu autant d'effet sur lui. C'était comme une douleur dans sa chair, et la caresse d'un rayon de soleil ou d'un souffle d'air sur sa peau.

Sa vie, jusqu'ici, avait comporté autant de moments de bonheur que de moments de désespoir. Mais à présent, elle lui paraissait terriblement vide. Plus rien n'était pareil depuis qu'il ressentait ce désir-là.

— C'est très gentil de votre part, monsieur Hawkes, mais je ne veux pas vous ennuyer.

Il hocha simplement la tête. Le silence qui s'ensuivit semblait tendu, comme lourd de sous-entendus.

— Qu'est-ce qui vous a le plus perturbée dans la réaction de cet homme ? Qu'il vous prenne pour une fille légère ou qu'il ne soit pas M. Monroe ?

La question parut la surprendre.

— Je dois choisir ?

— Oui.

— Je ne suis pas si fragile, monsieur Hawkes, même si on attend peut-être de moi que je le sois. Après tout, j'ai résisté au choc d'apprendre que vous n'étiez pas pasteur. Je vais rejoindre mon frère en Amérique, et j'espérais... des conseils pour le voyage.

— Il est essentiel pour vous de partir sans tarder ? Vous ne pouvez pas rester à Londres un moment ?

— Mon frère m'attend, vous comprenez, et il s'inquiétera si je n'arrive pas à la date prévue. J'aimerais commencer ma nouvelle vie aussi vite que possible. Et, pour être franche, je n'ai pas les moyens de rester à Londres.

— Entre nous, personne ne les a.

Elle esquissa un sourire.

— Vous ne pouvez pas commencer votre nouvelle vie en Angleterre ? insista-t-il.

— Je pense que ce serait impossible dans toute l'Europe.

Elle avait murmuré ces mots avec circonspection, comme si elle avait honte ou craignait qu'il ne la croie folle.

— Vous tentez d'échapper à vos souvenirs, madame Gallagher ? Je vais vous décevoir cruellement, mais on ne laisse pas ses souvenirs derrière soi. Ils nous suivent partout.

— Vous êtes un sage, pourtant vous n'êtes pas beaucoup plus âgé que moi, rétorqua-t-elle avec un brin d'ironie.

— Je suppose que, pour une raison mystérieuse, vous pensez ce que vous dites, fit Hawkes. Pourquoi éprouveriez-vous l'envie de me flatter ? Malheureusement, j'ai au moins dix ans de plus que vous. Je suis vieux et endurci. À l'instar de M. Bellingham, vous avez peut-être besoin de lunettes.

Cette fois, elle se mit à rire.

— À mon âge avancé, reprit-il, on a une mémoire défaillante. Je ne sais plus s'il est ou non grossier de demander son âge à une dame.

— Oui, c'est grossier. J'ai vingt et un ans.

C'était bien ce que lui avait dit Brundage.

— Moi, si je ne m'abuse, j'en ai trente-cinq.

— Mon Dieu, ce que vous êtes vieux ! Dois-je parler plus fort pour que vous m'entendiez bien ?

— Le hurlement lugubre de Dot me déchire encore les tympans, alors oui, s'il vous plaît : parlez plus fort.

Elle rit de nouveau. Tout semblait plus lumineux quand elle riait.

Elle sirota son thé, les yeux baissés sur sa tasse.

— Je ne me fais pas d'illusions, déclara-t-elle en le regardant. La mémoire ne s'efface pas comme ça – elle claqua des doigts – parce qu'on traverse l'océan. Mais certains lieux sont tellement... imprégnés de souvenirs qu'il faut les quitter, car il n'est sans doute plus possible que quelque chose de neuf ou de bon s'y produise.

— Imprégnés, répéta-t-il pensivement. Comme le sang imprègne un mouchoir ?

Il vit le visage d'Aurélie blêmir et se décomposer tandis que la question à double sens de Hawkes se frayait un chemin dans son esprit. Elle venait de comprendre qu'il avait trouvé un mouchoir brodé à son nom.

— Sans doute, répondit-elle d'un ton faussement léger.

Il remua distraitement son thé. Il connaissait l'histoire de cette jeune femme : l'exécution de ses parents, la mort de son frère aîné.

Mais c'était Brundage qui avait fait d'elle une fugitive. Et son plan d'évasion n'était pas vraiment abouti.

— Je suis navré que la vie ait été cruelle avec vous au point que vous deviez laisser tout un continent derrière vous, déclara-t-il d'une voix rauque.

— C'est gentil, monsieur Hawkes.

— Vous ne cessez de le répéter, rétorqua-t-il, mi-amusé, mi-agacé. Je ne suis pas sûr d'être un homme gentil. Et cela vous surprendra peut-être, madame Gallagher, mais je suis rarement navré.

Une expression sauvage d'une beauté poignante passa une fraction de seconde sur son visage.

— Il me semble que rien ne pourrait me surprendre venant de vous, murmura-t-elle.

Elle se remit à boire son thé à petites gorgées.

— Votre mari devait être un homme remarquable.

— Pourquoi dites-vous cela ? rétorqua-t-elle, méfiante.

— Il vous a convaincue de passer toute votre vie avec lui.

Elle secoua doucement la tête avec un sourire en coin.

— Oh, monsieur Hawkes, maintenant vous marivaudez. C'est amusant, mais vous êtes un peu trop audacieux – la bienséance m'oblige à vous en faire le reproche.

Il y eut un nouveau silence. Aurélie aurait tant voulu lui parler de Brundage et lui demander son opinion sur le comte.

— Je ne sais pas s'il était remarquable. Je pensais… Je le trouvais charmant, séduisant et attentionné.

— L'était-il réellement ?

Elle tressaillit. Il était redoutablement intelligent, c'était excitant et troublant à la fois.

— Il l'est en partie, répondit-elle d'une voix mal assurée.

Il ne réagit pas.

— Il l'était, rectifia-t-elle précipitamment.

Elle plongea son regard dans sa tasse de thé. Il avait remarqué son erreur de conjugaison, elle en était certaine. Il semblait exceller à noter les plus infimes détails.

— Pourquoi n'êtes-vous pas marié, monsieur Hawkes ? Un homme de votre âge et aussi sage que vous ne devrait pas être célibataire.

Il la scruta pensivement.

— Je ne suis pas persuadé d'être du bois dont on fait les bons maris.

Elle s'était trop avancée en prétendant qu'il ne pouvait pas la surprendre.

— C'est important pour vous ?

— Cela ne devrait pas l'être ? répliqua-t-il, et c'était lui maintenant qui paraissait surpris.

— J'ignorais que les hommes avaient ce genre de préoccupation. Le monde s'adapte généralement à leur convenance.

— Sans doute, et nous nous ingénions à l'enlaidir.

Elle eut une moue triste.

— D'après vous, quelles qualités font un bon mari ? interrogea-t-elle.

Il s'appuya au dossier de sa chaise et braqua sur Aurélie un regard presque accusateur, comme si elle posait une question à laquelle on ne lui avait jamais demandé de répondre.

— J'ai toujours pensé que le premier devoir d'un mari est de protéger sa femme et ses enfants de... de tout. Dans la mesure du possible. Les protéger des atrocités de la vie, du danger, des privations. Leur offrir le confort et la sécurité, et être là pour tout ce qui est important : les bons moments comme les mauvais, l'éducation des enfants... Mon père était de cette trempe-là, mais il est mort quand nous étions encore très jeunes. Mon métier m'a obligé à voyager énormément. J'ai été en contact avec de nombreuses personnes, dont certaines étaient peu agréables, mais avec qui j'étais contraint de travailler. J'ai parfois dû voir… et faire… des choses déplaisantes.

Une belle esquive, mais une réponse extrêmement intéressante.

Il ne lui avait manifestement pas dévoilé toute la vérité sur lui. Peut-être ne le pouvait-il pas. Mais le peu qu'il avait dit avait pour Aurélie la valeur d'un serment : il voulait protéger et respecter sa femme. Il n'avait pas prononcé le mot « amour », ce mot terrifiant, cependant il avait donné ce qu'elle considérait comme la définition même de l'amour : être là, quelles que soient les circonstances.

Des personnes et des choses déplaisantes… Elle se remémora la violence avec laquelle, quand la fièvre le dévorait, il avait repoussé la courtepointe. Elle revit la dague tatouée sous son bras. La façon dont tout son corps s'était crispé quand les résidents du Grand Palais de la Tamise étaient entrés dans sa chambre, comme s'il était en permanence sur le qui-vive.

Elle n'osait pas poser la question, pourtant elle le fit.

— Quel est votre métier ?

Il n'hésita qu'un instant.

— J'étais un militaire, ensuite j'ai travaillé pour la Couronne.

Son ton bref était celui d'un joueur qui décide de miser sans être sûr d'avoir les bonnes cartes en main. Son expression était indéchiffrable.

Et il parlait au passé.

Elle fut assaillie par un sentiment d'irréel. Il devenait de plus en plus difficile d'éliminer la possibilité que l'homme assis en face d'elle soit cet homme élégant et raffiné aperçu autrefois dans une salle de bal. Celui qui avait fait de la prison pour espionnage.

Les similitudes entre les deux n'étaient certainement pas toutes des coïncidences. Mais pourquoi, et comment, était-il là ? Ce n'était sûrement pas le fruit du hasard.

Plus elle y pensait, plus il lui semblait évident que l'apparition de M. Hawkes devant cette maison du Strand, au moment où elle s'éloignait, n'était pas fortuite.

Elle voulait tellement, pourtant, que ce soit un heureux hasard. Elle avait tant besoin d'un peu d'espoir, d'une preuve que la vie pouvait être clémente à son égard, qu'elle n'était pas condamnée à la subir. Impossible cependant de lui demander des explications sans révéler sa véritable identité.

S'il avait bel et bien travaillé dans le corps diplomatique, il avait peut-être connu Brundage. Sa présence au Grand Palais de la Tamise avait-elle un rapport avec le comte ? Brundage et lui étaient si différents...

— Je vous rassure, monsieur Hawkes... je ne sais pas non plus si je serais... si j'ai été une bonne épouse. J'ai grandi dans la solitude, la plupart du temps, et les disciplines que l'on m'a enseignées ne me servent à rien – je l'ai découvert récemment. Je suis par exemple incapable de marchander ou de cuisiner.

— *Marchander ?* répéta-t-il, amusé.

— Il y avait des domestiques pour ça. J'ai appris des langues étrangères, la broderie, la musique, la danse... J'étais sans doute destinée à devenir un certain genre d'épouse. Je décevrais terriblement un homme qui chercherait quelqu'un de plus compétent. J'étais pleine d'espoir, pourtant. Je voulais faire de mon mieux.

— Et, malheureusement, votre mari est mort.

Ces mots restèrent en suspens dans le silence qui suivit. Aurélie ne pouvait plus acquiescer, ni même hocher simplement la tête. Elle n'était pas sûre d'avoir la force de continuer à lui mentir.

Son thé était froid, mais elle vida sa tasse et la reposa précautionneusement sur la soucoupe.

— J'aimerais dire quelque chose que vous risquez de juger inconvenant, monsieur Hawkes.

— Allez-y, je m'en remettrai.

— J'ai vu la dague sous votre bras.

Il fronça les sourcils, puis son visage s'éclaira.

— Mon tatouage ?

— Oui. N'est-ce pas inhabituel pour un gentleman ? Mais peut-être que les gentlemen ont tous un tatouage ? J'avoue que je n'en avais jamais vu.

Soudain, ils se sentirent unis par le souvenir de cette nuit, dans la pénombre, où Hawkes était à moitié nu et vulnérable.

Il semblait avoir du mal à respirer et il garda le silence.

— Est-ce douloureux de se faire tatouer ? murmura-t-elle.

— Oui.

— Dans ce cas, pourquoi le faire ?

Il resta silencieux un moment.

— Je voulais voir jusqu'où je pouvais supporter la douleur. J'étais curieux de le savoir. Je voulais mettre mon endurance à l'épreuve, parce que j'étais dans une situation où je n'avais pas d'autre choix que d'endurer. J'avais aussi besoin de me distraire d'une autre douleur et… de me rappeler ce à quoi j'avais survécu.

Cette franchise brutale la surprit et la troubla. Peu à peu, ils se dévoilaient mutuellement, et s'aventuraient sur le terrain de la confiance.

Ou plutôt, ils s'apparaissaient l'un à l'autre, comme si chacun était un astre lumineux dissipant les brumes qui les étreignaient.

— Ça a marché ? demanda-t-elle tout bas.

C'était un remède qui lui paraissait inconcevable, mais brillant : graver sur son corps le souvenir d'un moment de souffrance pour en faire un objet d'art.

Elle le vit tressaillir – il avait saisi qu'elle posait la question pour elle-même. Il répondit avec des mots choisis avec soin.

— Oui, ça a marché. Pendant un certain temps, car rien ne dure éternellement. Nous devons toujours lutter et évoluer, madame Gallagher.

Y avait-il de l'ironie dans cette façon qu'il avait de prononcer son nom ? Sa voix était pourtant si douce. Il était en apparence aussi séduisant que redoutable, comme la dague gravée sur son corps. Mais au-dedans, il était vulnérable.

Les yeux rivés sur son beau visage, elle s'imagina suivre du bout des doigts le contour de son tatouage.

L'air s'était soudain réchauffé ; la tension physique entre eux était palpable. Il sembla insupportable à Aurélie qu'une telle distance les sépare. Elle en avait la gorge nouée.

Le désir était un phénomène complexe quoique sans équivoque, elle le comprenait à présent. Il ne pouvait pas être raisonnable, contrairement à ce qu'elle avait cru avec Brundage.

M. Hawkes la regardait fixement. Cela ne la gênait pas, cependant. Ses yeux d'un bleu cristallin la fascinaient. Ils avaient une lueur capricieuse, à l'instar de son humeur changeante.

— Il est onéreux de traverser l'océan, reprit-il négligemment. Expédier un simple paquet par bateau coûte au moins cinquante livres.

Ce chiffre la fit frémir.

— En effet, articula-t-elle.

Elle était ébranlée par les émotions confuses et déraisonnables qui l'assaillaient. Au milieu de ce chaos, il y avait pourtant de la joie, une fleur tendre qui semblait vouée à mourir dans les décombres de sa vie.

Elle lui avait révélé le prénom de son frère parce qu'elle avait oublié de mentir, ce qui était stupide. Elle était trop lasse, elle ne parvenait pas à résister au charme de Hawkes, et elle n'était manifestement pas aussi maligne qu'elle voulait le croire.

Elle baissa la tête, étudiant les feuilles de thé, qui ne lui apprirent rien. Il y eut un long silence, puis Aurélie soupira.

— Merci, monsieur Hawkes, pour le thé et votre sollicitude. Je me sens beaucoup mieux. Auriez-vous la gentillesse de me trouver un fiacre ? J'aimerais rentrer au Grand Palais de la Tamise. Je vous ai dérangé trop longtemps.

M. Hawkes était compréhensif. Il hésita un instant, et elle sentit qu'il avait d'autres questions à lui poser, mais il répondit poliment :

— Je suis à votre service.

16

Hawkes aurait aimé rester seul pour revivre ce moment passé avec Aurélie, comme on s'attarde après un éblouissant coucher de soleil. Il voulait repasser dans son esprit tout ce qu'elle lui avait dit, chercher des allusions et des indices qui lui auraient échappé.

Mais le temps pressait. Aussi, après l'avoir aidée à grimper dans un fiacre, il arrêta une autre voiture pour rendre visite à M. Guthrie, marchand d'antiquités dans Bond Street.

Il finit par trouver la boutique. Elle était minuscule, avec une petite enseigne élégante suspendue au-dessus de la porte. Il n'y avait que trois objets dans la vitrine, des vases de diverses tailles et d'origine douteuse. On ne faisait pas beaucoup d'efforts pour attirer le chaland. La clientèle se composait peut-être uniquement de spécialistes.

Ou bien la vitrine n'était qu'un trompe-l'œil pour dissimuler des activités peu reluisantes.

Une clochette accrochée à la poignée de la porte tintinnabula quand il entra. L'intérieur de la boutique était aussi austère que l'extérieur. Des objets impeccablement époussetés étaient disposés sur des étagères. Hawkes, qui avait quelques connaissances en matière d'antiquités, en repéra quelques-uns qui avaient effectivement de la valeur.

— Bonjour, susurra-t-il à la jeune femme qui paraissait s'ennuyer ferme derrière le comptoir.

Elle sursauta, puis bomba sa généreuse poitrine. Elle le regardait bouche bée – il n'aurait su dire si elle était admirative ou sidérée que quelqu'un ait poussé la porte.

Elle était jeune et charmante avec son visage semé de taches de son, ses frisettes rousses et ses yeux bleus, dont les pupilles étaient cerclées d'or et ressemblaient à de petits tournesols.

Elle rougit, ce qui était un heureux présage. Extorquer des renseignements à des femmes blasées était nettement plus ardu.

— Je cherche un cadeau pour un ami, à l'œil particulièrement averti, que je voudrais impressionner. On m'a recommandé votre boutique.

— Oui, vous êtes au bon endroit ! rétorqua-t-elle gaiement, comme si elle avait appris par cœur ses répliques.

— Je constate que votre patron a lui aussi eu l'œil quand il vous a engagée.

En plein dans le mille. Elle s'empourpra de plus belle et glissa une mèche rebelle derrière l'oreille.

— L'ami dont je parle est le comte de Brundage, enchaîna-t-il.

— Oh oui, le comte est l'un de nos clients les plus estimés.

— Je m'en doute ! Je me demandais justement si vous auriez une trace de ses achats. Je suppose que oui, étant donné la rareté et la valeur des objets que je vois ici. Imaginez que, par malheur, je choisisse quelque chose qu'il a déjà en sa possession... ce serait épouvantable.

— Oh oui, ce serait épouvantable, répéta-t-elle consciencieusement.

— Je sais qu'il vous a acheté quelques très beaux objets.

— Effectivement.

— Vous l'avez donc rencontré.

Elle eut une hésitation.

— Tout le monde sait qu'il est un client fidèle.

Ce n'était pas une réponse. Il observa quelques secondes de silence, puis reprit :

— Je suis disposé à débourser une belle somme. J'ai des liasses de billets qui n'attendent que d'être allègrement dépensées, dit-il en riant.

Elle pouffa de rire, elle aussi. Elle était déjà sous son charme.

— Un instant, monsieur.

Elle se pencha sous le comptoir et en sortit un grand registre. Un petit nuage de poussière s'éleva quand elle le posa. Elle l'ouvrit et tourna des pages presque vides de notes.

— Nous ne vendons pas souvent le type de vases qu'affectionne le comte, par conséquent ses transactions sont faciles à retrouver. Il semblerait qu'il y en ait quatre. Le comte de Brundage a acheté un vase en février 1812, qu'il nous a retourné une semaine après. Même chose en 1813. Pour une somme de... oh... deux cent cinquante livres, bredouilla-t-elle, stupéfaite.

— Deux cent cinquante livres pour un vase, s'émerveilla Hawkes, tendant le cou pour lire ce qui était écrit sur la page. Bonté divine !

C'était un prix ahurissant pour un vase, et cela ne correspondait pas du tout à ce que Brundage avait inscrit dans ses livres de comptes.

Voilà donc par quel canal l'argent arrivait dans les poches de Brundage.

— Le comte est vraiment un homme singulier, commenta-t-il. Je me demande... Êtes-vous experte en porcelaine ?

— Je crains d'être encore en formation, s'excusa-t-elle.

Hawkes poussa un soupir de découragement.

— Et vous n'avez pas eu le plaisir de faire la connaissance du comte ?

Elle hésita de nouveau, puis secoua lentement la tête.

— Vous ne vous ennuyez pas dans cette boutique, avec des antiquités pour seule compagnie ?

— Nous avons peu de clients, monsieur, répliqua-t-elle en rougissant. Et ils veulent tous parler au propriétaire et à lui seul. Il paraît que les vendeuses ne restent jamais longtemps.

On renouvelait fréquemment le personnel, pensa Hawkes.

Il réfléchissait à toute allure. Brundage avait vraisemblablement déboursé une misère pour ces objets, noté ses achats dans ses livres de comptes, après quoi il avait retourné les vases au marchand, qui lui avait versé une somme exorbitante. Les gains avaient ensuite été dissimulés dans son œuvre de bienfaisance fictive – avec un peu de chance, Hardy et Bolt en auraient confirmation auprès de leurs partenaires du Lloyd's – grâce à laquelle Brundage avait payé ses dettes et mis du beurre dans les épinards.

Il avait certainement procédé de cette manière parce que le budget de l'ambassade était scruté à la loupe. Une donation, quelle qu'elle soit, serait, sinon suspecte, du moins consignée, vu les exigences de la diplomatie et les informations très sensibles auxquelles un ambassadeur avait accès. Ayant dû dissimuler toute rentrée d'argent peu orthodoxe, Brundage avait considéré qu'une œuvre de bienfaisance serait le paravent idéal. Le fameux cognac qui avait valu une gifle à Pike était tout bonnement un cadeau pour sceller un marché quelconque. Le genre de cadeau que seul un Français pouvait offrir.

Brundage avait dû empocher au total cinq cents livres avant de transmettre, d'une façon ou d'une autre, des renseignements sur les mouvements des troupes anglaises, ce qui s'était soldé par la défaite de Dos Montanas fin 1814. Hawkes avait été arrêté peu de temps après.

Il envisagea un instant de dérober le registre – il n'avait qu'à demander une tasse de thé à cette charmante jeune femme désœuvrée et, dès qu'elle serait dans l'arrière-boutique, il s'éclipserait en emportant les preuves.

Mais il ne voulait pas attirer l'attention du propriétaire. Il pressentait que ce M. Guthrie, quel qu'il soit, prendrait la poudre d'escampette si on lui signalait qu'un registre avait disparu. Or Guthrie était la clé de cette affaire.

Restait à poser une dernière question, et non des moindres.

— M. Guthrie est-il là ce matin ? J'aimerais beaucoup discuter avec lui de mon éventuelle acquisition.

— Oh non, monsieur, il n'existe pas de M. Guthrie. Ce n'est qu'un nom sur l'enseigne. Le propriétaire est actuellement à Paris, mais il sera de retour à Londres mercredi prochain. Il possède une autre boutique à Paris, et il est toujours à la recherche de nouvelles antiquités.

À ces mots, Hawkes sentit dans sa nuque les picotements familiers lui indiquant qu'il était sur la bonne piste.

— Comment s'appelle ce monsieur, s'il vous plaît ?

— Il s'agit de M. Florian Vasseur.

L'accent français de la demoiselle laissait à désirer, mais le sourire en coin que Hawkes lui décocha éveilla en elle le désir de se dévêtir et de l'emmener dans sa chambre, ainsi qu'elle le confia plus tard à sa sœur.

Douce ironie du sort, c'étaient les femmes qui provoqueraient la ruine de Brundage et de Vasseur – alias Cafard. En effet, Hawkes s'était retrouvé à Londres à cause d'Aurélie, et Vasseur avait apparemment la fibre sentimentale – ou la crainte des foudres du ciel – car il avait signé de son nom le registre paroissial de l'église où il s'était marié. Berwick – bénie soit son âme retorse – ne s'était pas trompé.

Sans perdre une minute, Hawkes partit à la recherche de Berwick, qu'il dénicha près de Piccadilly. Il lui donna cinq livres pour surveiller la boutique d'antiquités, au cas où M. Vasseur y ferait une apparition avant la date prévue – le mercredi de la semaine suivante –, et pour embaucher quelqu'un de confiance pour l'aider, à condition de ne rien lui donner de plus que son signalement physique. L'affaire était si sensible qu'il avait intérêt à sélectionner soigneusement les personnes, outre Hardy et Bolt, auxquelles il accorderait sa confiance. Berwick venait en tête de liste, contre toute attente.

Hawkes avait promis à la jeune femme de la boutique de revenir le mercredi suivant. Après quoi, parce qu'il n'était pas complètement inconscient, il retourna au Grand Palais de la Tamise pour se reposer. Cela l'exaspérait de devoir attendre, mais c'était nécessaire.

Avant tout, sous prétexte de vouloir lui emprunter un livre, il demanda à Dot si Mme Gallagher était là. Oui, elle était là, répondit Dot. Soulagé, Hawkes s'autorisa enfin à prendre un peu de repos.

Il défit d'abord son bandage, appliqua du baume sur sa plaie qui commençait à cicatriser et refit son pansement avec précaution.

Il massa son épaule qui l'élançait. Il serrait les dents, mais pas question de passer sa vie à se soûler pour étouffer la douleur ou à se gaver de médicaments. Mieux valait ménager sa blessure.

Mais surtout, il lui faudrait être pleinement alerte pour son rendez-vous avec Brundage. Il aurait besoin de mobiliser tout son sang-froid pour ne pas étriper le comte de ses mains.

Non seulement ce sinistre individu avait trahi son pays, mais il avait fait du mal à Aurélie – Hawkes en était quasiment sûr. Et ce, parce qu'il savait que personne ne pourrait l'aider et qu'il ne pourrait s'en tirer sans y laisser des plumes.

À l'évidence, la nécessité de préserver son secret usait peu à peu les forces d'Aurélie. Hawkes sentait qu'elle avait éperdument besoin de se confier à quelqu'un. Mais si elle découvrait que le comte le payait pour la retrouver, elle le considérerait lui aussi comme un traître.

Une situation sacrément délicate.

Hawkes s'allongea péniblement sur le lit, posa la tête sur l'oreiller moelleux, et laissa ses pensées vagabonder.

« Je crois qu'elle espérait trouver une vraie famille avec lord Brundage », avait dit Mme Aubert. Aurélie avait été élevée par un tuteur souvent absent. L'un de ses frères était mort, l'autre vivait en Amérique. Hawkes imaginait fort bien, même si cela lui déplaisait fortement, la joie qu'elle avait dû éprouver en se fiançant. L'horizon s'éclaircissait pour elle.

Elle voulait être une « bonne épouse », pour reprendre ses mots. Elle aurait fait de son mieux.

Ses illusions avaient été brutalement détruites, Hawkes en était maintenant certain. La gorge soudain nouée, il ferma les yeux.

Jamais il n'avait exprimé à voix haute sa conception du mariage comme il l'avait fait devant Aurélie. Il lui avait dit la vérité, et c'était pour lui une sorte de révélation. À son grand désarroi, il s'était aperçu qu'il ne pouvait pas lui mentir. Il refusait de la manipuler et de se servir d'elle pour mettre en œuvre une stratégie. Quand il était avec elle, il souhaitait seulement savourer la sensation de légèreté que procurait une sincérité totale. Il y avait si longtemps que cela ne lui était pas arrivé. Était-il même capable de la ressentir de nouveau ?

Il comprenait maintenant que le mariage était un territoire dont il ignorait tout, et il n'avait sur le sujet que des préjugés cyniques. Cela ne lui avait jamais traversé l'esprit, car aucune femme ne lui avait fait penser qu'elle était la bonne.

Il voulait le bonheur d'Aurélie, et cela signifiait qu'il devrait régler ses comptes avec Brundage une fois pour toutes. Après cela, et seulement après, il pourrait tout lui avouer.

Machinalement, il effleura la dague tatouée sous son bras. Il se remémora les questions d'Aurélie sur son tatouage et la douleur qu'il avait ressentie, comme si elle cherchait des remèdes à la sienne.

Quelle était cette souffrance, cette peur qui ne lui laissait pas de répit ?

Il songea à Mme Aubert, si digne et si fière, qui avait abusé du fard pour dissimuler un hématome sur sa joue. Brundage et elle avaient dit quelque chose qui le préoccupait : Aurélie avait attendu un mois avant de quitter Paris.

Pourquoi si longtemps ?

Les bateaux faisaient quotidiennement la traversée de Calais à Douvres, si le temps le permettait.

« Elle n'a pas jugé possible de partir avant, monsieur Hawkes », avait dit Mme Aubert.

Un terrible soupçon lui tordit l'estomac. Le doute s'était insinué dans son esprit à l'instant même où la dame de compagnie avait prononcé ces mots. Mais c'était tellement révoltant qu'il avait fallu du temps pour que ce soupçon s'empare pleinement de Hawkes.

À l'instar d'un filet de sang imbibant lentement un mouchoir de soie.

Aurélie commençait à craindre que la détermination farouche qui lui avait fait traverser la Manche ne soit plus qu'une terreur stimulante, pareille à celle qui pousse les souris à fuir les chats.

Et qui ne sert plus à rien quand on n'a nulle part où courir se réfugier.

Aujourd'hui, elle était passée de l'espoir à l'humiliation puis à la gratitude. Pour finir, elle avait l'impression d'errer dans un labyrinthe au lieu d'avancer. Erasmus Monroe avait déménagé. Que faire à présent ? Il lui semblait que le fil qui la reliait à son frère avait été coupé. Bien sûr, ce n'était pas tout à fait vrai, puisque Édouard était toujours à Boston et qu'il s'inquiétait probablement pour elle.

Aurélie était paralysée par le doute et l'incertitude, comme ensevelie dans les sables mouvants que Miles Redmond décrivait dans le récit de ses expéditions dans les mers du Sud.

Et pourtant...

Elle avait passé le reste de l'après-midi à osciller entre un malaise diffus et une joie grisante – et probablement malavisée – parce que M. Hawkes l'avait suivie. Parce qu'il pensait sans cesse à elle, et qu'elle ne pensait qu'à lui.

Il était apparu à la seconde où elle avait eu besoin de lui. Sa présence l'avait réconfortée, comme un baume apaisant. L'attirance, la complicité, l'intimité... cela avait été, durant ces précieux instants, aussi salutaire et dangereux que l'opium. Elle en avait oublié ses tourments.

Mais ces instants ne pouvaient être qu'un répit.

M. Hawkes représentait une complication superflue dans une existence qui, jusque très récemment, avait comporté fort peu de complications. L'auteur du *Fantôme du grenier* n'aurait même pas osé introduire dans son intrigue une péripétie aussi extraordinaire que l'apparition de M. Hawkes.

Pourquoi ne pas lui demander s'il avait été invité à un bal à Vienne, autrefois ? Ou s'il était un diplomate ?

Ou… un espion ?

« Ne seriez-vous pas impliqué dans un réseau d'espionnage ? » Comment poser cette question sans paraître complètement folle ? Comment la glisser dans une conversation anodine au salon ? Peut-être pouvait-elle lancer le sujet des fantômes et de leurs mystérieuses apparitions pour aborder la furtivité des espions ?

Mais si M. Hawkes lui révélait la vérité sur ses activités – en supposant qu'elle ne se trompe pas –, que devrait-elle lui dévoiler en retour ?

Que faire maintenant ? Elle l'ignorait. Son orgueil lui interdisait de demander à Mme Hardy ou Mme Durand où elle pourrait vendre un bijou de grande valeur. Elles s'inquiéteraient et la soupçonneraient de ne pas avoir de quoi payer le gîte et le couvert. Mais elle serait peut-être forcée de mettre sa fierté de côté et de demander leur aide.

Aurélie s'allongea sur son lit et ouvrit le premier tome des mémoires de Miles Redmond que Mme Hardy lui avait prêté. Elle s'assoupit et fut réveillée par le livre qui tombait sur son nez. On frappa à la porte.

— Madame Gallagher ? Il y a un message pour vous ! déclara Dot en entrant dans la chambre.

Visiblement ravie de jouer les messagères, elle tendit à Aurélie un petit plateau sur lequel trônait le message.

— C'est un certain M. Monroe qui vous écrit, annonça-t-elle.

Aurélie eut un mouvement de recul et regarda le billet d'un œil méfiant, comme s'il risquait de la mordre.

— Vous en êtes sûre ?

Dot hocha vigoureusement la tête.

— Vous savez qui l'a apporté ? Vous lui avez parlé ?

— Un jeune garçon qui a déguerpi juste après.

Comment M. Monroe, en supposant que le mot soit bien de lui, avait-il su où la trouver ? À moins que...

Un espoir inconsidéré l'envahit. Elle saisit le message d'une main tremblante et le décacheta.

Chère Madame Gallagher,

Je suis absolument navré de vous avoir manquée lorsque vous êtes passée à mon ancien domicile. Votre message m'est tout de même parvenu, et je crois comprendre que l'actuel locataire de ma maison s'est comporté avec vous comme un goujat. Je serais heureux de vous présenter des excuses en personne et de parler avec vous de notre cher Édouard. Si vous acceptez de me rejoindre dans mon bureau ce soir à 19 heures, vous me trouverez à l'imprimerie Turnbull & Fils, près de Hyde Park (juste à côté d'une librairie, ce qui est un excellent emplacement, vous en conviendrez, pour un imprimeur). Je suis l'un des principaux investisseurs du commerce, voyez-vous, et je travaille dans l'imprimerie pour en connaître le fonctionnement. Votre frère vous en a peut-être parlé ? Je vous y accueillerai comme on accueille une princesse. Vous offrir mes conseils sera un honneur pour moi.

Très cordialement,

Erasmus Monroe

Le cœur battant, elle relut la lettre. « Notre cher Édouard »... Que ces mots étaient réconfortants ! Ce « notre » signifiait qu'il existait un lien entre eux, qu'elle n'était pas seule au monde.

Cela pouvait aussi être une ruse, se rappela-t-elle à l'ordre. Mais... dans quel but ? L'auteur de cette lettre semblait être le genre d'homme que son frère jugerait digne d'estime. Elle le rencontrerait dans un lieu public et animé, à une heure où les gens convenables n'étaient pas encore rentrés chez eux et où il y avait de la circulation dans les rues. Si elle ne se sentait pas en sécurité, elle pourrait s'en aller au plus vite. On ne l'enlèverait tout de même pas au vu et au su de tous ?

C'était peut-être imprudent, mais sa décision était déjà prise : elle irait au rendez-vous.

Ne pas saisir cette chance, s'il s'agissait bien de M. Monroe, serait encore plus stupide. Si une nouvelle déception l'attendait, tant pis – elle encaisserait le coup.

Dot patientait, raide comme un piquet.

— Ce soir, j'ai un rendez-vous, dit Aurélie d'un ton hésitant. Je ne dînerai pas avec les autres pensionnaires, je prendrai une collation dans ma chambre. Bien sûr, je serai de retour avant le couvre-feu.

— Oh, un rendez-vous ! s'exclama Dot, battant des cils. C'est formidable ! Ne vous inquiétez pas, madame Gallagher, je préviendrai tout le monde.

Il s'avéra que, par inadvertance, Dot tint parole. Hawkes faisait un brin de toilette avant de se rendre chez Brundage quand on frappa à sa porte. Il s'essuya la figure et alla ouvrir. C'était Dot.

— Est-ce que vous dînerez avec les autres, monsieur Hawkes ?

— Eh bien... laissez-moi réfléchir. Tout le monde sera là ?

— Oui, sauf Mme Gallagher, qui a un rendez-vous à 19 heures.

Tiens donc...

— Quelle coïncidence, Dot. Vous venez de me rappeler que, moi aussi, j'ai un rendez-vous ce soir. J'apprécie énormément la cuisine d'Helga et votre compagnie, mais je suis attendu ailleurs pour le dîner.

— Un rendez-vous ? Oh, c'est formidable ! s'exclama Dot, toujours prompte à se réjouir de la bonne fortune de ses semblables.

17

Hawkes était à peu près certain d'avoir été suivi depuis le Stevens Hotel jusqu'à l'endroit où on l'avait poignardé. Il avait dit à Brundage qu'il logerait dans cet hôtel, et le comte l'avait sans doute indiqué à son homme de main.

Il était presque certain que personne n'imaginait qu'il ait pu tituber jusqu'au Grand Palais de la Tamise. Il n'avait à aucun moment eu la sensation d'être surveillé. Son agresseur l'avait laissé pour mort, convaincu d'avoir accompli sa besogne.

Malgré tout, Hawkes fit de nombreux tours et détours avant d'atteindre la résidence de Brundage, dans St. James Square. Au retour, il procéderait de la même façon pour compliquer la tâche de quiconque le poursuivrait pour le tuer.

Il ordonna au cocher de l'arrêter à une centaine de mètres de la demeure du comte et, allongeant le pas, se faufila entre les passants et les cavaliers qui vagabondaient sur la place. Il n'avait personne à ses trousses.

Il monta les marches du perron et frappa à la porte avec le heurtoir de bronze. À sa grande surprise, ce fut Pike qui ouvrit.

Le visage du laquais s'éclaira.

— Monsieur Hawkes, quel plaisir de vous revoir.

— Pareillement, Pike. Vous avez donc quitté Paris avec le comte ?

— Oui, monsieur. Il a passé si peu de temps à Londres pendant la guerre qu'il n'avait pas jugé nécessaire de garder tout le personnel.

Ou, plus vraisemblablement, Brundage n'avait pas les moyens d'entretenir un bataillon de domestiques dans une maison inhabitée.

— Que puis-je faire pour vous, monsieur Hawkes ?

— Le comte m'attend.

Pike hésita.

— Il est là, mais... je n'ai malheureusement pas été informé de votre venue, or en principe il donne des instructions au personnel concernant les visiteurs.

Ce n'était pas une preuve irréfutable, cependant le comte semblait convaincu que Hawkes avait bel et bien été assassiné. Certes, on pouvait tous oublier un rendez-vous, mais le comte de Brundage était d'habitude d'une organisation sans faille.

Le pauvre Pike était indécis. Il hésitait à s'en tenir à son travail pour un homme qu'il méprisait, ou à aider un homme qu'il appréciait et admirait. Il se demandait cependant ce que Hawkes avait en tête aujourd'hui.

— Ne faisons pas de manières, Pike, dit ce dernier d'un ton léger. J'imagine qu'il est très occupé, aussi je promets d'être bref. Je vais monter avec vous, je sais qu'il voudra me parler dès qu'il saura que je suis là.

Perspicace, Pike comprit qu'il était inutile de discuter.

— Très bien, monsieur, acquiesça-t-il en s'effaçant pour le laisser entrer.

Ils montèrent l'escalier et s'arrêtèrent sur le seuil d'une vaste bibliothèque.

— M. Hawkes désire vous voir, monsieur le comte, annonça Pike.

Sur quoi, il s'éclipsa précipitamment.

— Quoi ? grommela Brundage en pivotant. Pike, qu'est-ce que…

Il se figea en voyant Hawkes. Tous deux se dévisagèrent en silence.

La pièce était luxueuse, constata Hawkes. Des meubles en bois luisant, des sièges aux pieds chantournés, de lourdes draperies pareilles à des cascades de velours. Une superbe mappemonde sur un piédestal. Derrière Brundage, un mur de livres reliés en maroquin, aux dos estampés et sans la moindre froissure – on ne les avait jamais ouverts.

— Hawkes, lança finalement Brundage d'une voix plus stridente qu'à l'ordinaire. Vous êtes là.

— Rien ne saurait m'empêcher de respecter mes engagements, monsieur le comte. Hormis peut-être un séjour en prison ou une agression. Ou la mort, évidemment.

Il y eut un bref silence.

— J'apprécie votre sens du devoir, articula Brundage.

— Oui, je tiens en plus haute estime le sens du devoir et de la parole donnée. Je n'aurais manqué notre rendez-vous pour rien au monde, rétorqua Hawkes – et c'était sincère.

Brundage s'éclaircit la voix :

— Asseyez-vous, je vous prie. Voulez-vous boire quelque chose ?

Il se tourna vers son bureau, où se trouvait un plateau sur lequel étaient disposés des verres et un flacon, probablement rempli par Pike. Hawkes prit place dans un fauteuil, face au comte.

— Vous êtes très aimable, merci. Vous avez du cognac ?

Les doigts de Brundage se crispèrent imperceptiblement sur le flacon.

— Ne vous dérangez pas, Brundage, reprit Hawkes. Nous trinquerons une autre fois. Rassurez-vous, je ne vous retiendrai pas longtemps. Vous préférez sans doute parler de la mission très importante que vous m'avez confiée. Je voulais justement vous dire que j'ai obtenu quelques renseignements sur lady Aurélie et l'endroit où elle se trouve. Cette piste mérite d'être suivie, me semble-t-il. Je n'ai pas encore vérifié tous les éléments, aussi n'entrerai-je pas dans les détails. Comme vous l'avez certainement appris durant votre carrière, il arrive parfois qu'une information nous induise en erreur ou se révèle inexacte.

Il faisait naturellement allusion à son assassinat manqué.

À quoi pensait Brundage ? Se disait-il que Hawkes n'avait peut-être découvert aucun élément incriminant dans les livres de comptes « empruntés » à Harrigan ? Réalisait-il qu'il ne pouvait pas interroger Hawkes à ce sujet sans se compromettre ou, du moins, sans s'attirer de questions fâcheuses ?

— Le salaire que je vous paie me donne droit, me semble-t-il, à quelques détails sur le résultat de vos recherches, déclara Brundage.

Le comte s'exprimait poliment, en diplomate expérimenté, mais avec une touche d'affectation.

— Je crois savoir qu'elle est saine et sauve, si cela vous préoccupe, ironisa Hawkes – le comte n'avait même pas posé la question. Je suis au regret de ne pas pouvoir répondre à votre demande, car c'est un point que nous n'avons pas négocié, poursuivit-il d'un ton suave. Il est vrai que vous me rémunérez correctement, ce dont je vous remercie. Mais j'ai appris quelque chose d'essentiel en travaillant pour l'Alien Office : il faut établir un budget minutieux pour chaque service rendu, même si cela est pénible. Je conçois néanmoins qu'il soit désagréable d'en être pour ses frais.

Tout à coup, l'air se chargea d'électricité. Les deux hommes se dévisageaient sans ciller. Brundage commençait peut-être à prendre conscience de la colère froide et redoutable qui animait Hawkes.

— J'ai encore quelques questions à vous poser et qui pourraient m'aider à accomplir ma mission, reprit ce dernier.

Brundage se contenta de hocher la tête.

— En supposant que je parvienne à la localiser, que comptez-vous faire ?

— Ce que je compte faire ? répéta sèchement le comte. C'est-à-dire ?

— Avez-vous l'intention de la capturer ? De la conduire de force à l'autel ?

Hawkes esquissa un petit sourire pour signifier qu'il plaisantait – ce qui n'était pas le cas.

— Comment pensez-vous procéder une fois que je l'aurai – ou non – localisée ?

— Eh bien, j'ai l'intention de lui parler. Elle comprendra certainement que, dans sa situation, revenir auprès de moi est la meilleure solution pour elle. Son tuteur ne sera jamais informé de sa fuite, ce n'est pas nécessaire. Nous oublierons cet incident, que nous imputerons à un accès de nervosité. Elle est seule au monde et n'a pas de meilleure option : elle deviendra comtesse. Dites-lui que mon cœur lui appartient pour toujours.

Chaque mot était pour Hawkes un bloc de pierre qui lui écrasait la poitrine. Il sentit les poils de sa nuque se hérisser et un frisson de répulsion le parcourut. Un instinct irrépressible – de la peur ? – s'empara de lui. Comme s'il faisait face au Mal en personne.

Était-ce vrai ? Brundage pensait-il sincèrement aimer Aurélie ?

Mais Hawkes n'était assurément pas expert en la matière. Tout ce qu'il savait, c'était que si on aimait une personne, on prenait soin d'elle. On la protégeait.

— C'est noté, dit-il. Une dernière question : si je devais découvrir qu'elle ne souhaitait pas revenir auprès de vous, que se passerait-il ?

Hawkes vit Brundage se pétrifier et se décomposer en réalisant ce qu'il sous-entendait. Une lueur mauvaise flambait dans ses yeux.

— Où est-elle, Hawkes ?

— Je vous le répète, je n'ai pas encore la liberté de vous révéler ce que je pourrais savoir.

— Dites-moi où elle est !

— Je viens de vous répondre, et je vous prierais de changer de ton.

— Vous savez où elle est, asséna Brundage d'une voix sifflante.

Hawkes se tut, sachant que son silence rendrait Brundage fou de rage. Il devrait se contenter de cette modeste vengeance, puisqu'il ne pouvait pas s'en prendre à lui directement.

— À la réflexion, reprit-il, j'ai encore une question d'ordre... philosophique, en quelque sorte. Si vous ne pouviez sauver qu'une vie – la sienne ou la vôtre –, laquelle aurait le plus de valeur pour vous ?

Brundage commençait visiblement à réaliser que Hawkes était résolu à se jouer de lui.

— Je ne m'abaisserai pas à répondre.

Hawkes le gratifia d'un sourire entendu. Un petit muscle tressautait sur la mâchoire du comte.

— Est-ce qu'elle a le collier ? grommela-t-il.

Hawkes feignit de réfléchir un instant.

— Si vous ne pouviez pas tout avoir, que choisiriez-vous ? La femme ou le collier ?

Le comte fronça les sourcils.

— À quoi rime cette question ? Les deux m'appartiennent.

— Je crois que vous auriez intérêt à revoir votre interprétation du mot « appartenir », rétorqua Hawkes avec un sourire compatissant.

Brundage se pencha par-dessus le bureau pour lui donner un coup de poing. Vif comme l'éclair, Hawkes lui saisit le poignet et, serrant fermement les doigts, le tordit. Brundage essaya de se dégager, en vain.

— Allons donc, murmura Hawkes d'un ton presque affectueux. Vous pensiez vraiment avoir le dessus sur moi ? Je ne suis pas une frêle jeune femme. Et quand il s'agit de se salir les mains, j'ai beaucoup plus d'expérience que vous. Vous pouvez toujours crier à l'aide, je vous aurai brisé le poignet avant que quelqu'un réagisse et vienne à votre secours. Je n'hésiterai pas, n'en doutez pas.

Les yeux de Brundage n'étaient plus que deux fentes étincelantes. Son teint verdissait, la sueur perlait sur son front altier.

— Je comprends que vous soyez en proie à une pression énorme, poursuivit Hawkes d'une voix apaisante. Un homme de votre stature doit chaque jour assumer de lourdes responsabilités. Vous êtes dans une mauvaise passe, mais les problèmes finissent tous par se régler un jour ou l'autre. Soyez assuré que les choses progressent de façon satisfaisante et qu'il vaut mieux traiter ce genre d'affaire avec tact et finesse.

Il desserra les doigts et lâcha Brundage. Celui-ci s'adossa au bureau et entoura son poignet de sa main gauche.

Hawkes le voyait lutter contre la tentation de succomber au charme de sa voix, de ses paroles. À sa flatterie. Il voulait entendre ce qu'il désirait entendre, même s'il n'était pas dupe. Il savait que la réalité était plus forte que lui, alors il ne lui restait que la rage.

Hawkes le regardait fixement et sentait sa propre fureur bouillir dans ses veines.

— Perdre une femme comme lady Aurélie rendrait fou n'importe quel homme, susurra-t-il. Je le comprends tout à fait.

Brundage blêmit.

— Dieu m'en soit témoin, tonna-t-il avec une colère où perçait une note de panique. Si vous la touchez, Hawkes, je veillerai à ce que vous n'en réchappiez pas.

Disait l'homme qui, selon toute vraisemblance, ne s'était pas contenté de « toucher » Aurélie, loin de là.

Hawkes opina d'un air compréhensif, haussant un sourcil interrogateur.

— Mais comment comptez-vous vous occuper de moi ? Vous n'avez même pas eu les moyens d'engager un tueur convenable. Quoique... vous pourriez sans doute créer une nouvelle œuvre de bienfaisance pour récolter des dons qui serviraient à rémunérer un assassin digne de ce nom.

Il n'aurait probablement pas dû dire ça, mais il voulait voir la réaction de Brundage. Une peur non dissimulée se peignit sur le visage du comte.

— Ne craignez rien, Brundage. Je suis un gentleman. Toucher la femme d'un autre serait pour moi comme une trahison – un sujet sur lequel j'ai des idées bien arrêtées.

— Vous n'êtes rien, déclara froidement Brundage. Vous n'êtes personne, et il est grand temps que vous appreniez à rester à votre place.

Hawkes opina de nouveau, d'un air poliment indifférent.

— Je vous tiendrai informé de mes découvertes. Ne me raccompagnez pas, je connais le chemin.

Il était furieux contre lui-même, pour avoir surestimé sa capacité à contrôler la haine que lui inspirait Brundage. Lorsqu'il rentra au Grand Palais de la Tamise, il avait encore les nerfs à vif. Avait-il été imprudent ? Il ne le savait pas trop. Habituellement, il n'était jamais imprudent.

Le hasard voulut que le capitaine Hardy se préparait à sortir quand Hawkes traversa le hall. Hardy lui décocha un regard réprobateur.

— Vous devriez vous reposer, Hawkes.

— J'ai donc si bonne mine ? ironisa ce dernier.

Le capitaine ne daigna pas répondre.

— Je voulais vous dire que Bolt a parlé à notre partenaire du Lloyd's, en privé et en soulignant le caractère urgent de votre requête. Ils n'ont pas reçu de fonds provenant de l'œuvre de bienfaisance en question. Ils ne connaissent pas la Société d'aide aux prisonniers de guerre anglais.

Hawkes hocha la tête avec un sourire carnassier.

— Merci infiniment, Hardy.

— Si nous pouvons faire autre chose pour vous aider, n'hésitez pas à nous en faire part.

18

La charrette d'un marchand des quatre-saisons s'était renversée dans la rue et le cocher dut déposer Aurélie à quelques dizaines de mètres de l'imprimerie Turnbull & Fils. Était-ce un mauvais présage ?

Elle descendit de voiture et s'éloigna, en s'efforçant de ne pas croiser le regard des passants. Elle sentait cependant qu'on l'observait. Elle jouait les veuves, mais elle n'avait pas encore assez d'assurance ni de flegme, comme Mme Pariseau, pour se promener seule dans une rue animée sans attirer l'attention. Elle marchait vite et, heureusement, parvint à destination sans difficulté – le nom Turnbull & Fils était inscrit en lettres élégantes sur une grande vitrine.

Aurélie s'arrêta, de nouveau indécise. Devait-elle entrer ou tourner les talons pour héler un fiacre et retrouver le nid douillet du Grand Palais de la Tamise ?

Elle pivotait déjà, prête à s'éloigner, quand un homme surgit de la boutique, le sourire aux lèvres.

— Madame Gallagher, je présume ?

Elle recula d'un pas. Il semblait particulièrement aimable. Cela lui faisait le même effet qu'une rafale de vent brûlant lui fouettant le visage.

— Monsieur Monroe ? dit-elle avec circonspection.

— Pour vous servir ! répondit-il gaiement. Vous savez que vous ressemblez à Édouard ? Vous êtes superbes, tous les deux. Et avec tout ce qu'Édouard m'a raconté, il me semble vous connaître si bien que j'ai envie de vous prendre dans mes bras ! Je vais néanmoins me contenir.

Sur quoi, il ôta son chapeau et s'inclina.

Aurélie était à peu près sûre qu'un gentleman n'aurait pas l'idée de la prendre dans ses bras pour lui souhaiter la bienvenue, et le dirait encore moins à voix haute. Mais pareille déclaration aurait pu sortir de la bouche de M. Delacorte, et c'était un homme d'une grande bonté. Elle garda le silence.

Elle s'efforçait de tirer rapidement quelques conclusions de ce qu'elle voyait. Les vêtements de M. Monroe étaient d'assez bonne qualité – redingote bleue à boutons de cuivre, pantalon bien repassé. Ses bottes étaient usées, mais impeccablement cirées. Elle trouva qu'il ressemblait un peu à un chien de chasse, avec ses grands yeux bruns, son nez pointu et les plis profonds qui encadraient sa bouche. Il affichait un grand sourire amical.

Aurélie souriait elle aussi, avec difficulté.

— Mon frère vous a beaucoup parlé de moi ?

— Madame Gallagher…

Il lui fit un clin d'œil.

— … votre nom ne cesse de m'étonner. Auriez-vous la gentillesse de faire quelques pas avec moi ? J'aimerais vous offrir une glace, la meilleure de

Londres, et nous en profiterons pour bavarder. Mais je dois d'abord apporter ces livres – il montra le petit paquet qu'il avait sous le bras – à un voisin avant qu'il ferme sa boutique. Il les attend depuis un moment, car j'ai eu des problèmes avec la presse.

Il s'éloignait déjà, se frayant à grandes enjambées un chemin parmi les passants. Un gentleman ne se serait assurément pas comporté de cette manière.

Aurélie hésita. Fallait-il attendre sur le trottoir, ou bien héler le premier fiacre qui passerait, ou encore courir après M. Monroe, contrairement à ce qu'une lady ferait ?

Ce fut pourtant ce qu'elle fit, allongeant le pas pour le rattraper.

— Qu'avez-vous à vendre ? demanda-t-il d'un ton guilleret. Dans votre lettre, vous disiez vouloir – je vous cite – « disposer d'un objet personnel ». J'en ai déduit que vous aviez quelque chose à vendre. Je ne me trompe pas ? J'ai beaucoup d'amis parmi les marchands de la rue, et je peux probablement vous aider à échanger votre objet contre des espèces sonnantes et trébuchantes.

— Je ne sais pas si je dois...

Elle avait du mal à rester à sa hauteur. Même s'il avait une bonne raison de se hâter, il marchait trop vite, ce qui était très impoli. Mais il était si enjoué qu'elle ne savait plus quoi penser.

— Oh, allons ! s'exclama-t-il. Dites-le-moi. Avec un peu de chance, nous pourrons même le vendre dès ce soir.

— C'est un collier.

Elle se mordit les lèvres, regrettant cet aveu, et balaya les alentours du regard. Pas le moindre fiacre à l'horizon.

— Un beau bijou ? demanda-t-il négligemment. Sans doute, s'il est important de le vendre.

Ce fut à cet instant qu'elle prit conscience de deux choses : ils avaient atteint une ruelle dans laquelle M. Monroe s'engagea, et la nuit était maintenant tombée. La ruelle était plongée dans l'ombre.

Aurélie s'arrêta brusquement et se détourna pour rebrousser chemin. L'homme pivota et, en un éclair, se retrouva devant elle et la poussa dans la ruelle. Il était grand et large d'épaules, si bien qu'elle ne voyait plus la rue et qu'il la cachait à la vue des passants.

Seigneur Dieu... elle était prise au piège.

— Vous n'êtes pas Erasmus Monroe, cracha-t-elle.

Il éclata d'un rire lugubre.

— Mon très cher ami m'a remis votre message pour que j'en fasse bon usage. Soyez mignonne, ordonna-t-il sèchement, donnez-moi le collier et tout ce que vous avez dans ce joli petit sac. Pas de chichis, s'il vous plaît. Un cri attirerait l'attention, et tout le monde saura alors que vous êtes le genre de femme qui se rend seule chez un célibataire en plein jour, et qui se promène ensuite le soir avec un autre homme dans une ruelle obscure. Votre réputation en prendra un coup. Je vous conseille d'être raisonnable, ça m'évitera de vous faire du mal.

Aurélie s'aperçut à sa grande surprise que sa fureur était telle qu'elle étouffait sa frayeur. Elle en avait plus qu'assez d'avoir peur. L'espace d'une seconde, elle fut presque contente d'avoir été acculée dans cette ruelle. Il allait peut-être la tuer, et son imprudence en serait en partie responsable, mais avant ça, elle lui flanquerait un bon coup de pied dans les parties intimes. Elle allait hurler, griffer, se battre. Il regretterait d'avoir voulu s'en prendre à elle.

Elle plia le genou, préparant son attaque.

— Je n'ai pas toute la soirée, madame Gallagher, s'impatienta-t-il, tendant la main. Donnez-moi...

— Que préférez-vous ? lança alors une voix grave. Une balle dans la tête ou dans le cœur ? Choisissez, ça m'est égal.

Tel un prédateur furtif et imprévisible, Hawkes surgit de la pénombre, armé d'un pistolet qu'il pointait sur la nuque de l'agresseur d'Aurélie.

— Bon Dieu de..., bredouilla celui-ci.

Il se figea, blanc comme un linge.

Soudain, un autre homme apparut, lui aussi armé d'un pistolet.

Aurélie ravala un cri. Alerté, Hawkes pivota et balança brutalement son pied dans le bas-ventre de l'intrus, puis se retourna et asséna un violent coup de coude dans le dos du faux Monroe. Les deux hommes s'écroulèrent dans un bruit sourd.

— Je vous signale que j'ai deux pistolets chargés, et que je m'entraîne depuis des années à tirer dans le noir, déclara Hawkes. Je me guide à l'odeur, or vous empestez la lâcheté et le vice. Réjouissez-vous, aucun de vous ne partira seul en enfer.

Il inclina son arme.

— Voilà le premier pistolet, enchaîna-t-il. Je vais compter jusqu'à trois. Déguerpissez tout de suite, ou ce sera la dernière fois que vous courrez. Un… deux…

Les deux crapules se relevèrent péniblement, lâchèrent quelques jurons et détalèrent. Hawkes et Aurélie, qui se tenait derrière lui, les regardèrent disparaître dans la rue.

— Les fripouilles vont toujours par paires, commenta-t-il.

Il rengaina son pistolet, puis se retourna et, sans autre forme de procès, prit Aurélie dans ses bras.

— Bonté divine, marmonna-t-il.

Il posa une main sur sa nuque. L'autre glissa sur son omoplate, très doucement, jusqu'au creux de ses reins. Aurélie sentit des étincelles crépiter sur sa peau.

Elle se rendit compte qu'elle tremblait et, instinctivement, se cramponna à lui, en prenant garde toutefois à ne pas trop s'appuyer sur son flanc blessé. Elle sentit contre sa joue les boutons froids de son gilet et crut entendre les battements sourds de son cœur. Il l'enveloppa de ses bras et poussa un profond soupir, comme s'il avait attendu ce moment précis toute sa vie.

Aurélie était dans les bras d'un homme, et pourtant elle se sentait en sécurité. Elle savait que, si elle lui demandait de la laisser partir, il le ferait. Mais elle ne voulait pas qu'il la lâche, surtout pas.

Il lui caressait les cheveux quand brusquement, comme s'il prenait soudain conscience de son geste, il écarta les bras.

— Je n'oublierai pas ce bruit de sitôt, dit-elle avec un petit reniflement. Le déclic d'un pistolet que l'on arme…

— Si cela vous a impressionnée, imaginez le bruit de la détonation si j'avais pressé la détente, rétorqua-t-il d'un ton crispé.

Il inspira et expira profondément, puis il recula. Son visage était indéchiffrable.

— J'imagine...

Il détournait le regard, et Aurélie eut l'étrange impression qu'il s'efforçait de reprendre contenance. Il n'avait pas semblé secoué par l'attaque des deux hommes. Mais quand elle avait posé sa joue contre son gilet, elle avait perçu les battements précipités de son cœur. Elle en éprouvait une sorte de terreur mêlée de joie et de tendresse.

— Vous n'êtes pas un gentleman ordinaire, n'est-ce pas, monsieur Hawkes ?

— Existe-t-il vraiment des gentlemen ordinaires ? répliqua-t-il machinalement, d'un air distant.

Elle ne répondit pas.

Il la regarda pensivement. Quand il n'essayait pas de jouer de son charme, son visage était dur, presque cruel. Cet homme était farouche et déterminé.

Aurélie commençait à comprendre qu'elle l'était elle aussi.

— Venez avec moi, dit-il sèchement.

Hawkes la prit par la main et l'entraîna vers la rue. Elle le suivit sans protester. Il héla un fiacre qui passait.

— Tournez autour de Hyde Park jusqu'à ce que je vous indique une direction, ordonna-t-il au cocher en lui mettant quelques pièces dans la main.

Il aida Aurélie à monter dans la voiture, grimpa à son tour et ferma la portière.

— Bien ! lança-t-il. Si je peux me permettre une question indiscrète, madame Gallagher... Que diable faisiez-vous ici ? seule ? avec cet individu ?

Elle baissa les yeux et déglutit avec peine.

— Il a envoyé un message au Grand Palais de la Tamise, disant qu'il était Erasmus Monroe, qu'il était désolé de m'avoir manquée et que...

Elle s'interrompit. Il attendit qu'elle continue, bouleversé par sa détresse.

— Je... je voulais tellement croire que c'était bien lui..., balbutia-t-elle.

Il garda le silence, parce qu'il était incapable de parler tant il brûlait de la réconforter.

— Vous pensez sans doute, monsieur Hawkes, que je suis une imprudente, une écervelée. Peut-être même une... une intrigante.

Ce terme, dans la bouche d'Aurélie, le fit sourire.

— On n'emploie pas ce mot tous les jours. Merci de me le remémorer.

— C'est le terme qui convient, non ?

— Eh bien..., soupira-t-il. Une imprudente agit impulsivement, or il me paraît que c'est un choix délibéré qui vous a menée ici. Et comme vous n'êtes clairement pas une écervelée, je suis un peu surpris par les décisions que vous avez prises. Si vous acceptiez de vous confier à moi, j'en serais honoré. Car si on vous fait du mal...

Il se tut brusquement et détourna les yeux pour scruter la rue gagnée par l'obscurité. Il ne voulait pas effrayer une femme qui l'était déjà suffisamment. Il était lui-même troublé par ce qu'il s'apprêtait à lui dire, mais il voulait lui accorder au moins ça.

— J'ai enduré beaucoup de choses dans ma vie, murmura-t-il. Mais je ne pourrais pas supporter qu'on vous fasse du mal.

Il tourna la tête vers Aurélie et soutint tranquillement son regard, comme s'il venait d'énoncer une vérité inaliénable. Il y avait pourtant dans sa voix une pointe de tristesse et d'étonnement, comme si tout cela était complètement nouveau pour lui.

Aurélie savourait ses paroles et les émotions troublantes mais si excitantes qu'elles provoquaient. Ils restèrent silencieux un moment.

— Vous me surprenez aussi, monsieur Hawkes. Vous avez le don de surgir à chaque fois que je me retrouve dans une situation fâcheuse.

— Vous avez de la chance que je sois toujours dans les parages.

— Je ne suis cependant pas certaine que ce soit une simple coïncidence.

— La vie regorge de coïncidences, rétorqua-t-il avec aisance.

— Vraiment ? ironisa-t-elle. Mais oui, bien sûr. J'oublie que vous n'ignorez rien des voies du monde. Dire que je bénéficie de votre sagesse suprême, quelle chance !

— Suprême ? Le mot est faible, madame Gallagher.

— C'est que... je ne peux pas croire que le monde entier me veuille du mal. Il n'y a tout de même pas un scélérat qui m'attend à chaque coin de rue.

— Détrompez-vous ! Il y en a toujours pour les ravissantes jeunes femmes qui s'aventurent seules dans les rues. N'en avez-vous pas conscience ?

— Vous exagérez, protesta-t-elle. Ce n'est pas possible, je refuse d'y croire. Sinon... à quoi bon vivre ?

Aurélie entendit vibrer dans sa voix le désespoir qu'elle ne parvenait plus à museler. Hawkes demeura silencieux. Ses yeux brillaient comme un fanal dans la pénombre.

— Il y a des scélérats partout, mais ce ne sont que quelques mauvaises herbes dans une prairie verte parsemée de fleurs de pissenlit, rectifia-t-il avec douceur.

Elle leva les yeux au ciel.

— Oh... c'est beaucoup mieux, merci.

Il émit un rire bref, puis un soupir.

— Que savez-vous des prairies vertes, monsieur Hawkes ?

— J'ai grandi à la campagne, répondit-il distraitement. J'ai l'impression que c'était il y a une éternité.

— Vous viviez à la campagne avec votre mère, votre père et votre sœur.

Il esquissa un petit sourire.

— C'est ça.

— Je crois que j'aimerais vivre dans un endroit pareil. Ce doit être un beau paysage, rêva Aurélie.

— Pour moi, cela ressemble fort au paradis.

Il y eut un nouveau silence. Ni l'un ni l'autre ne détourna les yeux pour regarder par la fenêtre.

— Monsieur Hawkes..., murmura-t-elle au bout d'un moment. Que vous est-il arrivé ?

— Eh bien, j'ai récemment été poignardé et...

Elle secoua lentement la tête.

— La guerre, madame Gallagher, dit-il d'un ton bourru.

— Est-ce l'entière vérité ?

— Cela inclut l'entière vérité. La vérité absolue est aussi incisive qu'un poignard.

Elle n'insista pas.

Hawkes songeait qu'il passerait volontiers le reste de son existence à rouler ainsi dans Londres en compagnie de cette femme. Ils feraient l'amour et auraient des enfants dans l'espace douillet, quoique malodorant, du fiacre.

— Durant la majeure partie de ma vie, on a veillé à ma sécurité – du moins telle qu'on la conçoit pour les femmes. Mais je vais vous dire une chose : il est dangereux de vouloir trop protéger quelqu'un. Ce qui nous semble sûr ne l'est pas forcément, et ce qui nous paraît dangereux nous apportera au contraire du bien.

— Vous avez raison, madame Gallagher.

— Je sais qu'il y a des endroits et des gens dangereux, monsieur Hawkes. Je sais qu'il y a de la violence dans le monde ! Vous pensez que j'ai vécu dans une tour d'ivoire ? Vous croyez que j'ai passé mes journées cloîtrée, à me nourrir des mets délicats qu'on me servait ?

— Arrêtez, madame Gallagher, vous me donnez faim.

Elle pouffa de rire et pressa une main sur sa bouche, comme si elle se repentait d'avoir troublé la douce quiétude du fiacre.

— Vous auriez intérêt à manger davantage et à vous remplumer pour que votre redingote tombe bien, déclara-t-elle.

— Aucun détail ne vous échappe, madame Gallagher, répondit Hawkes, stupéfait.

— Pardonnez-moi, c'est peut-être un sujet délicat mais... étiez-vous déjà souffrant avant de vous effondrer sur le seuil du Grand Palais de la Tamise ?

Dans le long silence qui suivit, Hawkes se demanda combien de fois, au cours des dernières années, il avait pu être totalement honnête. Il se sentait si bien, si léger, en compagnie d'Aurélie que la tentation de tout lui dire était forte.

— D'une certaine manière, grommela-t-il.

— Voilà ce que les gens répondent quand ils ont un secret.

— C'est votre expérience qui parle, madame Gallagher.

Un silence s'installa. Hawkes et Aurélie regardaient droit devant eux, tandis que le fiacre cahotait dans les rues obscures.

— C'est que..., commença-t-elle d'un ton hésitant. Il me faut trouver la somme nécessaire pour payer mon voyage. J'aimerais vendre un objet personnel de valeur.

Il hocha la tête.

— Un bijou.

Ce n'était pas une question.

— Oui, répondit-elle.

— Et vous n'avez pas pensé à demander à quelqu'un de vous escorter ? Je l'aurais fait avec plaisir. Dot aurait aussi pu vous accompagner.

— Je... je n'ai pas voulu déranger.

Il la dévisagea en silence.

— Quoi ? Vous pensez que je mens ?

— Non, je pense plutôt que vous ne dites pas toute la vérité. À mon avis, vous ne tenez pas à ce que l'on sache pourquoi vous êtes à Londres.

Aurélie tressaillit.

— Et vous, monsieur Hawkes, expliquez-moi pourquoi vous m'avez suivie, car c'est bel et bien ce que vous avez fait.

Il prit tout son temps pour répondre et elle sentit son cœur battre plus fort.

— J'ai le sentiment que vous avez des problèmes, madame Gallagher, et je désire vous aider, dit-il d'une voix sourde et douce.

Elle détourna le regard et se força à respirer profondément. Sa gorge était nouée, ses yeux la picotaient. Cet homme s'était manifestement donné pour but de faire tomber ses défenses. Sans doute était-il en mesure de l'aider, mais comment pourrait-elle lui avouer la vérité ? Elle ne supporterait pas sa compassion.

Elle tourna la tête vers la fenêtre, contemplant les rues de Londres. Elle n'y trouva malheureusement aucune réponse.

— Votre blessure ne vous fait pas trop souffrir ? Avec toute cette... cette pagaille ? bredouilla-t-elle.

— Cette pagaille ? C'est ainsi que vous qualifiez ce qui vient de se passer ? rétorqua-t-il d'un ton sarcastique. L'expression me plaît, je m'en souviendrai. Et, oui, c'est un peu douloureux. Mais un bon whisky me soulagera et me permettra de dormir. Demain, si c'est nécessaire, j'appliquerai le même traitement, et la vie continuera comme ça.

— Oubliez le whisky, vous boirez une infusion d'écorce de saule, décréta-t-elle fermement. C'est un excellent remède contre la douleur. Helga vous la préparera.

— Vous me donnez des ordres ? s'exclama-t-il, incrédule. Vous donnez des ordres à *Helga* ? Vous l'avez bien regardée ?

— Je vous ai vu agonisant, et si vous n'êtes pas mort, j'ose dire que j'y suis pour quelque chose. Je vous serais reconnaissante d'accorder plus de valeur à votre vie. Faites-le au moins pour moi.

Il toussota.

— Je pourrais vous dire la même chose, madame Gallagher. Promettez-moi que vous n'irez plus jamais seule à des rendez-vous avec des inconnus.

Une part d'elle se rebellait contre cette promesse que Hawkes lui demandait de faire. Une autre se réjouissait qu'il s'inquiète autant pour elle. Elle comptait donc pour cet homme. C'était inespéré.

— Vous avez ma parole, murmura-t-elle.

Quelques minutes plus tard, alors qu'ils atteignaient les écuries de louage, Hawkes ordonna au cocher de s'arrêter.

— Je descends là, déclara-t-il à Aurélie. On vous déposera devant la porte de la pension. Il ne serait pas convenable qu'on nous voie arriver ensemble. Mais j'attendrai dans le jardin pour m'assurer que vous êtes rentrée.

— Très bien.

Il resta immobile, le regard rivé sur le siège du cocher. Aurélie admira son profil qui se découpait dans la pénombre.

— Madame Gallagher..., murmura-t-il.

Il se tourna brusquement vers elle.

— Je suis sans doute un goujat, un égoïste, et je vous en demande pardon. Mais nous ne savons pas ce qui nous attend, nous pourrions ne pas nous réveiller demain…

D'un geste vif et doux à la fois, il caressa la joue d'Aurélie et posa ses lèvres sur les siennes. C'était si inattendu qu'elle ravala un hoquet de surprise.

Seigneur… Un frisson délicieux la parcourut. Elle se sentit fondre et laissa échapper un gémissement. Elle s'aperçut à sa grande surprise qu'elle attendait cela depuis longtemps.

Hawkes s'écarta. Il baissa la tête et prit une profonde inspiration. Puis il ouvrit la portière, descendit de la voiture et, portant deux doigts au bord de son chapeau pour saluer Aurélie, s'éloigna.

Le fiacre s'ébranla.

19

Les yeux fermés, Aurélie passait le doigt sur sa bouche.

Les larmes roulaient sur ses joues. Elle pleurait de joie, de frustration mais aussi de terreur, car désormais tout était incertain.

Chaque fibre de son être brûlait de désir. Elle se remémorait la scène en boucle : le long soupir qu'il avait laissé échapper quand il l'avait attirée contre lui, comme s'il rêvait depuis toujours de la tenir dans ses bras. Les battements précipités de son cœur. Sa violence froide face à leurs agresseurs, mêlée à une tendresse bouleversante.

Il était toujours là, tel un gouvernail redressant le bateau, ballotté par la houle, qu'était la vie d'Aurélie. Mais pourquoi veillait-il sur elle ? C'était comme s'il savait déjà tout d'elle. Elle aussi avait le sentiment de tout savoir de lui.

Le fiacre s'arrêta devant la pension, avec ses gargouilles et l'enseigne qui se balançait au bout de ses chaînes. Aurélie était consciente que le Grand Palais de la Tamise n'était pour elle qu'une escale, pourtant elle souhaitait ardemment pouvoir vivre là jusqu'à la fin de ses jours, y prendre ses repas et passer ses soirées dans le salon à guetter l'apparition de M. Hawkes.

Car elle savait maintenant ce qu'elle attendait de l'existence : de l'amour, de l'attention, de la sécurité... et de bons petits plats.

Elle s'apprêtait à descendre de la voiture quand sa main rencontra, sur la banquette, un petit objet rond et dur. À cet instant, le cocher ouvrit la portière et, à la lueur de la lanterne qui éclairait le perron de la pension, Aurélie vit qu'il s'agissait d'une miniature.

Elle eut la sensation que son cœur se décrochait dans sa poitrine. Cela avait dû tomber de la poche de M. Hawkes. Car si l'objet avait été oublié par le passager précédent, il s'en serait aperçu en montant dans le fiacre, lui qui remarquait tout.

Elle saisit le portrait avec précaution, mais la lumière était trop faible pour qu'elle puisse le voir distinctement.

Que faire ? Elle pouvait rendre la miniature à Hawkes sans la regarder, elle la lui mettrait discrètement dans la main et ne saurait jamais de quoi il s'agissait. Mais il lui avait dit qu'il attendrait dehors, dans le froid et l'obscurité, qu'elle soit rentrée, et quelqu'un risquerait de les voir depuis les fenêtres de l'étage. Il avait raison, l'opinion des gens ne lui était pas indifférente.

— Vous ne me devez rien, madame, j'ai été payé, chuchota le cocher.

Hawkes l'avait payé, bien entendu, et le cocher n'avait pas terminé sa journée de travail.

— Merci, répondit-elle. Bonsoir, monsieur.

Elle glissa la miniature dans sa poche et descendit de la voiture.

L'escalier lui parut interminable. Aurélie avait l'impression que la miniature vibrait dans sa poche.

Sur le palier, elle croisa Dot, qui était chargée d'un plateau vide.

— Bonsoir, madame Gallagher ! Désirez-vous que je vous apporte du thé ?

— Non merci, mais c'est gentil de me le proposer. Néanmoins... pourriez-vous demander à Helga de préparer une infusion d'écorce de saule pour M. Hawkes ? Je ne sais pas s'il est rentré, mais il en aura sans doute besoin, vous ne pensez pas ?

Une étincelle s'alluma dans les yeux de Dot. Elle ouvrit la bouche pour faire un commentaire, mais se ravisa.

— Si, bien sûr. Je m'en occupe tout de suite.

— Merci, répondit Aurélie.

Elle parlait comme si M. Hawkes était son mari. Elle en avait conscience, mais dans l'immédiat, cela lui importait peu.

À chaque pas, son cœur battait plus fort. C'était comme un tambour qui l'assourdissait. D'une main tremblante, elle introduisit maladroitement sa clé dans la serrure.

Elle pénétra dans sa chambre et, avant de refermer la porte, entendit au rez-de-chaussée la voix grave de M. Hawkes qui saluait Dot. Elle poussa un soupir de soulagement. Il était rentré sain et sauf.

Il lui avait dit qu'il n'était pas marié, et elle le croyait. Elle ne pouvait tout de même pas, une fois de plus, se tromper à ce point sur un homme.

C'était peut-être le portrait de sa sœur, ou d'une femme disparue qu'il avait aimée autrefois.

De toute façon, que pourrait-elle découvrir en étudiant le portrait d'une inconnue ? Pourquoi cela la préoccupait-il autant ? Elle voulait tant lui faire confiance, être totalement sincère avec lui.

Elle alluma la lampe, prit une grande inspiration et extirpa la miniature de sa poche pour la poser sur le secrétaire. Un vertige la saisit soudain et la chambre se mit à tourner.

C'était son propre visage qu'elle avait devant les yeux.

Il n'aurait pas dû l'embrasser.

Il n'aurait pas dû, parce qu'elle ne savait pas qui il était vraiment. Parce qu'elle était vulnérable à ce moment-là, et qu'il croyait deviner ce qu'elle avait subi auparavant avec Brundage.

Mais, en toute honnêteté, s'il s'était forcé à attendre un autre moment pour l'embrasser, sa souffrance aurait été intolérable. Tant qu'il aurait un souffle de vie, il brûlerait de lui faire l'amour.

Le gémissement qu'elle avait laissé échapper...

À ce souvenir, un éclair de désir lui transperça les reins. La douceur brûlante de sa bouche...

Il pesta entre ses dents. Il avait également senti les doutes d'Aurélie, intimement liés à son désir.

Il attendrait qu'elle soit sûre de ses sentiments. Il ne tenterait pas de l'amadouer ni de la séduire. Il ne l'embrasserait plus avant que toute la vérité soit faite, pour l'un comme pour l'autre.

Elle était sur le point de craquer, il le pressentait. Elle souhaitait désespérément se fier à lui, mais elle était obstinée et dotée – Dieu merci – d'une volonté inflexible. Paradoxalement, il se réjouissait qu'elle soit avare de la confiance qu'elle accordait aux autres. C'était une preuve de sagesse.

Il s'assit avec précaution sur le lit, plongé dans ses pensées. Soudain, on frappa à la porte. Il se releva en grimaçant. C'était Dot qui apportait un plateau.

— Votre infusion d'écorce de saule ! annonça-t-elle, comme s'il lui en avait commandé.

Il réprima un sourire amusé. Il saisit doucement la tasse. Tout comme lui, Aurélie aimait prendre soin de ceux qui comptaient pour elle.

Il but la tisane. Et, de fait, il se sentit beaucoup mieux.

Aurélie contemplait son portrait. Celui-ci ne lui ressemblait guère – ç'aurait pu être celui de n'importe quelle jeune femme brune aux yeux bleus. Elle l'avait offert à Brundage, fière de posséder cette miniature et de la donner à l'homme qu'elle allait épouser. Brundage lui avait promis qu'après leur mariage il lui ferait tirer le portrait, cette fois en pied, afin de... Comment l'avait-il formulé ? Afin de lui « rendre justice ».

Peu à peu, les pièces du puzzle s'assemblaient, et c'était effarant.

La première nuit, alors qu'elle le veillait, elle avait cru entendre Hawkes murmurer son nom dans son sommeil agité. Elle avait cru mal entendre. Mais il avait bel et bien prononcé son nom.

Hawkes était arrivé au Grand Palais de la Tamise parce qu'il était sur sa piste. Qui mieux qu'un maître espion pouvait retrouver la fiancée disparue de Brundage ? À cette idée, elle fut paralysée par la terreur. Elle eut l'impression que les ténèbres l'envahissaient.

Hawkes avait probablement su dès la première minute qui elle était. Il l'avait reconnue d'après la description qu'on lui avait faite d'elle. À cause de son manque d'expérience, elle avait laissé des traces qu'un espion comme lui avait pu suivre sans difficulté. Sans doute avait-il même parlé à Mme Aubert.

Et comme si cela ne suffisait pas, elle avait obligeamment fourni, pour l'appliquer sur sa blessure, un mouchoir brodé à son nom. Qu'il avait sûrement trouvé.

Peut-être s'efforçait-il de la garder ici, au Grand Palais de la Tamise, jusqu'à ce que Brundage vienne la chercher.

Elle chancela, ses jambes se dérobaient sous elle.

— Oh, mon Dieu..., gémit-elle. Aidez-moi, Seigneur, par pitié. Que vais-je faire ?

Elle tremblait, mais une étincelle de lucidité s'alluma progressivement dans son esprit.

Non, c'était impossible. Hawkes l'avait secourue et tenue dans ses bras comme si elle était un bien précieux. Il l'avait écoutée. Même s'il la désirait physiquement, il ferait tout pour l'aider.

C'était un homme bon, elle en avait la certitude absolue. S'il s'avérait que Hawkes avait des intentions malveillantes, alors le monde n'était plus qu'un tissu de mensonges.

Mais tout cela signifiait qu'il connaissait la vraie nature de Brundage. À l'évidence, il se doutait qu'elle avait subi une terrible épreuve, et cela ne lui était pas indifférent.

Pourquoi cela compterait-il à ses yeux, s'il était simplement chargé de la retrouver ? Il aurait pu révéler immédiatement à Brundage l'endroit où elle se cachait.

Peut-être était-il juste... indécis.

Le doute et l'angoisse lui tordaient l'estomac. Comment réagirait Hawkes si elle lui montrait la miniature ? Que dirait-il si elle prétendait ignorer qui était la femme du portrait ?

Elle ne supporterait pas de l'écouter inventer toute une histoire pour expliquer comment cette miniature était en sa possession. Elle ne supporterait pas qu'il lui mente. Mais serait-elle capable d'entendre la vérité ?

Et pire, bien pire que cela... Elle ne savait pas si elle aurait la force de le quitter.

Il avait besoin d'elle, autant qu'elle avait besoin de lui. Y croyait-elle vraiment, ou n'était-ce qu'une illusion née du désespoir, de l'envie d'appartenir à quelqu'un ?

Les larmes lui brûlaient les yeux, ce qui la rendit furieuse. Elle serra les paupières pour occulter la réalité d'un monde où elle devrait encore faire un choix, alors qu'elle était épuisée. Alors qu'elle venait de se blottir dans les bras de Hawkes et qu'elle aurait voulu étirer cet instant à l'infini.

Elle ne pouvait malheureusement pas se le permettre. Si elle se trompait sur les motivations de Hawkes, s'il choisissait finalement d'informer Brundage...

Il n'y avait qu'une seule solution. Si elle voulait échapper au comte, elle devrait s'enfuir de nouveau. Cette nuit même, si possible.

Mais où irait-elle ? Existait-il en Angleterre un autre refuge comme le Grand Palais de la Tamise, peuplé de gens aimables, où l'on était en sécurité et où l'on vous servait des scones délicieux ? Elle mesurait à présent la chance qu'elle avait eue.

Il fallait cependant partir. Une fois sa décision prise, elle eut l'impression d'y voir plus clair. Elle savait exactement où elle irait et ce qu'elle ferait.

Elle se rua hors de sa chambre et dévala l'escalier, sa main glissant sur la rampe par-dessus laquelle le capitaine Hardy et lord Bolt avaient sauté pour rejoindre Hawkes. Pour protéger les personnes qu'ils aimaient.

Elle atteignit la dernière marche au moment où Dot rentrait la lanterne et barrait la porte.

— Mon Dieu, madame Gallagher ! chuchota Dot, pressant une main sur son cœur. J'ai cru que vous étiez un fantôme ! Vous voulez une tasse de thé ? Ou peut-être une tisane ?

Si seulement une tisane pouvait régler ses problèmes !

— Non merci, répondit-elle vivement. Mais j'ai un service à vous demander. Cela vous ennuierait de m'aider à descendre ma malle ? Si elle est vide, nous devrions y arriver à nous deux. Ensuite, pourriez-vous m'aider à descendre mes vêtements ?

Dot fronça les sourcils. Aurélie pria intérieurement pour qu'elle accepte.

— Pour votre peine, je vous donnerai un shilling, ajouta-t-elle d'un ton suppliant.

— Mais, madame Gallagher, si vous voulez descendre votre malle, c'est que...

— Je viens d'apprendre qu'il me fallait partir le plus rapidement possible, coupa Aurélie, dont la voix, malgré tous ses efforts, tremblait.

Dot, visiblement inquiète, se mordillait les lèvres.

— Oh là, là... Je pourrais aller chercher monsieur...

Elle s'interrompit, prenant conscience que les maîtres, plus costauds qu'elles deux réunies, étaient couchés, que M. Hawkes n'était pas en état de trimballer une malle, et que Mme Gallagher avait déjà réalisé tout cela.

— Non, Dot... Il nous faut nous débrouiller seules, immédiatement, sans faire de bruit. Et vous ne devez le dire à personne, insista Aurélie, au bord des larmes. Je vous en prie.

La compassion se peignit sur le visage de Dot.

— Vous m'aiderez ? balbutia Aurélie.

— Je suis femme de chambre, madame Gallagher, répondit Dot d'un air résolu. Bien sûr que je vais vous aider, avec plaisir, et je ne veux pas de votre argent.

Aurélie se sentit vaciller de soulagement.

— Merci..., souffla-t-elle.

N'osant pas s'aventurer seule la nuit dans les rues brumeuses, Aurélie resta dans le petit salon de réception avec Dot qui lui tint compagnie jusqu'à ce que pointe l'aube.

Elle alla alors attendre dans le petit parc, frissonnant et guettant un bruit de roues de voiture sur le pavé. Dot lui avait donné des provisions et une petite gourde.

— Du pain, du fromage et des scones ! avait-elle chuchoté. Et du thé !

Puis elle lui avait tendu un plaid tricoté et soigneusement plié.

— Nous en avons d'autres, et vous aurez froid dans le fiacre.

Aurélie l'avait spontanément embrassée.

— Bonne route, madame Gallagher, avait murmuré Dot, émue.

D'après cette dernière, les cochers de Londres connaissaient bien le Grand Palais de la Tamise à présent. Ils avaient pris l'habitude de passer par là, dans l'espoir de charger un client.

Alors que le ciel se nacrait, Aurélie arrêta un fiacre. Elle proposa quelques pence supplémentaires au cocher pour aller chercher ses bagages dans le hall de la pension.

Il hissa tranquillement la malle sur son épaule et, avant que la porte se referme, Aurélie vit une dernière fois le lustre, les dalles de marbre sur lesquelles M. Hawkes s'était effondré, baignant dans son sang, et Dot qui lui faisait au revoir de la main.

20

Alors qu'elle descendait l'escalier, Delilah sursauta en voyant Dot plantée dans le hall, faisant un signe d'adieu à un inconnu qui s'éloignait, une malle calée sur l'épaule. Elle dévisagea la jeune femme et fronça les sourcils.

— Dot, qui était cet homme ? Avez-vous seulement dormi ? demanda-t-elle d'une voix qui grimpait dans l'aigu.

Oh, Seigneur ! Dot aurait-elle une vie secrète après la tombée de la nuit ? Au vu de la semaine mouvementée qu'elles venaient de passer, rien ne semblait impossible.

— Ne vous fâchez pas, madame Hardy, s'il vous plaît ! Mme Gallagher a dû partir précipitamment, alors je l'ai aidée à faire ses bagages et je suis restée avec elle jusqu'à ce qu'elle puisse trouver un fiacre, expliqua Dot en se tordant les mains.

— Elle… Vous… Quoi ? bégaya Delilah, stupéfaite. À l'aube ? Mais pourquoi ? Que s'est-il passé ? Où va-t-elle ?

— Elle ne me l'a pas dit, mais… Oh, madame Hardy… elle semblait tellement affligée et effrayée. Elle a seulement dit que c'était urgent et qu'elle devait absolument s'en aller tout de suite. Elle était dans le même état qu'à son arrivée, peut-être pire. Elle m'a fait penser à nous, quand le comte de Derring est mort… Vous aviez si peur, et moi aussi… Il fallait que je l'aide, vous comprenez. Ne vous fâchez pas, s'il vous plaît. Je suis désolée, mais je… je m'inquiétais pour elle.

Des larmes brillaient dans les grands yeux bleus de Dot. Delilah lui tendit un mouchoir et entoura ses épaules de son bras.

— Voyons, Dot, je ne suis pas fâchée. J'ai été prise de court, voilà tout. Nous avons eu tellement de déconvenues ces derniers temps… Vous avez bien agi. Vous avez bon cœur, et c'est pour cela que nous tenons beaucoup à vous.

— C'est vrai ?

— Bien sûr que c'est vrai !

Angélique, qui descendait à son tour, s'arrêta dans l'escalier et lança un regard interrogateur à Delilah qui, en réponse, haussa un sourcil éloquent.

— Moi aussi, je m'inquiète pour elle, enchaîna Delilah, comme pour toutes les personnes que nous apprécions.

Mme Gallagher dissimulait des secrets, Delilah en aurait mis sa tête à couper. Or les secrets pouvaient vous déchirer le cœur.

— Tout s'est bien fini pour nous, n'est-ce pas ? se ressaisit Dot, qui ne se laissait jamais abattre longtemps. Mme Gallagher s'en sortira aussi, vous ne croyez pas ?

Delilah l'espérait de tout son cœur. Elle percevait chez Mme Gallagher quelque chose d'indomptable, et ce n'était qu'une question de temps avant que cela se manifeste. La force d'esprit des femmes et leur capacité de résistance se payaient au prix fort, et Mme Gallagher n'était qu'au début de ce douloureux chemin.

— Mme Gallagher est partie sans nous dire au revoir, annonça-t-elle à Angélique qui s'approchait. Elle était très pressée, c'est tout ce que nous savons sur les motivations de son départ.

— Oh, mon Dieu..., soupira Angélique. Comme c'est dommage que... qu'elle n'ait pas...

Delilah devinait ce qu'elle voulait dire. Toutes deux regrettaient de n'avoir pas incité Mme Gallagher à se confier à elles. Peut-être avaient-elles été trop discrètes. En tout cas, leur intuition ne les avait pas trompées : Mme Gallagher avait des ennuis.

À cet instant, un coup autoritaire frappé à la porte les fit sursauter.

— Dire que, à une époque, nous rêvions d'entendre frapper à la porte, murmura Angélique à Delilah.

Était-ce un nouveau visiteur ? Retrouvant aussitôt le sourire, Dot courut à la porte et colla son œil au judas.

— Faut que je voie Hawkes ! lança un inconnu.

— Monsieur... ! s'indigna Dot, qui ne supportait pas l'impolitesse.

— Je m'appelle Berwick ! Dites-lui mon nom et il viendra tout de suite. C'est urgent. S'il vous plaît, madame !

L'homme semblait être dans tous ses états. Dot se tourna vers Delilah et Angélique.

— Ce n'est pas un gentleman, leur chuchota-t-elle.

Or Dot savait assurément distinguer les gentlemen de ceux qui ne l'étaient pas et, à en juger par l'expression de son visage, le visiteur se trouvait tout en bas de la deuxième catégorie.

Delilah et Angélique hésitèrent, nerveuses. Elles n'allaient tout de même pas jeter elles aussi un œil au judas pour jauger le dénommé Berwick. On ne pouvait que déplorer, une fois de plus, l'absence d'un laquais au physique imposant.

— Demandez-lui d'attendre dehors, déclara calmement Delilah. Je vais réveiller M. Hawkes. Et le capitaine Hardy.

Hawkes se réveilla avant même que les domestiques ne viennent lui apporter son thé et tisonner les braises dans la cheminée. Il avait très mal dormi. Quand l'infusion d'écorce de saule avait cessé de faire effet, vers 3 heures du matin, ses points de suture avaient commencé à le démanger. Puis il avait eu la migraine, l'esprit hanté par la femme qui dormait quelques chambres plus loin.

Lorsque la lumière grise de l'aube se glissa dans la pièce, il décida de se lever et de ranimer lui-même le feu. Il le fit lentement, perclus de courbatures à cause de ses excès de la veille. Il n'avait pas prévu, à peine sorti de prison, de donner une correction à des vauriens. On ne s'entraînait pas à la bagarre comme on s'exerçait au tir au Manton's[1]. Il avait eu son lot de passages à tabac et avait brutalisé un certain nombre de malfaiteurs durant sa carrière à l'Alien Office. Il savait se battre. En prison, on n'avait malheureusement pas la possibilité

1. Du nom de Joseph Manton, armurier qui ouvrit un célèbre stand de tir au 25 Davies Street, à Londres, à la fin du XVIIIe siècle. *(N.d.T.)*

de riposter, et il lui semblait parfois que tous les coups qu'il n'avait pas pu rendre et toute la rage qu'il avait ravalée s'étaient enkystés en lui comme un ressort prêt à lâcher.

Après s'être aspergé la figure d'eau froide, il se dirigeait vers la cheminée quand il s'arrêta brusquement. Un petit paquet enveloppé dans du papier ministre était glissé sous la porte. On avait essayé de le pousser à l'intérieur de la chambre.

Il se baissa avec précaution et tenta de le tirer vers lui, en vain. Lâchant un soupir, il ouvrit la porte et se pencha de nouveau pour saisir l'objet.

Celui-ci ne mesurait environ que cinq centimètres de haut et de large. Son poids lui parut étrangement familier. Le papier l'enveloppait étroitement, si bien que Hawkes mit quelques secondes à le dégager. Quand ce fut fait, il resta pétrifié.

Le portrait d'Aurélie. Comment diable... Bon Dieu de bon Dieu ! La miniature avait dû tomber de sa poche, dans le fiacre.

Il remarqua alors les mots écrits sur le papier, et son cœur se mit à cogner.

Pour vous souvenir de moi.

Des mots emplis de sarcasme, aussi perçants qu'une flèche. À la fois si tendres et si bouleversants.

Elle était déjà partie, il le savait. Il ferma les yeux et cracha un affreux juron.

Quand il rouvrit les paupières, il vit Mme Hardy immobile sur le seuil, scrutant le sol pour ne pas regarder le torse nu de son pensionnaire.

— Bonjour, monsieur Hawkes, déclara-t-elle posément. Il y a un dénommé M. Berwick dehors, qui désire vous parler. De toute urgence.

— Hier soir, à la Tête de Cochon, y a des soldats qui vous cherchaient, Hawkes. En fait, ils ont fait la tournée des pubs en posant des questions sur vous et une certaine lady. Seulement voilà, à la Tête de Cochon, ils sont tombés sur Davie, alors je crois qu'ils pourraient bien venir ici.

— Pourquoi diable viendraient-ils ici ?

Berwick se dandina d'un pied sur l'autre.

— Pourquoi, Berwick ? gronda Hawkes.

— Davie leur a craché le morceau avant que je puisse l'en empêcher. Il l'a pas fait méchamment. Bref, apparemment, ils ont l'intention de vous arrêter. Une histoire d'enlèvement et de vol de bijoux. À les entendre, vous seriez un type dangereux.

Hawkes garda le silence. Il réfléchissait à toute allure. Bon sang, il avait déclaré à Brundage que, pour retrouver Aurélie, il commencerait par visiter les pubs que fréquentaient les cochers.

— C'est pas votre jour de chance, mon ami, ajouta Berwick avec un brin de malice.

Hawkes lui décocha un regard noir.

— Des nouvelles de Vasseur ? demanda-t-il.

Son interlocuteur secoua la tête.

— Merci, Berwick, conclut Hawkes en sortant un shilling de sa poche.

À sa stupéfaction, le cocher refusa l'argent.

— Non, non... Si vous vous en tirez vivant, vous me paierez une ou deux pintes. J'y tiens !

Songeur, Hawkes suivit Berwick sur le perron de la pension et scruta les alentours dans l'espoir de voir l'un des ivrognes qu'il avait chargés, moyennant quelques pièces, de garder un œil sur une jeune femme vêtue d'une cape bleue.

Il en repéra un à une dizaine de mètres, appuyé comme à l'accoutumée contre un mur.

— Bonjour, mon ami, lui dit-il en s'approchant.

Il lui tendit le shilling que Berwick avait refusé. Ses yeux s'arrondirent.

— Auriez-vous par hasard aperçu une jeune femme qui montait dans un fiacre, ce matin, aux aurores ?

— Ben oui, je l'ai entendue dire au cocher de l'emmener dans le Sussex.

Le Sussex ? Mais pourquoi irait-elle là-bas, que pouvait-elle y...

Il comprit tout à coup.

Cela avait un rapport avec les prairies vertes et une certaine ville où passait la malle-poste et où elle pourrait vendre le collier.

En montant les marches quatre à quatre, Hawkes croisa le capitaine Hardy qui descendait. La chance ne lui avait pas définitivement tourné le dos, car c'était justement au capitaine qu'il voulait parler.

— Hardy... vous avez une minute ?

Le capitaine le dévisagea et, sans un mot, le suivit dans sa chambre.

Hawkes lui expliqua tout.

Rapidement et succinctement, il lui exposa la situation que Hardy soupçonnait déjà en partie. Il parla de Brundage, qui était vraisemblablement responsable de son arrestation et de son séjour en prison. Qui avait probablement engagé quelqu'un pour le tuer, quand il avait réalisé que Hawkes ne renoncerait pas à son enquête. Il mentionna la boutique d'antiquités, le cognac de contrebande et Vasseur. Il évoqua Mme Gallagher, dont il connaissait la véritable identité. C'était elle, Aurélie, qu'il était chargé de retrouver – ainsi que le collier d'émeraude qu'elle avait dérobé. Enfin, il croyait savoir pourquoi elle avait fui Brundage.

Et pourquoi, hélas, elle s'était de nouveau enfuie.

— Brundage est un traître, conclut-il, je ne peux pas le laisser s'en sortir indemne. Il essaie de m'empêcher d'apporter les preuves de son infamie. D'après certains renseignements, des soldats vont venir m'arrêter. Je voulais vous prévenir.

La mine grave, Hardy le dévisagea longuement avant de prendre la parole.

— Dites-moi comment nous pouvons vous aider.

— Comme je n'ai pas travaillé pour l'Alien Office depuis quelques années, j'ignore combien de temps il me faudra pour convaincre quelqu'un de m'écouter. Vous serait-il possible d'en toucher deux mots à Valkirk ? C'est beaucoup vous demander, j'en ai conscience. Je vous autorise à tout lui expliquer, de manière confidentielle bien sûr. Si on a lancé les chiens à mes trousses, Valkirk pourrait les faire rentrer à la niche. Je vous laisse les livres de comptes, vous n'aurez qu'à les lui montrer. J'ai un informateur fiable – il s'appelle Berwick – qui surveille la boutique d'antiquités. Vasseur est censé y passer dans deux jours, à condition – s'il est effectivement à Paris en ce moment – qu'il n'y ait pas de tempête sur la Manche. Si je ne suis pas revenu avec Aurélie mercredi, quelqu'un devra intercepter ce salaud.

— C'est grâce à nous que Valkirk a épousé sa femme. Cela crée des liens, rétorqua Hardy avec un brin d'ironie. Il est à Londres pour la session du Parlement. Je lui enverrai un message, je suis sûr qu'il y répondra favorablement.

Hawkes poussa un soupir de soulagement.

— Merci... Je vais tâcher de partir avant qu'on vienne m'arrêter.

BOM, BOM, BOM !

Hawkes et le capitaine se figèrent.

— Si je ne m'abuse, c'est le bruit que ferait le poing d'un sergent menaçant de défoncer la porte, commenta calmement Hardy.

— Quelle efficacité, ironisa Hawkes. En tant qu'ancien militaire, j'avoue que je suis impressionné par leur rapidité. Y a-t-il une fenêtre par laquelle je puisse m'éclipser ?

— Oh, j'ai mieux que ça. Suivez-moi.

Dot, Angélique, Delilah et M. Delacorte – il s'était levé tôt, avec un besoin pressant de café à cause de sa soirée au pub avec M. Bellingham, durant laquelle ils avaient beaucoup chanté et vidé quelques pintes – se figèrent sur place quand ils entendirent frapper à la porte.

BOM, BOM, BOM !

Dot toussota.

— Il y a vraiment différentes façons de cogner à la porte, fit-elle remarquer, pensive. Je me demande qui frapperait comme...

— *OUVREZ, SUR ORDRE DU ROI !* beugla un homme.

— N'ouvrez pas, Dot, ordonna le capitaine Hardy.

Il descendait l'escalier à toute allure, suivi de lord Bolt.

— Restez tous derrière Bolt et moi. Pas un mot !

Ils obéirent, amassés sous le lustre du hall. Le capitaine Hardy ouvrit lentement la porte. À la vue de la demi-douzaine de soldats en file indienne sur le perron, il se contenta de hausser le sourcil.

— Nous sommes des agents de la Couronne et nous avons l'ordre de perquisitionner vos locaux, déclara un jeune homme au menton en galoche et à l'air suffisant. Nous cherchons un dénommé Christian Hawkes.

Le capitaine plissa le front d'un air interrogateur.

— Mes respects, sergent… ?

— Panghorne.

— Merci, Panghorne. Je suis le capitaine Hardy, et voici le vicomte de Bolt.

Le sergent se mit au garde-à-vous, ainsi que tous les soldats derrière lui. Un air circonspect se peignit sur ses traits. Il commençait à se dire qu'il y avait eu quelque part une terrible erreur, et qu'il risquait de se retrouver mêlé à une affaire délicate qu'il aurait nettement préféré éviter à ce stade de sa carrière.

Tous les soldats savaient qui était le capitaine Hardy. C'était une légende vivante. Le fameux capitaine chargé de faire respecter le blocus qui avait mis un terme à la suprématie de la redoutable bande de contrebandiers du Roc Bleu[1]. Le roi lui-même l'avait récompensé pour cet exploit.

1. Cf. *Le Palais des Vauriens 1 – Lady Derring prend un amant.*

Quant au vicomte de Bolt, quiconque avait un jour ouvert un journal savait qu'il était lui aussi, à sa façon, une légende.

— Qui cherchez-vous et pour quelle raison ? reprit le capitaine.

La question sonnait comme un ordre.

— M. Christian Hawkes est soupçonné d'avoir enlevé lady Aurélie Capet, la fiancée de lord Brundage, et d'avoir volé un bijou.

L'assurance du sergent vacilla quand il lut sur le visage du capitaine une expression incrédule et réprobatrice.

— Je n'ai jamais rien entendu d'aussi ridicule. Le seul Christian Hawkes que je connaisse et qui puisse avoir un lien avec Brundage était un chargé d'affaires en Suisse pendant la guerre, et un officier du Bureau de l'Intérieur en Angleterre. Il a servi le pays au péril de sa vie. Il a largement contribué à la création des services de renseignements britanniques et c'est en grande partie grâce à lui que vous portez aujourd'hui cette tunique rouge. C'est un héros. La dernière fois que j'ai eu de ses nouvelles, il était prisonnier de guerre en France. Faire sa connaissance serait un honneur pour moi. Et pour vous aussi. Vous ne parlez donc sûrement pas de ce Christian Hawkes ?

Un long silence suivit.

— Je... Sans doute que non, capitaine, bredouilla piteusement le sergent.

— Brundage se fourvoie probablement parce que nous avons récemment accueilli un autre héros de guerre, le duc de Valkirk. Insinuez-vous que le Valeureux Valkirk fréquente des établissements hébergeant des criminels ?

Le sergent devint blanc comme un linge. Le capitaine Hardy poussa un soupir d'ennui.

— Nous n'avons jamais entendu parler de cette lady Aurélie Capet. Inutile de préciser qu'elle n'est pas ici, pas plus que M. Hawkes. En prétendant qu'il est un criminel, vous outragez la mémoire de tous les soldats qui ont sacrifié leur vie pour leur pays. En outre, vous avez effrayé nos épouses et nos hôtes, ce que nous ne pouvons tolérer.

— Capitaine Hardy... lord Bolt... Veuillez nous excuser... C'est que nous avons un mandat et..., bégaya le sergent.

— De qui le tenez-vous ? coupa sèchement le capitaine. Certainement pas du roi.

— Non, du magist...

Le sergent s'interrompit et tendit le mandat au capitaine. Celui-ci le lut attentivement, puis le tendit à Lucien, qui le lut tout aussi attentivement, avant de le donner à Angélique et Delilah. Après tout, elles étaient les propriétaires de l'établissement que les soldats voulaient fouiller.

Le capitaine Hardy lança à Delilah un regard désolé. On ne pouvait pas grand-chose contre un mandat. En revanche, il était certainement possible de faire passer Brundage pour un parfait imbécile.

— Allez-y, dit tranquillement Delilah au sergent. Ma foi, quand vous aurez inspecté notre pension et vu combien elle est agréable, vous pourriez bien avoir envie d'y séjourner.

Le capitaine Hardy s'écarta.

— Si touchez ne fût-ce qu'à un grain de poussière, vous le paierez cher.

Ce fut ainsi que les soldats en tunique rouge envahirent le Grand Palais de la Tamise pour la deuxième fois de sa courte histoire. Et Delilah et Angélique purent constater que leur pressentiment au sujet de lady Aurélie Capet, alias Mme Gallagher, s'était malheureusement révélé exact.

Les soldats exécutèrent leur tâche avec beaucoup de minutie et de respect. Ils fouillèrent la cuisine et l'arrière-cuisine. Puis Delilah, tenant dans sa main à peine tremblante le trousseau de clés cliquetant, les conduisit à l'étage et leur ouvrit les chambres l'une après l'autre. Elle réveilla ainsi M. Bellingham, encore vaseux, qui se recoucherait juste après pour finir de cuver sa bière et se demanderait plus tard s'il avait rêvé cette intrusion.

Dieu merci, Mme Pariseau était habillée lorsqu'on frappa à sa porte. Elle écouta, le sourcil haussé, les explications de Mme Hardy. Puis, nullement impressionnée, elle regarda les soldats travailler.

— Vos mères savent-elles que vous passez vos journées à trifouiller les bas et les dessous d'une dame assez âgée pour être la vôtre ? leur lança-t-elle sur un ton badin tandis qu'ils inspectaient sa penderie.

Ils sortirent de la chambre, rouges comme des coquelicots.

Lorsque Delilah ouvrit la porte de M. Hawkes, la pièce était vide et le lit fait au carré.

Dans toutes les chambres, occupées ou non, les soldats fouillèrent les penderies et vérifièrent qu'il n'y avait rien sous les lits, dans les cheminées, ni derrière les portes. Ils montèrent ensuite au grenier, occupé seulement par des araignées, puis se déployèrent dans l'Annexe et dans la salle de bal où la nouvelle épouse du duc de Valkirk avait bouleversé le public avec sa voix de rossignol.

La perquisition dura quarante-cinq minutes. À en juger par leur mine déconfite, les soldats n'avaient pas trouvé, dans l'enceinte du Grand Palais de la Tamise, le moindre indice de la présence de M. Christian Hawkes, de lady Aurélie Capet ou d'un collier d'émeraude.

— Toutes nos excuses, capitaine Hardy, madame Hardy, lord Bolt. Il y a manifestement eu un malentendu, déclara sobrement le sergent Panghorne.

— Le devoir passe avant tout, sergent, même quand il est absurde, rétorqua aimablement le capitaine Hardy. Nos sympathies pour le comte de Brundage qui a perdu la raison.

— Si vous avez besoin d'un endroit où loger, revenez nous voir, leur susurra Angélique avant que le capitaine Hardy leur ferme la porte au nez.

Ils attendirent, immobiles et silencieux, que les soldats s'éloignent. Quand on n'entendit plus un bruit, M. Delacorte murmura :

— Il s'est enfui par le tunnel ?

— Tout à fait, chuchota le capitaine.

— Et lady Aurélie serait…

— Mme Gallagher, confirma Hardy.

— Lady Aurélie, ça lui va mieux, commenta gaiement Delacorte.

Il semblait soulagé, comme si ce qui le perturbait secrètement était mis au clair.

— Et donc, il n'y a pas de mari prénommé Thomas.

Le capitaine hocha la tête.

Mme Pariseau descendit l'escalier juste à temps pour entendre ces révélations.

— Il va de soi qu'aucun de nous ne parlera de cet incident à quiconque, ajouta le capitaine Hardy. C'est compris ?

Ils acquiescèrent tous.

— J'ai dit à Hawkes que s'il pouvait revenir sans risque par le chemin qu'il a pris, nous accrocherions un ruban à la lanterne du perron. Cela pour vous prévenir qu'il reparaîtra peut-être d'ici quelques jours. Et ce ne sera pas un fantôme, Dot.

Ils restèrent un moment dans le hall, encore sous le choc mais soulagés de s'en être bien tirés.

— Petit déjeuner ? suggéra nonchalamment lord Bolt.

— Bon Dieu, ce que j'aime vivre ici ! marmotta Delacorte avec fougue, en suivant les autres qui se dirigeaient vers la salle à manger.

21

La porte de derrière du Sansonnet était effectivement à moitié dégondée. Alors que le soleil était assez bas pour teinter d'ambre les murs du cottage, Aurélie tourna la poignée, tira... et la porte manqua de lui tomber dessus. Elle souleva le battant pour le remettre en place et se faufila dans ce qui paraissait être une cuisine.

M. Bellingham n'avait pas menti. Son cottage, perché sur une butte, était assez isolé. Lorsque le fiacre avait abordé le virage qui y menait, Aurélie avait vu la petite ville de Baggleston nichée dans la vallée – la fumée qui s'élevait des cheminées, la flèche d'une église, un homme à cheval, de jolies maisons dans les rues, et d'autres disséminées dans les collines. Un paysage paisible.

Il lui avait fallu près d'une demi-journée pour atteindre le Sussex. Le voyage avait été agréable, le cocher étant ravi de sortir un peu de Londres et satisfait de la somme qu'elle lui avait donnée.

Le cottage était vraiment tel que M. Bellingham l'avait décrit : un pavillon de taille modeste, coiffé d'un toit de chaume et blotti dans l'anse d'un ruisseau bordé d'aubépines.

L'intérieur était ravissant.

Si elle étendait les bras, elle toucherait presque les murs. On se serait cru dans la maison d'un elfe, infiniment plus sobre que les demeures où Aurélie avait vécu. Elle comprenait soudain pourquoi les terriers attiraient tellement les petits animaux.

Le cottage ne comportait que deux pièces. L'une était équipée d'un lit couvert d'une courtepointe bariolée et d'une cheminée. Ainsi que l'avait dit M. Bellingham, tout semblait avoir été récemment nettoyé.

Poursuivant son exploration, elle dénicha deux lampes à huile et deux chandelles dans leurs bougeoirs. Puis elle avisa, à côté de la cheminée, trois maigres bûches. Elle les regarda fixement.

Seulement trois bûches. Comment n'avait-elle pas pensé à cela ?

Il faisait plutôt chaud dans la maison pour l'instant, mais à la fin de la journée, ce serait une autre histoire. Et Aurélie serait forcée de dormir là au moins deux nuits avant le passage de la malle-poste.

Car tel était désormais son plan : prendre la malle-poste jusqu'à Falmouth et, là, payer son passage sur un bateau en partance pour l'Amérique. Demain, elle descendrait à Baggleston pour tenter de vendre le collier dans l'une des boutiques mentionnées par M. Bellingham. Elle achèterait quelques provisions et demanderait où se procurer du bois de chauffage. Si elle ne trouvait pas d'acheteur pour le collier à Baggleston, elle réussirait peut-être à le vendre à Falmouth.

Elle ne parvenait pas à penser à ce qu'elle ferait après Falmouth. Sa route et ses économies prenaient fin dans cette ville.

Soudain, le soleil couchant paraissait sinistre.

Dans la pièce principale trônaient une table ronde et quatre chaises. Si elle trouvait une hache, Aurélie les débiterait en bûchettes. Mais elle n'avait jamais manié d'outil et elle ne réussirait vraisemblablement qu'à se blesser. Et le pauvre M. Bellingham ne méritait pas qu'on fasse du petit bois avec son héritage.

Elle disposa les bûches dans l'âtre et prit le briquet à silex posé sur le manteau de la cheminée. Elle s'accroupit et battit le briquet avec acharnement. Quand une étincelle jaillit enfin et qu'une bûche s'enflamma, elle eut l'impression d'avoir vaincu un ennemi. Les pièces ne se réchaufferaient pas tout de suite mais, Dieu merci, la cheminée était ramonée et tirait bien.

Aurélie avait demandé au cocher de laisser sa malle devant le cottage. Elle la vida de ses affaires puis la traîna jusqu'à la cuisine, où elle la poussa contre la porte de derrière, afin de la bloquer. Après quoi, elle y rangea de nouveau ses vêtements. Quand elle eut terminé, elle était en nage.

Elle ressortit et se dirigea vers les pommiers qui, comme l'avait dit M. Bellingham, étaient généreusement garnis. Elle avait trouvé un seau métallique qu'elle remplit de brindilles sèches et de pommes.

Pendant sa cueillette, elle découvrit un puits, comme par miracle. Elle vida le seau dans la cuisine puis elle alla le remplir au puits. Elle ne ménageait pas sa peine.

Hawkes et sa monture de louage – un cheval bai au front marqué d'une étoile blanche – longeaient la route bordée d'aubépines. Ils allaient au petit trot après avoir galopé à un train d'enfer pendant près d'une heure. Son expédition l'avait au début empli de joie, mais Hawkes sentait qu'un point de suture venait de lâcher. La douleur se faisait de nouveau ressentir.

Rien n'aurait dû le surprendre après les événements de la dernière semaine. Pourtant, le tunnel du Grand Palais de la Tamise, auquel on accédait par la penderie d'une chambre du rez-de-chaussée, l'avait sidéré. Il était naguère utilisé pour transporter des marchandises de contrebande et, bien avant cela, lorsque la pension de famille était encore un bordel, pour faire entrer ou sortir discrètement des prostituées. Hardy l'avait découvert quand il s'était installé au Grand Palais de la Tamise, alors qu'il traquait une redoutable bande de contrebandiers.

Hawkes était allé chercher ses affaires avec le capitaine puis, une lanterne à la main, il avait ouvert la trappe ménagée dans le plancher de la penderie et avait descendu l'échelle menant au tunnel. Hardy avait laissé tomber la malle dans le souterrain. Hawkes viendrait la récupérer plus tard.

Suivant les instructions du capitaine, Hawkes avait longé le tunnel jusqu'à apercevoir au-dessus de lui un rai de lumière fin comme un cheveu, indiquant la trappe de sortie.

Il l'avait empruntée et il s'était retrouvé dans une stalle des écuries de louage. Le cheval bai qui l'occupait parut plutôt heureux de le voir surgir ainsi, comme si ce n'était pas la première fois qu'il assistait à pareil phénomène.

Hawkes était sorti des écuries sans se faire remarquer, avant de revenir, cette fois par le portail, pour louer le cheval bai. Pendant que les soldats fouillaient le Grand Palais de la Tamise, Hawkes était déjà en route pour Baggleston, dans le Sussex.

La douleur et la fatigue s'envolèrent soudain lorsqu'il aperçut un filet de fumée qui s'élevait de la cheminée du cottage. Aurélie était saine et sauve.

Il s'arrêta au bord du ruisseau pour laisser son cheval boire et brouter de l'herbe. Trempant son mouchoir dans l'eau, il se débarbouilla la figure. Il avait acheté en chemin du pain et du fromage, en espérant qu'ils supporteraient d'être cahotés pendant des heures. Il avait aussi une gourde d'eau et un briquet. Le reste, il pourrait se le procurer à Baggleston.

Le soleil déclinait et le ciel se teintait de mauve. Hawkes attacha le cheval à la palissade et s'approcha du cottage sans bruit, pistolet au poing – sait-on jamais. La porte était entrouverte. Il entra.

Aurélie était accroupie devant la cheminée, en train de nourrir un feu naissant avec des branches. Il rengaina son arme.

Aurélie se redressa. Elle se retourna et croisa son regard.

Elle l'avait fui. Pourtant, maintenant qu'il était là, devant elle, elle n'éprouvait que du soulagement. Et une joie profonde. Car il suffisait de voir l'expression de son visage pour comprendre, sans l'ombre d'un doute, qu'il était là pour la sauver.

— Vous m'avez retrouvée, monsieur Hawkes.

Il fixait sur elle un regard émerveillé.

— Je crois que je vous suivrais volontiers jusqu'au bout du monde, dit-il avec une légère pointe d'ironie.

Mais ces mots sonnaient comme une offrande. Un aveu.

Une déclaration.

L'air se fit soudain doux comme du velours. Hawkes s'avança de quelques pas.

— Cela ne vous ennuie pas si je ferme la porte ?

— Non, murmura-t-elle.

Il referma la porte. Tous deux restèrent immobiles, s'observant à distance respectueuse.

— Je pense savoir qui vous êtes, dit-elle au bout d'un moment. Et je pense que vous savez qui je suis.

— Oui, je l'ai deviné. Mais vous, comment savez-vous qui je suis ?

Aurélie se sentit rougir. Mais elle voulait être aussi sincère que lui.

— Je ne l'ai pas compris tout de suite, et ensuite je me suis dit que je me trompais sûrement. Vous ne pouvez pas vous souvenir de moi, mais je vous ai vu autrefois, lors d'un bal à l'ambassade, en Espagne. Je n'avais jamais vu quelqu'un d'aussi élégant, monsieur Hawkes. Vous avez changé, et pourtant... vous êtes le même.

— La prison et le temps transforment un homme. C'est aussi ce qui arrive au whisky quand on le fait vieillir dans un fût de chêne.

— Oui, sans doute.

Ils se turent un instant.

— Vous avez été emprisonné pour espionnage ?

— Exact. Pendant la guerre, les Français n'appréciaient pas ce genre d'activité.

— Vous étiez coupable ?

— Naturellement. Je dirigeais les services de renseignements anglais. Et jusqu'à mon arrestation, j'étais très doué pour ce travail.

— Ils adorent exécuter les gens, tous les prétextes leur sont bons.

— Certes, mais ils ont préféré ma fortune. Ils l'ont prise et ne m'ont laissé que la vie.

Elle hocha pensivement la tête.

— Je suis si heureuse que vous soyez vivant, dit-elle d'une voix tremblante.

Hawkes en eut un coup au cœur. Ces mots et la voix d'Aurélie seraient à jamais gravés dans sa mémoire.

Ses yeux le piquaient et une violente émotion le submergea. Mais avant de la prendre dans ses bras, il devait tout lui avouer. D'ailleurs, elle aussi avait besoin de se délester de son fardeau.

— Il se trouve, attaqua-t-il, que c'est Brundage qui a négocié ma survie.

Il se tut. Aurélie le dévisageait.

— Vous avez donc une dette envers lui, déclara-t-elle posément.

— Il aimerait m'en persuader. En réalité, c'est un peu plus compliqué que ça.

— Il vous a chargé de me retrouver et de me ramener auprès de lui. Ou de le mener jusqu'à moi.

Hawkes se rendit compte qu'elle évitait de prononcer le nom de son fiancé. Il serra les dents. Qu'est-ce que Brundage lui avait fait subir pour l'effrayer à ce point ?

— C'était effectivement ma mission.

— Et vous êtes rémunéré pour cette tâche ?

— Oui, il me paie pour vous retrouver.

Silence.

— On vous a spolié de votre fortune, vous avez donc besoin d'argent, devina Aurélie.

Il hocha lentement la tête.

— Je ne partirai pas d'ici, poursuivit-elle d'un ton presque désinvolte.

Le moment était venu. Ce qu'il allait faire était cruel, même s'il avait souvent employé cette méthode pour obtenir des informations. Mais cette fois, il avait la sensation de se planter lui-même un poignard dans le ventre.

À l'instant où il avait tenu dans sa main le portrait de la jeune femme, il avait su qu'il ne la ramènerait jamais chez Brundage.

Il était venu la sauver. Et ensuite la faire sienne.

— J'ai le devoir de vous ramener saine et sauve.

— Je n'ai commis aucun crime. Je ne vous suivrai pas, déclara-t-elle d'une voix vibrante.

Il vit qu'elle enfonçait les ongles dans ses paumes.

— Il dit que vous lui manquez beaucoup, qu'il a le cœur brisé.

— Mensonges ! cracha-t-elle. Il *ment* !

Hawkes continua, doux et implacable. Il se haïssait de lui infliger une telle souffrance, mais c'était nécessaire s'il voulait lui extorquer son secret.

— C'est un beau parti, toutes les jeunes femmes de la haute société vous envieront. Il est très séduisant, il est riche et puissant. Il m'a dit qu'il vous aimait. Vous serez choyée et protégée, à l'abri jusqu'à la fin de votre...

— *Je ne peux pas !* Vous ne le connaissez pas, vous ne savez pas ce qu'il... ce qu'il... a fait. Je ne peux pas, répéta-t-elle avec désespoir. Par pitié. Non, non, je ne...

— Aurélie, murmura-t-il. Aurélie.

C'était la première fois qu'il prononçait son prénom.

Elle tressaillit. Elle le dévisagea, stupéfaite. Elle se calma aussitôt et, prenant une profonde inspiration, s'éclaircit la voix :

— Je... je n'aurais peut-être pas dû le laisser m'embrasser. Car je l'ai laissé faire, et la première fois, je n'ai pas détesté ça. Je l'avoue. Mais ce soir-là, je ne voulais pas. Il était de trop mauvaise humeur. Il fallait toujours que je concentre toute mon attention sur lui, or, la veille, un laquais qui commentait le mauvais temps m'avait fait rire. Il a essayé de m'embrasser et je lui ai dit non. Peut-être que si je n'avais rien dit, il n'aurait pas...

— Non, coupa Hawkes.

— ... Peut-être qu'il ne se serait pas mis dans une telle fureur ? Mais je lui ai dit non.

— Aurélie.

— Je pensais qu'il se souciait de moi, de ce que je désirais ou non...

Elle émit un rire plein d'amertume et de mépris pour elle-même.

— Je me sens tellement bête à présent. Quand il a voulu m'embrasser, je l'ai repoussé doucement... comme ça...

Elle mima le geste.

— Je savais que je jouais avec le feu, mais j'étais sûre de moi et de mon charme. N'est-ce pas ridicule ? Il ne supporte pas qu'on le... contrarie.

— Oh, Seigneur, bredouilla Hawkes, la gorge nouée.

— Il était furieux, hors de lui. Je me demande... Si je n'étais pas aussi orgueilleuse... J'aurais peut-être dû être moins ferme.

— Aurélie...

Il n'était pas sûr d'avoir murmuré son nom. Le sang rugissait à ses tempes et l'assourdissait.

— Il y avait un mur juste derrière moi, et quand il a décidé de... Je l'ai vu dans ses yeux. Il n'avait besoin que d'une seule main pour...

Elle lui montra ses poignets.

— Il les tenait d'une seule main.

Hawkes s'interdit de fermer les yeux. Il voyait la main de Brundage, avec la chevalière étincelant à son doigt, serrée comme un étau autour des poignets délicats d'Aurélie.

— Il les a levés au-dessus de ma tête. Dans cette position, on ne peut plus bouger, et...

— Il vous a prise de force, dit-il pour qu'elle n'ait pas à le faire.

Il n'entendit dans sa propre voix aucun jugement, pas d'horreur ni de pitié. Il avait réussi à prononcer ces mots posément, alors que la rage lui lacérait les entrailles.

Il ne voulait pas qu'elle se croie obligée de le ménager, ni que sa réaction la bouleverse davantage. Il serait le roc contre lequel elle pouvait projeter la vague de désespoir et de révolte qui la traversait. Il ne vacillerait pas.

Ce drame ne l'avait pas détruite et il savait qu'il ne la détruirait pas.

— Oui..., souffla-t-elle.

Elle était livide, les traits crispés pour contenir ses larmes.

Mais soudain, elle redressa les épaules et pointa le menton. Elle ne se détourna cependant pas de lui ; au contraire, elle le regarda droit dans les yeux. Elle était si courageuse.

Peut-être lut-elle dans son regard qu'il partageait sa souffrance et qu'il tuerait pour elle sans la moindre hésitation. Il lui sembla qu'elle y puisait de la force. Le sang revint à ses joues, elle respira profondément.

Tous deux restèrent face à face en silence, comme pour saluer la révélation d'Aurélie.

— Aurélie, écoutez-moi, murmura-t-il. Vous n'êtes pas fautive, vous n'avez rien fait pour provoquer cette agression. Je sais que ce n'est pas très réconfortant, mais vous n'auriez rien pu faire pour l'arrêter. C'était un acte de pure violence, commis par un individu qui se fait passer pour un homme noble et honorable, et qui est si bon comédien que, pendant un certain temps, j'y ai moi-même cru. Mais c'est un scélérat. Il s'empare de ce qu'il convoite sans le moindre scrupule, et il faudrait le pendre pour ce qu'il vous a fait subir. C'est un crime abject, et vous êtes une victime innocente. Vous comprenez cela ? Vous me croyez ?

Cette fois, il entendit dans sa propre voix une note plus pressante, presque autoritaire. Il voulait désespérément qu'elle le croie. Il avait besoin de la rassurer avec la force de conviction qu'il avait acquise par expérience.

Elle scruta son visage puis, enfin, hocha la tête. Il ferma brièvement les paupières et ravala un hoquet de soulagement.

— Je ne saurais vous dire combien je suis désolé pour vous.

Sa voix se brisa soudain, lui qui s'exprimait toujours avec la fermeté et la retenue que lui avait apprises sa formation militaire.

Le regard las d'Aurélie s'éclaira, et ce fut pour Hawkes le plus beau des présents.

— Vous pouvez maintenant cesser de fuir, Aurélie. Vous êtes libre, Brundage ne vous fera plus de mal. J'y veillerai jusqu'à mon dernier souffle, déclara-t-il d'un ton abrupt.

Sur quoi, il se retourna et partit. Il le fit instinctivement car il était en proie à une rage féroce qui n'avait pas sa place dans le cottage. Il avait besoin d'air pour recouvrer un semblant d'équilibre.

Il se haïssait de l'avoir malmenée pour l'obliger à tout lui raconter. Elle aussi le détestait sans doute un peu.

Dans l'obscurité, il se dirigea vers le cheval attaché à la palissade. Il posa la main sur l'encolure de l'animal, qui hennit doucement.

Quatre semaines... Pendant quatre semaines, Aurélie avait patienté en se comportant comme si tout allait bien avec Brundage, parce que si elle était tombée enceinte, elle aurait fatalement dû l'épouser. Elle aurait été à jamais enchaînée à ce monstre.

Une nausée atroce lui retourna l'estomac. Il aspira une goulée d'air froid et souffla. Il se sentait à la fois fiévreux et enivré.

Il leva les yeux vers les étoiles qui étincelaient d'une beauté immuable, surplombant ce monde où combattaient le bien et le mal depuis la nuit des temps.

Dans quel camp était-il ? Il avait accompli son devoir envers son pays. Il avait sans vergogne usé de son charme, de sa pugnacité et de son talent pour la mystification, au nom d'une patrie qui avait failli l'abandonner mais qu'il aimait toujours. Si, durant sa carrière, il lui était arrivé d'avoir un poids sur la conscience, il n'avait pas honte d'avoir exercé ce sale métier. Il ne regrettait rien, même si cela l'avait mené en prison. L'Angleterre avait gagné la guerre.

Mais pour lui, il y avait eu un prix à payer. Que méritait-il à présent, s'il était encore en droit de réclamer quelque chose ? Il savait seulement que, s'il n'avait pas connu tant de souffrances, il n'aurait peut-être jamais compris qu'il était éperdument amoureux d'Aurélie.

Il était toujours vivant, bon Dieu ! Après tout ce qu'il avait enduré, il avait une certitude : sa vie lui appartenait, et il se battrait comme un chien enragé contre quiconque essaierait de la lui arracher. Aurélie était manifestement aussi coriace que lui. Elle s'était enfuie pour sauver sa peau, avec l'espoir d'un avenir meilleur, ce qui exigeait de l'audace et un courage extraordinaire.

Et, en plus de cela, elle n'était pas loin de réussir.

Il ferait n'importe quoi pour qu'elle parvienne à ses buts, quoi qu'il lui en coûte.

Quant à Brundage… Il allait payer.

« Aurélie… » Enfin elle entendait son nom dans la bouche de Hawkes ! Il l'avait prononcé comme on dit une prière chaque soir avant de s'endormir. Comme si c'était tout ce qu'il désirait.

Elle le regarda partir. Dorénavant, son cœur le suivrait où qu'il aille. Il lui semblait que tout son corps vibrait, comme si elle venait d'échapper à une explosion. Pourtant, elle se sentait si légère qu'un souffle d'air l'emporterait. Elle réalisait à présent combien son secret lui avait pesé et quelle énergie elle avait dû dépenser pour le préserver. Il ne s'était cependant pas effacé et il reviendrait peut-être la hanter sous une autre forme. Ce qu'elle avait subi faisait maintenant partie de son être.

Il lui semblait qu'elle pourrait dormir pendant des mois. Mais elle ne se sentait ni vidée ni vaincue.

Car cet homme qui avait survécu aux coups de trique et de poignard, ainsi qu'à l'aiguille du tatoueur, s'était isolé parce qu'il ne pouvait plus supporter de la voir souffrir. La douleur d'Aurélie était la sienne. Jamais personne ne s'était autant soucié d'elle.

Il était d'une habileté à la fois tendre et ferme. Elle savait qu'il lui avait arraché la vérité à contrecœur, et il avait eu raison de le faire.

Maintenant, elle avait la certitude qu'elle s'en sortirait, comme Hawkes avait survécu à ses blessures. Ce serait pour elle aussi une blessure de guerre – cette image lui plaisait. Elle était l'héroïne de sa propre histoire. Et elle serait victorieuse.

Elle se sentait différente, à jamais changée. À cause de Brundage. Mais surtout à cause de Hawkes.

22

Quand Hawkes revint auprès d'Aurélie, ils se regardèrent en silence. Une quiétude étrange sembla envahir le petit cottage.

Puis Hawkes extirpa de sa poche un briquet - le genre d'objet qu'un homme prévoyant avait toujours sur lui - et alluma la lampe à huile dont la mèche était impeccablement taillée. Une douce lumière se répandit dans la pièce.

— Il faut que je vous dise quelque chose, monsieur Hawkes. Je ne suis pas si fragile.

— Oh, je le sais bien.

Elle esquissa un petit sourire.

— Lord Brundage n'est qu'un homme parmi les millions d'individus qui peuplent cette terre. Mes ancêtres ont gouverné la France. Pensez-vous qu'un seul homme pourrait me briser ?

— Je n'y crois pas une seule seconde.

Elle sourit de nouveau. Seigneur... Il aurait volontiers affronté le peloton d'exécution pour le bonheur de la voir sourire.

— D'autres hommes m'ont témoigné de la bonté. Ils m'ont écoutée. Le monde est injuste et le destin capricieux, ma vie en est la preuve.

Je ne juge pas tous les hommes à l'aune de lord Brundage. Je ne suis pas du genre à faire des crises de nerfs en permanence...

Hawkes hocha la tête.

— Je sais cela, dit-il.

Un « mais » resta en suspens dans l'air. Aurélie semblait réticente à exprimer le fond de sa pensée.

— Mais à présent vous savez de quoi les hommes sont capables, poursuivit Hawkes, et cela a profondément modifié la façon dont vous voyez le monde, mais aussi vous-même.

Elle poussa un soupir, aussi surprise que soulagée.

— Vous le savez mieux que moi, à cause de la prison et... de la guerre.

— En effet, murmura-t-il.

Il regarda le feu d'un œil inquiet. Comment allaient-ils lutter contre le froid alors qu'ils manquaient de bois ? Il veillerait à ce qu'elle soit au chaud. Il avait besoin de faire quelque chose - n'importe quoi - pour elle.

— Je... je n'y pense pas en permanence, reprit-elle. Je me dis parfois que, si j'étais une femme convenable, je serais morte de honte. Que je devrais m'enfermer et me morfondre, au lieu de jouer du pianoforte, de prendre le thé et de faire des promenades en voiture avec des hommes séduisants.

— Je n'aurai pas l'impudence de vous dire ce qu'il faut ou non ressentir. Mais je crois que cela évoluera au fil du temps.

Il voulait s'approcher et la prendre doucement dans ses bras. Il avait su la réconforter auparavant, mais après une telle confession, elle était sans doute à fleur de peau. Elle ne supporterait pas qu'il la touche.

L'incertitude le paralysait.

— Je m'appelle Christian, dit-il.

— Ça vous va bien, rétorqua-t-elle avec un petit sourire.

Après un court silence, elle enchaîna :

— Si vous ne me ramenez pas chez Brundage comme vous vous y êtes engagé, vous prenez de gros risques. Il n'est pas aussi dangereux que vous, mais il est profondément mauvais.

— Bah ! fit-il d'un ton léger.

Il faudrait qu'il explique tout à Aurélie, mais pas maintenant.

— Une minute... Je suis dangereux ? *Et* séduisant ?

— Vous devriez vous allonger et vous reposer, Christian, sourit-elle.

Elle avait raison.

Il y avait un petit canapé dans le minuscule salon. Hawkes s'y étendit et Aurélie s'assit dans un fauteuil en face de lui.

Il lui offrit sa gourde. Elle but une grande gorgée d'eau, puis se redressa et alla chercher des victuailles. Elle lui tendit le fromage et les pommes afin qu'il les coupe en fines tranches avec son couteau, après quoi elle disposa le tout sur du pain. Il lui prêta ensuite son couteau pour partager les scones.

Prendre soin l'un de l'autre aussi simplement leur procura un profond sentiment de sérénité.

— J'ai découvert un puits pas très loin, déclara négligemment Aurélie. Je ne suis donc pas aussi inutile que je le pensais.

— Bravo. Vous n'êtes pas inutile, bien au contraire : vous êtes irremplaçable.

Elle eut un sourire ironique teinté de mélancolie, et elle détourna le regard vers la cheminée.

— Je peux vous dire quelque chose ? murmura-t-elle.

— Vous pouvez tout me dire.

Elle resta silencieuse un instant, rassemblant ses pensées.

— Après ce qui s'est passé... j'ai été envahie par une rage inouïe. Je voulais tuer Brundage. Je ne savais pas comment faire et je crois que cela n'aurait rien résolu, mais c'était épouvantable. Je n'avais jamais éprouvé cela auparavant et je refuse que cette envie de meurtre souille mon âme. Mes parents et mon frère aîné ont été assassinés, et voilà que moi... j'envisage de donner la mort.

Elle parlait d'une voix sourde, consciente que ses propos feraient blêmir la plupart des gens. Mais Hawkes se borna à hocher la tête, comme s'ils étaient en train de bavarder dans le salon du Grand Palais de la Tamise.

— Je sais ce que c'est que d'avoir la rage au cœur, quand on est enfermé dans une cage. J'ai vite réalisé que si j'alimentais cette rage, ou si je tentais de la réprimer, elle me dévorerait. J'avais l'impression d'être faible, et c'est un sentiment que je méprise. J'étais le prisonnier de ma haine. Je pense qu'il faut accepter cette rage, on ne peut pas l'ignorer. Mais je me suis efforcé de... de la mettre à profit, en quelque sorte. De la mettre au service de ma volonté, de mon honneur et de...

Il s'interrompit. Il avait failli dire : « et de mon amour ». Le mot était là, palpitant entre eux.

Le dire à voix haute exigerait de lui un courage à toute épreuve. Il ne se sentait pas libre de le faire, pas encore. Ce serait relancer la tempête d'émotions qui venait de se calmer.

Quoi qu'il en soit, il ne disait rien qu'elle ne sache déjà. C'était pour cette raison qu'elle l'avait veillé, lui, un étranger, une nuit entière. Elle n'avait pas voulu qu'il soit seul dans le noir, sans personne pour répondre s'il appelait à l'aide.

Plus jamais elle n'appellerait vainement à l'aide, plus jamais elle ne serait seule. Si elle le voulait, il serait là chaque fois qu'elle aurait besoin de lui.

Elle s'éclaircit la voix :

— Christian… je vous serais reconnaissante de garder pour vous ce que je viens de vous révéler. Je n'imagine pas en parler un jour à quelqu'un d'autre que vous.

— Je ne trahirai pas votre confiance. Vous avez ma parole.

— Merci, murmura-t-elle d'une voix éraillée, en s'essuyant de nouveau les yeux d'un revers de main.

Il avait l'impression que, dans sa poitrine, brûlaient une tendresse et une admiration sans bornes, sous lesquelles couvait une fureur glaciale. Il préparait déjà un plan de bataille.

Même si Aurélie accusait Brundage de viol, on ne pouvait poursuivre un pair du royaume en justice que pour trahison ou assassinat. Si elle laissait seulement entendre qu'il l'avait agressée, sa réputation serait irrémédiablement salie, tandis que celle de Brundage serait à peine écornée. Telle était la brutale réalité de leur époque, et tel était l'écart de pouvoir entre les hommes et les femmes.

Brundage lui avait déjà fait suffisamment de mal comme cela.

Aurélie n'obtiendrait pas justice dans un tribunal. Mais Hawkes allait la venger. Cette pensée le calma, du moins pour le moment.

D'un accord tacite, ils changèrent de sujet. Il lui parla de sa sœur et de sa mère, de l'endroit où il avait grandi. Il lui relata ce que Brundage lui avait raconté à son sujet. Elle lui parla de ses frères.

La conversation était animée et fluide. Ils sautaient du coq à l'âne, se perdaient en digressions, comme deux vieux amis qui échangeaient sur leurs pensées. Ils riaient beaucoup, savourant ce moment de bonheur. Ils avaient la certitude qu'ils ne finiraient jamais de se découvrir, comme un trésor inépuisable.

Il finit tout de même par remarquer qu'elle luttait pour garder les yeux ouverts.

— Aurélie, vous allez finir par vous endormir dans ce fauteuil.

— Vous allez aussi vous endormir sur place.

Elle avait raison. Il se leva tant bien que mal, ferma les volets et tira les rideaux pour empêcher le froid de rentrer. Puis il resta là, les bras ballants. Comment formuler ce qu'il voulait dire ? Il ressentait le besoin d'exprimer ce que tous deux pensaient.

Il prit une inspiration et se tourna vers elle.

— Voilà notre situation : nous n'avons pas de bois pour alimenter le feu. Si nous ne voulons pas grelotter toute la nuit ni brûler le mobilier, je crois que nous devrons nous tenir chaud. Vous êtes courageuse, vous avez de la ressource, et vous avez choisi de prendre votre vie en main.

Vous devez maintenant décider si vous me faites assez confiance pour dormir près de moi. Sinon, je resterai sur ce canapé.

Il scruta le visage d'Aurélie et n'y lut ni désarroi, ni aversion. Elle le dévisageait, impassible.

— Eh bien… il faudrait que je sois courageuse, n'est-ce pas, pour envisager une chose pareille ?

Elle se moquait de lui.

— Extrêmement courageuse.

Elle pencha la tête de côté, fronçant les sourcils.

— Vous ne serez qu'un oreiller ?

— Ma seule ambition dans la vie est d'être un oreiller.

— C'est une solution raisonnable, Christian, dit-elle avec une mine rembrunie.

Il se mordit les lèvres pour se retenir de crier victoire.

Elle se redressa gracieusement, secoua sa jupe et s'approcha de la malle qui bloquait la porte de derrière. Elle en extirpa le plaid que Dot lui avait donné et le montra triomphalement à Christian.

— Vous voyez bien que vous êtes irremplaçable, commenta-t-il.

Un silence assourdissant s'installa.

Hawkes récupéra tout ce qui pourrait leur être utile pour se réchauffer, avant d'entrer dans la chambre. Ils s'assirent sur le lit, sans avoir à se demander – c'eût été embarrassant – quel était leur côté préféré. C'était comme s'ils le savaient déjà.

Pourtant, Hawkes n'avait jamais fait cela. Une femme, un lit… Pour lui, c'était habituellement la promesse d'un plaisir charnel et partagé. Derrière lui, une ravissante créature dénouait sa chevelure.

Jetant un coup d'œil furtif par-dessus son épaule, il vit de lourdes boucles noires ruisseler dans le dos d'Aurélie. Son cœur manqua un battement.

Puis il l'entendit délacer ses bottines, qui tombèrent sur le sol – *plof ! plof !* –, un bruit étrangement érotique.

Lui, en revanche, eut du mal à retirer ses bottes, en partie parce que ses mains tremblaient. Aurélie le remarqua.

— Je vais vous aider, dit-elle tranquillement. Ne vous penchez pas.

Il adorait qu'elle lui donne des ordres, il en était presque amusé. Mais quand elle fut à genoux devant lui, son instinct animal se réveilla, et il dut réunir toutes ses forces pour le museler.

En retirant ses bottes, elle faillit basculer en arrière, ce qui les fit éclater de rire. Ils étaient tous les deux déchaussés. Ils avaient l'air ridicules, mais c'était touchant.

Il ne devrait pas se sentir aussi heureux et désinvolte, vu les circonstances actuelles. Mais ce moment était un cadeau inattendu et précieux. Tout comme la présence d'Aurélie. Sa confiance. Ce cottage dans lequel ils se sentaient seuls au monde. Et cette lueur de plus en plus vive qui brillait dans le lointain, et vers laquelle ils marchaient ensemble.

Il se coucha le premier. Immobile au pied du lit, elle l'observait.

— À mon avis, vous devriez poser votre tête là, grommela-t-il, montrant son épaule.

Une expression étrange, tendre et féroce à la fois, passa sur le visage d'Aurélie pour s'effacer aussitôt.

— Ce sera un excellent oreiller, rétorqua-t-elle gravement.

Sans hésiter, elle s'allongea sur son côté du lit et se rapprocha de lui, centimètre par centimètre, jusqu'à ce que leurs corps se touchent et qu'elle pose la tête sur son épaule. Sentir contre lui ce corps souple et doux était à la fois une joie et une torture inimaginables.

Il étendit sur eux la courtepointe, le plaid de Dot, son manteau et la cape d'Aurélie. Quand ils furent blottis dans le lit, il entoura Aurélie de ses bras avec une grande précaution. Il se rendit compte qu'il retenait sa respiration.

Elle posa ses mains sur les siennes. Elle avait les doigts glacés et, pour les réchauffer, il les recouvrit avec sa paume. Tout comme Brundage avait broyé ses poignets délicats d'une seule main.

Une vague de fureur et de chagrin déferla en lui. Il dut serrer les dents pour ne pas se crisper. Aurélie le sentirait. Il aurait voulu poser ses lèvres sur la veine bleutée de son poignet, là où battait son pouls. Et il rêvait surtout de promener sa bouche sur son corps de déesse.

Il aimait le corps des femmes, la courbe de leurs hanches, la forme de leurs seins. Il adorait découvrir leurs secrets – les endroits sensibles qui les faisaient gémir de plaisir quand il les effleurait de ses lèvres et de ses doigts.

Car, avant tout, il était un homme de chair et de sang. Il y avait trois ans – trois interminables années – qu'il n'avait pas fait l'amour. Il voulait posséder Aurélie, c'était une vérité indéniable. Elle le savait probablement, elle était comme un agneau blotti contre un lion. Il n'aurait jamais cru possible de la désirer aussi ardemment, tout en étant heureux de la tenir simplement dans ses bras.

Plutôt mourir que de trahir sa confiance.

Il remerciait le ciel d'être en mesure d'apporter à Aurélie un peu de réconfort. La prison lui avait appris que, pour préserver sa santé mentale, il fallait vivre l'instant présent sans penser au lendemain. Alors il se concentrait sur les mains d'Aurélie qui se réchauffaient.

— Je... je ne suis pas en verve, pardonnez-moi, bredouilla-t-elle. Je crois que je tombe de sommeil.

— Fermez les yeux, murmura-t-il. Vous m'avez veillé quand j'étais souffrant, je monterai la garde cette nuit... au cas où.

Il ne lui avait pas encore dit que des soldats étaient vraisemblablement à leur recherche.

— Vous n'allez pas dormir ? demanda Aurélie.

— Je suis très doué pour rester éveillé.

— Très bien, je ne voudrais pas vous faire mal en m'appuyant contre vous.

— Si vous ne gigotez pas trop, nous passerons une bonne nuit, plaisanta Hawkes.

— Je ne peux rien vous promettre.

Il émit un petit rire, puis tous deux poussèrent un profond soupir, comme deux voyageurs qui rentrent enfin chez eux.

— Vous êtes brûlant, souffla-t-elle.

— Je vous avais prévenue.

— Hmm...

Il y eut un bref silence.

— Voulez-vous bien continuer à parler ? Je veux entendre votre voix.

— Ma voix ? répéta-t-il, amusé et ému.

— Elle est grave, peut-être un peu rêche, mais pas de façon désagréable. Elle me fait penser à de la soie brute. Ou au ronronnement d'un chat.

Il était irrémédiablement conquis, impuissant face au charme d'Aurélie qui, même s'il était moins menaçant qu'une arme de guerre, causerait fatalement sa perte.

— Que faut-il que je dise ? demanda-t-il avec sérieux.

— Hmm... Ne dites rien de trop captivant, parce que je veux surtout écouter votre voix. Racontez-moi une histoire.

Il sentit qu'elle souriait. Hawkes, inventer une histoire... Cette idée aurait fait rire n'importe qui.

— Sans fantôme, s'il vous plaît, ajouta-t-elle.

D'une certaine manière, sa vie était comme une histoire, songea-t-il. Mais par où commencer ?

— Il était une fois une jeune femme opiniâtre, intelligente et très fière... Ses yeux avaient la couleur du ciel à l'heure où le soleil se couche, juste avant la tombée de la nuit.

Elle tressaillit et tourna la tête pour le regarder.

— Chut... Fermez les yeux. Elle avait l'air d'une fleur, douce et délicate, mais dans cette fleur battait un cœur de lion. Face à la beauté sauvage du lion, les hommes bons se sentaient privilégiés. Pour l'honorer, ils permirent au lion d'être lui-même. Les hommes lâches, en revanche, essayèrent de le vaincre par la ruse et la brutalité. Ils en feraient un trophée. Mais, malgré leurs efforts, ces hommes-là ne parvinrent jamais à briser l'âme du lion. Et ce fut ainsi que la jeune femme l'emporta. Car si les lâches ne pouvaient pas échapper à leur nature, elle ne le pouvait pas non plus : elle serait toujours la plus forte, acheva-t-il dans un murmure passionné.

Il l'entendit étouffer un petit sanglot, mais feignit de ne rien remarquer. Elle avait le droit de verser quelques larmes, et elle devait se sentir libre de pleurer devant lui.

— Et ensuite ? demanda-t-elle tout bas.

Il s'éclaircit la voix :

— Ensuite... eh bien, grâce à son intelligence et à son ingéniosité, la femme-lion s'évada d'une cage effrayante. Elle traversa l'océan, et vécut une foule de passionnantes aventures. Elle eut une vie très heureuse.

Il n'avait pas la fibre romanesque, il n'embellirait pas son histoire. Il aurait voulu être un magicien et, d'un coup de baguette, faire de la fin de ce récit la réalité.

Avait-il déjà tenté d'apporter du réconfort à un être humain ? Pourquoi n'avait-il pas compris que c'était un immense honneur ?

— Elle a trouvé l'amour ? murmura-t-elle d'une voix ensommeillée.

Il attendit que la respiration d'Aurélie soit de nouveau régulière et calme.

— Elle a trouvé l'amour, dit-il.

Aurélie se réveilla plusieurs fois durant la nuit, moins étonnée qu'elle ne l'aurait cru d'être blottie dans les bras d'un homme qu'elle connaissait depuis seulement quelques jours, dans un cottage étranger.

Les mains de Christian, qui avait des doigts longs et élégants et des paumes calleuses, couvraient les siennes. Sans doute se réveillait-elle dans le seul but de graver ces sensations dans sa mémoire – le contact de sa peau, et surtout son odeur. Il sentait le feu de bois et le grand air, avec en note de fond de troublants effluves de musc. Une odeur inconnue, sensuelle et virile, à l'image de ce que Hawkes incarnait à ses yeux : la sécurité et le danger.

Sa cuisse était dure et chaude contre la sienne, son épaule semblait avoir été modelée pour qu'elle puisse y nicher sa tête. Elle l'écoutait respirer, et son cœur était aussi léger qu'un cerf-volant. Son corps était submergé par des vagues déchaînées par Hawkes, comme s'il était Poséidon en personne.

Tout cela aurait dû lui paraître étrange, scandaleux et même effrayant, pourtant cela lui semblait parfaitement naturel. Elle était sans doute plus chanceuse qu'elle ne le méritait, puisqu'un homme tel que lui existait et la protégeait. Dire qu'elle avait failli épouser une brute qui l'avait violentée... Elle avait l'impression que cet épisode n'était que le vague souvenir d'un rêve ancien. Cette nuit, elle ne parvenait pas à se le remémorer précisément.

Que ces deux êtres appartiennent à la même espèce lui semblait absurde. Certes, elle était sans doute épuisée, peut-être pas tout à fait remise du choc qu'elle avait subi. Elle savait que Hawkes avait raison : les sentiments douloureux que lui inspirait le drame qu'elle avait vécu évolueraient avec le temps. Mais quand on trouvait une oasis de douceur et de joie dans ce monde régi par la violence, il fallait y rester.

À cette pensée, elle se rendormit paisiblement.

23

Aurélie se réveilla en sursaut. Elle avait rêvé qu'on la jetait à la mer.

Elle comprit aussitôt pourquoi : Hawkes s'était levé pendant qu'elle dormait. S'il était une île, elle était une naufragée qui avait eu la chance de nager jusqu'à lui.

Elle avait un peu froid.

À l'évidence, Hawkes était debout depuis un moment : le feu crépitait. Il avait dû sortir pour s'occuper de son cheval et ramasser du bois. Elle crut reconnaître une odeur de thé – en avait-il trouvé dans la cuisine ou en avait-il apporté ? Sans doute l'avait-il préparé sur le petit fourneau.

Elle remarqua que sa chemise était drapée sur le dossier d'une chaise. Il se promenait à moitié nu, pensa-t-elle, et son cœur bondit dans sa poitrine.

Elle entendit un bruit d'eau coulant goutte à goutte dans une cuvette. Elle se glissa hors du lit. L'air froid sur sa nuque la fit frissonner. Elle repoussa ses cheveux en arrière et, sans un bruit, se dirigea vers la pièce principale.

Il se trouvait là, le haut de son pantalon roulé sur ses hanches. Il s'était débarbouillé et s'essuyait la figure avec un mouchoir. Il défit ensuite son bandage et nettoya précautionneusement sa cicatrice avec un coin du mouchoir.

Ce fut à cet instant qu'il la vit. Il s'immobilisa. Ils se regardaient, et une émotion intense la submergea brusquement. Elle voulait lui dire qu'elle l'aimait – ces mots allaient jaillir de ses lèvres, aussi mélodieux qu'un chant.

Mais... et si elle se trompait encore ? Pourtant, seuls des mots d'amour convenaient à ce moment et à l'ineffable sentiment de paix qui inondait son cœur, avec une tendresse et un désir étourdissants.

Pouvait-elle aimer un homme qu'elle connaissait depuis si peu de temps ? Sans doute avait-elle inconsciemment reconnu l'homme qu'elle avait vu autrefois, campé sur le seuil d'une salle de bal et dont, cachée en haut d'un escalier, elle avait gravé l'image dans sa mémoire. Sans doute avait-elle su, dès ce soir-là, qu'il lui appartenait. Cette théorie lui paraissait plausible, bien que tout à fait déraisonnable.

Mais c'était sa raison qui l'avait incitée à se croire amoureuse de Brundage.

— Bonjour, dit-il d'une voix rauque, avec un petit sourire.

— Bonjour, finit-elle par répondre – elle avait du mal à parler.

Il ne joua pas les pudiques en courant chercher sa chemise. La vue de son torse qui dessinait un triangle parfait des épaules à la taille lui donnait le tournis. Elle savait qu'il avait envie de la caresser, de l'embrasser et plus encore. Cela l'excitait et l'effrayait à la fois. Il ne ferait rien sans sa permission, parce qu'il était un homme d'honneur et qu'il l'aimait.

Elle prit une inspiration.

— Trouvez-vous injuste que j'aie pu toucher votre peau, alors que vous n'avez pas pu toucher la mienne ?

Hawkes eut l'impression que ses poumons se vidaient d'un coup. Ils restèrent immobiles.

— Vous avez probablement remarqué que le monde ne brille pas par son équité, grommela-t-il.

Elle esquissa un sourire mélancolique. Seigneur, comme il l'aimait ! Elle était si *vaillante*.

Il s'obligea à respirer. De toutes les épreuves qu'il avait dû endurer dans sa vie, le regard que posait Aurélie sur lui semblait en cet instant la plus terrible. Il y lisait le désir et l'incertitude. Un désir qu'elle ne comprenait peut-être pas entièrement car sa première expérience l'en avait cruellement privée.

— Donnez-moi ce mouchoir, déclara-t-elle d'un ton détaché. Je ne supporte pas que vous preniez cet air stoïque et courageux pour dissimuler à quel point vous souffrez de votre blessure. Ce sera plus facile pour moi.

Elle le connaissait déjà si bien. Il ne pouvait rien lui refuser, et elle le savait.

Il lui tendit le mouchoir. Elle le trempa dans l'eau, puis nettoya délicatement la plaie.

— Vous prétendez être un vieux cynique qui ne se fie à personne, mais ce n'est pas vrai. Vous me faites confiance.

Il était incapable d'articuler un traître mot. Sous les doigts légers d'Aurélie, tout son corps se tendait.

— Maintenant, le baume.

Il avait apporté un petit pot d'onguent, ouvert à côté de la cuvette. Aurélie l'appliqua sur la cicatrice, après quoi, avec des gestes précis, elle refit rapidement le bandage. Elle posa doucement ses paumes sur son torse. Il était tétanisé.

— Christian..., murmura-t-elle. Puis-je vous toucher... comme ça ?

Lentement, ses mains fines glissèrent vers ses épaules. Il déglutit. Sa voix eut du mal à se frayer un chemin dans le magma de sensations qui le submergeait.

— Oui, croassa-t-il.

Il demeura pétrifié comme une statue, tandis que, du bout des doigts, elle suivait les sillons de ses pectoraux, comme si elle étudiait une mystérieuse mappemonde. Ses doigts fuselés firent halte au creux de son cou.

— Je crois que vous avez besoin depuis longtemps que quelqu'un s'occupe de vous.

Il avait définitivement perdu l'usage de la parole. Il s'étonnait que le plaisir qu'il éprouvait affaiblisse encore plus son corps que la douleur. Il avait appris à apprivoiser la souffrance, mais ce qu'il ressentait quand les doigts d'Aurélie l'effleuraient était inouï et nouveau pour lui. Chaque atome de son être revenait à la vie et frémissait d'avidité.

Le pouvoir qu'Aurélie avait sur lui était presque terrifiant. Et la regarder découvrir ce pouvoir était magnifique. Mais il allait perdre la tête. Sa verge était dure comme la pierre.

Avec une lenteur anormale, comme si elles devaient fendre l'air devenu épais et onctueux, ses mains encadrèrent le visage d'Aurélie. Ses pouces suivirent la ligne nette de sa mâchoire.

Les yeux d'Aurélie étaient à présent d'un bleu brumeux, et ses pupilles pareilles à des puits d'encre.

Il baisa sa bouche, s'attarda sur sa lèvre inférieure, douce et enflée comme un fruit. Elle poussa un soupir et ferma les paupières.

— Ce qui vous est arrivé, Aurélie..., murmura-t-il contre sa bouche. C'est aussi éloigné de l'amour physique entre un homme et une femme que l'enfer l'est du paradis.

Lui parlait-il ainsi parce qu'il la désirait désespérément ? Ou parce qu'elle le désirait aussi et qu'il avait besoin qu'elle lui permette d'aller plus loin ?

— Montrez-moi, souffla-t-elle.

— Aurélie...

Il entendit dans sa voix un désir crucifiant, pétri cependant de doutes.

— Montrez-moi, répéta-t-elle avec une subite véhémence. S'il vous plaît. C'est de vous que j'ai besoin, c'est vous que je veux sentir en moi.

Il la bâillonna d'un baiser auquel elle répondit avec une fougue qui lui arracha un feulement. Une faim brutale le dévorait. Il luttait tellement pour la dompter qu'il en tremblait. Et il goûtait sur les lèvres d'Aurélie la même avidité féroce et tendre à la fois.

Alors il lui montra ce qu'était l'amour physique.

Tel un magicien, son corps devint aussi ondulant qu'une liane et le monde disparut dans un tourbillon. Elle se cramponnait à son cou, s'abandonnant à la brûlure de sa bouche, à la caresse de ses doigts. Elle avait l'impression que sa peau crépitait, qu'au tréfonds d'elle résonnait un chœur de voix sauvages. Elle ignorait que son corps renfermait ces trésors-là.

Les doigts de Christian traçaient des chemins que suivaient ses lèvres... sa langue... son souffle.

C'était déjà trop et pas assez. Elle devinait qu'il y avait autre chose, et elle voulait le découvrir.

— Tu vois ? murmura-t-il à son oreille. Nous sommes faits pour le plaisir, pour en donner et pour en prendre.

Ses doigts s'aventuraient maintenant dans la vallée entre ses seins, ses pouces effleuraient ses mamelons qui pointaient sous son corsage. Un frisson délicieux la parcourut.

— Si tu as peur, dis-le-moi. Si tu me demandes d'arrêter, je le ferai. Dis-moi tout, tu peux me demander n'importe quoi.

— Je n'ai pas peur, Christian... Je crois que... je ne veux plus parler... seulement sentir...

En réalité, elle était un peu effrayée par la violence de ses sensations. Il lui semblait naviguer sur un océan déchaîné. Hawkes était le timonier qui la guidait dans ce voyage, elle était à sa merci.

Elle croisa son regard et y vit que lui aussi était à sa merci. Elle lui donnerait tout ce qu'il voulait.

Avec douceur, il la fit reculer jusqu'au lit, sur lequel elle s'assit. Les yeux si clairs de Christian s'étaient assombris, et cela l'excita – ce bleu intense recelait de mystères.

Leurs bouches se trouvèrent, et leur baiser fut si long, si enivrant qu'Aurélie remarqua à peine que Hawkes délaçait sa robe. Il fit glisser les manches le long de ses bras avec une lenteur incroyable, sans doute pour qu'elle puisse l'arrêter si elle le souhaitait. Elle comprenait à présent combien l'anticipation était un puissant aphrodisiaque.

Pour rien au monde elle ne l'arrêterait.

— Tu es si belle, Aurélie...

Il prit ses seins en coupe dans ses mains, ses pouces frottant ses mamelons durcis. Elle gémit, surprise et émerveillée, et renversa la tête en arrière.

Il la coucha doucement sur le lit et elle ferma les yeux, tandis qu'il lui ôtait sa robe, ses sous-vêtements et ses bas. Elle sentit l'air frais la caresser : elle était nue.

Il referma ses lèvres sur son mamelon, le massa de sa langue et le suça voluptueusement.

— Oh... Seigneur...

Un éclair de plaisir la transperça. Une chaleur palpitante se répandit dans sa chair, entre ses cuisses. Elle cambra les reins. Son corps parlait pour elle et suppliait Hawkes de la toucher à cet endroit. Il savait parfaitement ce qui lui procurait du plaisir.

— Christian...

Mais ce n'était que le début de son exploration du corps d'Aurélie. Ses mains et sa bouche suivaient toutes ses formes et ses courbes.

Elle n'avait qu'à se laisser aller à ces nouvelles sensations, subtiles pour certaines, explosives pour d'autres, mais toutes fabuleuses. Elle n'aurait jamais imaginé que ces émotions merveilleuses puissent être les siennes.

Cependant, quand il lui écarta les cuisses et pressa doucement sa bouche sur les lèvres délicates de sa vulve, elle ne put s'empêcher de se crisper. Il s'écarta et l'abandonna un instant. Elle rouvrit les paupières et le vit qui la dévorait des yeux. Il s'était dévêtu.

Seigneur Dieu... Avait-elle été capturée par quelque divinité champêtre ? Son corps nu, avec sa barbe et sa blessure au visage, était tout simplement splendide et effrayant. Il avait soudain l'air d'un étranger. Son membre long et épais émergeait d'un buisson noir, raide comme un pieu.

Elle songea à toutes les femmes qui, depuis la nuit des temps, avaient attendu avec une exultation mêlée d'appréhension qu'un homme les prenne. Car, à cet égard, elle était toujours vierge : son esprit n'habitait pas son corps lorsque Brundage l'avait violentée. Elle n'avait été qu'un objet.

Christian lui permettait de reprendre le contrôle de son corps. Jamais elle n'avait été aussi heureuse d'être une femme.

Elle était appuyée sur ses coudes face à lui, son regard rivé au sien. Elle était nue.

— Je crois que je... je suis folle de désir, bredouilla-t-elle.

Quelle idiote ! Ces mots stupides avaient fusé de sa bouche. Mais Christian ne se moqua pas d'elle. Ses yeux s'assombrirent encore et un sourire satisfait retroussa le coin de sa bouche.

— Le meilleur est à venir, mon ange.

Il s'allongea près d'elle et la prit dans ses bras. Peau contre peau, enfin, ils s'embrassèrent de nouveau. La main de Christian glissa sur sa taille, son ventre et se faufila entre ses cuisses pour les obliger à s'ouvrir. Quand il toucha le bout de chair niché dans sa toison humide, une décharge électrique la parcourut.

Étouffant un cri, elle se pressa contre lui.

— C'est bon ?

— Oui... oh oui...

Comme la caresse se faisait plus précise et plus vive, Aurélie se mit à onduler des hanches pour lui montrer le rythme qu'elle voulait – d'où lui venait ce savoir ?

Une vague sidérante l'envahissait et, instinctivement, elle se laissa emporter, écartelée et gémissante. Elle s'agrippa aux épaules de Christian et le supplia du regard.

— Je te tiens, murmura-t-il.

Il savait qu'elle allait s'envoler en dehors de son corps. Et elle fut transpercée par un plaisir inouï qui la propulsa en plein ciel, droit vers le soleil.

Quand elle rouvrit les paupières, elle rencontra le regard brûlant d'extase de Christian. Elle caressa sa joue. Elle n'avait pas de mots pour exprimer sa gratitude, mais il comprendrait.

Il l'entoura de ses bras, respirant avec force. Ses muscles tressaillaient.

— Christian… tu trembles…

— Oui, parce que tu es belle et merveilleuse, et que je te désire passionnément. Aurélie… j'ai peur de te faire mal.

— N'aie pas peur, souffla-t-elle en creusant les reins. Je te veux en moi, s'il te plaît.

— Noue tes jambes autour de mes hanches…

Il la pénétra doucement, et elle accueillit avec bonheur cet homme qu'elle avait choisi.

Il commença à aller et venir en elle, d'abord lentement. Elle contemplait son beau visage, ses yeux presque noirs et aveugles, les tendons saillants de son cou. Elle posa ses paumes sur son torse pour sentir son excitation, la tension qui bandait ses muscles, le plaisir qu'il cherchait en elle.

Puis elle sentit son propre plaisir monter de nouveau.

— Oh…, gémit-elle. Christian… je vais encore…

— Danse avec moi, mon ange.

Ils tanguaient ensemble tandis que Hawkes s'engouffrait en elle.

— Aurélie..., grogna-t-il. Seigneur...

Elle l'étreignit de toutes ses forces quand des spasmes violents le secouèrent. Elle faillit laisser échapper un cri triomphant, elle avait soudain une âme de conquérante. Sa jouissance n'en fut que plus intense.

— Aurélie ? appela-t-il au bout d'un moment. Comment te sens-tu ?

— Je crois que je n'ai pas encore regagné mon corps. Je suis tout là-haut, au paradis.

— Quelle coïncidence, j'y suis aussi. Je crois que je t'aperçois.

Elle pouffa de rire, il lui sourit.

— C'était fabuleux, murmura-t-elle. Je n'aurais jamais imaginé... ça. Merci, ajouta-t-elle timidement.

— Oh... tout le plaisir était pour moi, marmonna-t-il. Je n'avais jamais joui aussi violemment.

Il semblait un peu tard pour rougir, pourtant Aurélie s'empourpra. Hawkes lui sourit de nouveau tendrement. Ils restaient enlacés, fourbus.

— Nom d'un chien, il ne faut pas que je m'endorme, grommela-t-il. Nous ne pouvons pas nous attarder ici, Aurélie.

— Il faut que tu dormes, tu as besoin de te reposer un peu. Tu as une montre ?

— Dans la poche de ma redingote.

— Je te réveillerai dans... deux heures. Tu me fais confiance ? demanda Aurélie.

— Très bien. Dans deux heures.

Il y eut un long silence.

— Je te fais confiance, ajouta Hawkes, comme s'il avait du mal à l'admettre, comme s'il n'avait pas prononcé ces mots depuis une éternité.

Elle se leva et alla chercher la montre, sentant qu'il la suivait des yeux. Elle se promenait nue dans le cottage d'un pasteur, sous le regard d'un espion anglais. Qui aurait osé inventer une histoire pareille ?

Elle se recoucha près de lui et arrangea leurs couvertures de fortune. Ils s'enlacèrent de nouveau.

— Je vais te raconter une histoire, murmura-t-elle.

— Je t'en prie...

— Il était une fois un homme au corps cousu de cicatrices. Il avait la bravoure du lion, mais dans sa poitrine d'airain battait un cœur aussi doux qu'un pétale de rose.

— *Un pétale de rose ?* s'indigna-t-il d'une voix pâteuse.

— Chut... Cet homme était protecteur dans l'âme, mais il ne savait pas qu'il avait lui aussi besoin d'être protégé. Il ne le comprit que quand elle arriva dans sa vie. Il sut qu'elle chérirait son cœur tendre, et il découvrit alors que la cage dans laquelle il était prisonnier était définitivement ouverte.

— Aurélie, souffla-t-il avec un petit rire étonné.

Puis il sombra dans le sommeil.

Elle le réveilla avec un baiser.

— Ce n'était donc pas un rêve, soupira-t-il.

Elle lui sourit et ils s'embrassèrent langoureusement. Mais, bientôt, la fièvre les reprit. Aurélie mordilla son oreille et pressa sa bouche sur sa gorge, là où battait son pouls. Il frissonna.

— Je peux te toucher et t'embrasser... comme ça ? demanda-t-elle.

— Fais de moi ce que tu veux, répondit-il d'une voix rauque.

— Tu me diras quelles caresses tu aimes ?

— Tu en trouveras peut-être de nouvelles qui me plairont...

En réalité, elle ne tarda pas à s'apercevoir qu'elle n'avait pas besoin d'être guidée. Il suffisait, pour lui donner du plaisir, d'observer la crispation de ses muscles, d'écouter le rythme de sa respiration et ses soupirs.

Oubliant toute retenue, elle s'en donna à cœur joie.

Oh, le bonheur fou d'enfouir ses lèvres dans la toison cuivrée qui tapissait sa poitrine, de suivre le sillon menant à son sexe. Le goût salé de sa peau. Les fines cicatrices, les grains de beauté, la dague tatouée sous son bras, dont elle suivit les contours du bout du doigt, en le regardant droit dans les yeux. « Toi et moi, nous savons ce qu'est la souffrance, lui disait-elle en silence, et nous savons comment la dompter. Avec le plaisir et la beauté. »

Jamais elle ne s'était sentie aussi profondément vulnérable et, en même temps, aussi puissante et à l'abri du danger. Le sexe était un phénomène mystérieux et grave, pourtant cela semblait facile avec lui, parce qu'il lui avait montré que c'était un dialogue entre leurs corps et leurs cœurs. À l'instar d'une symphonie, il y avait des mouvements, des intermèdes et des crescendos.

Sa verge frémissait et se dressait de nouveau.

Elle voulait l'entendre la supplier, comme elle l'avait fait avec lui. Mais elle voulait aussi lui épargner cela en lui offrant ce dont il avait besoin, comme il l'avait fait pour elle. Elle voulait voir ses yeux s'assombrir, brûlants de désir.

Et par-dessus tout, elle voulait l'accueillir en elle.

Il tressaillit quand elle effleura son pénis.

— Comme ça ? murmura-t-elle.

— Prends-moi dans ta main, grogna-t-il.

Elle referma doucement ses doigts sur son membre et, posant sa main sur la sienne, il lui montra ce qu'il désirait. Sa verge grossissait et palpitait dans son poing. Cette fois, elle était la magicienne, et il était à sa merci.

— Aurélie...

— Tu me veux ? Moi, je te veux.

— Oui, oui... viens...

La renversant sur le lit, il souleva ses hanches et la pénétra d'un coup de reins. Elle noua ses jambes autour de sa taille pour mieux l'accueillir.

Chaque va-et-vient, chaque gémissement, chaque vague de plaisir lui rendait la vie. Elle était enfin elle-même, entière et intacte. Il l'emmenait loin, très loin de tout ce qui avait pu la blesser.

Quand l'orgasme vint, elle s'arc-bouta contre lui, les ongles plantés dans ses épaules, ravalant un cri.

— Oh, Seigneur... Aurélie..., gémit-il en jouissant à son tour.

Ils restèrent un long moment soudés l'un à l'autre, pantelants. Puis il se redressa sur les coudes et scruta son visage.

— Mon ange..., murmura-t-il en s'écartant. Tu pleures ?

Elle pleurait, en effet. De joie.

Il crut que son cœur allait se briser. Mais il savait aussi que les larmes étaient précieuses.

— C'est l'émotion, lui dit-elle. Toutes ces émotions... celles que je découvre, et celles, atroces, dont je me libère.

Il resta longtemps silencieux. Puis, du bout des doigts, il essuya ses larmes. Ils se regardèrent.

— Je t'aime, murmura-t-il.

Tel était le secret qu'elle lui avait arraché en se donnant à lui. Ces mots, dans sa propre bouche, lui parurent étranges, peut-être parce qu'il ne les avait pas prononcés depuis... l'enfance ? Il se sentait soudain complètement nu.

Était-ce vrai ? Oui... Cela avait toujours été vrai, lui semblait-il. Comment en étaient-ils arrivés à cet amour ? Peu importait.

Le visage d'Aurélie s'illumina, et il en fut bouleversé.

— Je t'aime aussi, souffla-t-elle.

24

— Aurélie, dit-il avec douceur. Je crains que la réalité ne se rappelle à nous. Nous ne pouvons pas abuser de l'hospitalité involontaire de M. Bellingham. Je ne veux pas prendre l'habitude de débarquer ici ou là, en plus ou moins bon état, et de m'installer... comme ça.

Elle se redressa, appuyée sur ses coudes, et le dévisagea.

— Très bien.

— Je dois retourner à Londres, le plus tôt possible.

Elle esquissa un sourire qui s'effaça quand elle lut la gravité dans son regard.

— Je t'accompagnerai, bien sûr, dit-elle.

Cela sonnait comme une question, et il sentit son cœur se serrer. *Tu m'accompagneras toujours et partout, mon ange.* Mais vu l'instabilité de sa vie, il n'était pas certain d'avoir le droit de lui demander de le suivre.

Il avait cependant besoin de lui dire toute la vérité. Que la triste réalité s'immisce dans leur bonheur lui était intolérable, mais c'étaient des événements violents et dramatiques qui les avaient indirectement conduits dans ce cottage et dans ce lit. Ils étaient indissociables de leur aventure amoureuse. Et Aurélie avait beau s'efforcer d'être optimiste, ils ne se faisaient pas d'illusions.

Hawkes rassembla son courage.

— Christian ? s'inquiéta-t-elle.

— Avant que tu décides de... de lier ton destin au mien... je dois te dire quelque chose d'important, Aurélie. Il y a trois ans, je pense que Brundage a manigancé mon arrestation. Il avait compris que je le soupçonnais d'avoir vendu des secrets aux Français et que j'étais à deux doigts de le prouver.

— Oh, mon Dieu ! s'exclama-t-elle. C'est vrai ? Il a trahi ?

— Oui, j'en suis sûr. Mais grâce à toi, Aurélie...

Il s'interrompit, cherchant ses mots.

— Eh bien... quand tu t'es enfuie, tu l'as mis dans un sacré pétrin. Le collier qu'il t'a offert lui avait été prêté par une famille française qui a perdu quasiment toute sa fortune durant la Révolution. Il ne l'avait pas encore payé. Le scandale qui le guettait lui aurait coûté son poste d'ambassadeur en France. Il a dû bien réfléchir et conclure que je ne pouvais plus rien prouver maintenant que la guerre était terminée. Et il a pensé que, s'il me payait correctement, je ne chercherais même plus à le faire. Qu'en prison j'avais perdu l'envie de me venger. Il savait également que j'étais le seul capable de te retrouver. Sur ce point-là, il avait raison.

Aurélie restait silencieuse, tendue et circonspecte. Elle devinait, et elle ne se trompait pas, qu'il n'avait pas encore abordé le chapitre le plus sombre de cette histoire.

— Le sort a voulu que grâce à toi, Aurélie, je sois de nouveau en passe de prouver que Brundage est un traître. Il l'a appris et a engagé un homme de main qui a tenté de me poignarder. Ce qui nous a permis de nous rencontrer.

Il vit sur le doux visage d'Aurélie une expression de stupeur qui se mua en une fureur glaciale.

— Comment a-t-il osé... Vouloir te tuer...

C'était probablement sur ce ton-là que ses ancêtres donnaient l'ordre de décapiter les criminels. Il en fut impressionné et terriblement fier.

— Quel malotru, n'est-ce pas ? rétorqua-t-il, sarcastique.

Elle fronça les sourcils, puis cacha soudain sa figure dans ses mains.

— Oh non..., gémit-elle. Le collier... je l'ai volé à ces gens ?

Il savait pertinemment que ce bijou constituait tout son pécule.

— Nous le restituerons à ses propriétaires, répondit-il posément. Tout ira bien.

Il s'avançait beaucoup, mais il avait déjà réussi à se tirer d'autres impasses. Avec Aurélie dans ses bras, il croyait presque aux miracles.

— Voilà le problème, enchaîna-t-il. Rentrer ensemble à Londres serait risqué, parce que Brundage s'est débrouillé pour lancer un mandat d'amener contre moi. On m'accuse de t'avoir enlevée et d'avoir volé le collier. Quand tu étais en route pour venir ici, des soldats ont débarqué au Grand Palais de la Tamise. Ils me cherchaient, mais grâce au capitaine Hardy, j'ai pu leur fausser compagnie. Je suis sûr que Hardy s'est débarrassé d'eux sans difficulté. Bolt et lui m'aident à rassembler des preuves contre Brundage. Malheureusement, les soldats sont peut-être en train de patrouiller dans toute l'Angleterre pour nous prendre au collet.

Aurélie écarquillait des yeux stupéfaits. Puis elle se rallongea et regarda fixement le plafond.

Il retint sa respiration, récita mentalement une prière. Elle se tourna alors vers lui et se redressa.

— Je suis tellement navrée que cet individu méprisable ait fait partie de notre histoire.

Il se figea, sidéré.

C'étaient sans doute les mots qu'il attendait. Il appréciait l'emploi du passé - un autre signe d'optimisme et une manière de dire qu'un jour Brundage ne serait plus qu'un lointain souvenir. Il aimait aussi ce « notre histoire », car malgré la tourmente, ils étaient indéfectiblement unis désormais, et c'était l'essentiel.

— Il ne représente qu'un chapitre, qui sera bientôt terminé, déclara-t-il.

Elle esquissa un petit sourire triste.

— Mais tu comprends, Aurélie... pour que nous ayons un avenir, je ne peux pas le laisser s'en tirer comme ça. Il paiera pour le mal qu'il t'a fait.

Sa voix tremblait. Il prit une inspiration pour se calmer.

— Il paiera aussi pour ce qu'il a fait à l'Angleterre, et pour ce qu'il m'a fait. C'est pour cette raison que je dois retourner à Londres et... l'affronter.

Aurélie sursauta. Elle eut la sensation qu'une coulée de glace se répandait dans ses veines. Il allait se précipiter dans la gueule du loup. Un soldat britannique, convaincu que Hawkes projetait de s'en prendre à un pair du royaume, n'hésiterait pas à lui tirer dessus s'il le voyait s'approcher de Brundage.

Ne fais pas ça pour moi, mon amour. Je n'ai besoin que de toi. Nous n'avons qu'à traverser l'océan, tout recommencer et tout oublier.

Mais elle savait déjà que, s'il n'accomplissait pas sa mission, il ne pourrait plus se regarder dans une glace. Elle ne voulait surtout pas lui infliger pareille souffrance.

D'ailleurs, au fond d'elle-même, elle souhaitait qu'il aille jusqu'au bout.

L'injustice et la violence avaient marqué son existence. « Assez ! lança-t-elle au destin. Nous avons eu plus que notre lot. L'heure de la victoire a sonné. Nous allons nous battre, puisque mes parents n'en ont pas eu la possibilité, et que Hawkes n'a pas pu le faire avant. Il n'y aura plus de sauvageries dans nos prairies vertes. Plus jamais. »

Que deviendrait-elle si Christian était arrêté ou tué ?

La fatalité lui avait causé tant de chagrin et de révolte, elle avait connu tant de bouleversements... Le malheur était pareil à l'ennemi massé autour de son château, hurlant et brandissant torches et piques. Elle ne le laisserait pas franchir le pont-levis.

Parce que Christian avait raison. Ils n'auraient d'avenir que s'ils triomphaient du passé, et il était le seul à pouvoir le faire.

Il avait besoin d'elle, de sa force, de sa foi en lui et de son amour.

— Tu dois l'affronter et le vaincre, dit-elle avec douceur. Pour moi, pour toi, et pour tous ceux à qui il a fait ou pourrait faire du mal.

Elle lut dans ses yeux qu'il comprenait ce que ces paroles lui coûtaient.

Il lui prit les mains et posa un tendre baiser sur les veines bleutées de ses poignets. Comme s'il voulait exorciser le monstre qui les avait broyés. C'était une promesse : ils seraient bientôt libérés à jamais du comte de Brundage.

La chance fut avec eux dès leur réveil le lendemain, à l'aube.

Juste après le lever du soleil, Hawkes gagna les écuries de louage de Baggleston. Il y laissa son cheval et découvrit que les habitants de cette jolie ville possédaient une qualité appréciable : ils étaient économes. Car ils s'entassaient déjà dans la diligence, refusant de débourser un prix exorbitant pour une place dans la malle-poste qui passerait dans une heure environ.

Un seul d'entre eux, plus dépensier, prévoyait de prendre la malle-poste. Grâce à l'escarcelle – qui maigrissait à vue d'œil – cachée dans la poche intérieure de son manteau, Hawkes le persuada d'attendre la suivante afin que sa jeune épouse, Mme Mary Gallagher, et lui-même puissent faire le voyage ensemble[1]. Il se rendait au chevet de son père, qui était à l'article de la mort, expliqua-t-il.

Un autre billet et une forte dose de charme et de persuasion convainquirent le cocher de faire halte devant le Sansonnet, afin d'embarquer Aurélie et

1. La malle-poste anglaise n'accueillait que quatre passagers à l'intérieur de la voiture. Un autre passager pouvait éventuellement s'asseoir à côté du cocher. *(N.d.T.)*

sa malle. Enfin, le cocher fit claquer les rênes, et les chevaux s'ébranlèrent.

Quelques minutes plus tard, on chargeait la malle à l'arrière de la voiture, et Aurélie s'installait à côté de Hawkes. Tous deux jetèrent un dernier regard au cottage de M. Bellingham. Les yeux d'Aurélie s'embuèrent et Hawkes entrelaça ses doigts aux siens.

Leurs compagnons de voyage, Mme et M. Farquhar, les observaient avec un sourire indulgent. Des bouclettes poivre et sel s'échappaient du bonnet de la dame, orné d'une profusion de cerises en feutre. Son mari, solidement bâti et doté d'un grand nez typiquement anglais au milieu d'une figure agréable, barrée par des sourcils gris et broussailleux, avait manifestement l'habitude des longs trajets : il s'endormit tout de suite.

Ils seraient à Londres dans six heures.

Pendant cinq heures, la malle-poste roula grand train sur des routes en bon état qui serpentaient à travers une campagne riante. Elle faisait de brèves haltes dans les bourgs pour charger et décharger le courrier. De temps en temps, elle s'arrêtait dix minutes pour changer de chevaux et permettre aux passagers de se dégourdir les jambes, satisfaire un besoin naturel ou acheter des petits pains à un marchand ambulant qui les attendait impatiemment.

M. Farquhar se réveilla et, de fil en aiguille, Hawkes et lui se mirent à discuter cricket, tandis qu'Aurélie admirait l'ouvrage de broderie de Mme Farquhar. C'était le genre de vie qu'elle désirait – des conversations légères, à bâtons rompus, des passe-temps agréables.

Durant les intervalles de silence, elle contemplait le paysage, fascinée. Elle imaginait ce à quoi sa vie ressemblerait dans les petites villes qu'ils traversaient. « Ce serait mon église, songeait-elle en voyant un clocher et un petit cimetière. Je ferais confectionner mes chapeaux dans cette boutique de modiste. Ces dames qui passent seraient mes amies, et Hawkes fréquenterait leurs maris. »

Elle voulait vivre entourée d'amis. Elle rêvait de salons douillets où se réunissaient des gens aimables et enjoués, dans le cliquetis des aiguilles à tricoter et le froissement des pages de livres et de journaux.

Mais était-ce le rêve de Christian ?

Ils s'aimaient, et ce miracle lui donnait l'impression que la malle-poste était le chariot des dieux fendant le ciel. Mais ne pas deviner les pensées de son bien-aimé la perturbait. Leurs doigts étaient entrelacés, pourtant il observait la campagne anglaise d'un air préoccupé. Sans doute réfléchissait-il à ce qui l'attendait, à ce qu'il devrait faire pour traîner Brundage en justice.

Avec le temps, chacun apprendrait l'histoire de l'autre dans ses moindres détails. Pour l'instant, ils connaissaient le fond de leur cœur, et c'était suffisant.

Car ils auraient le temps de vivre, n'est-ce pas ? Un jour, la tempête s'apaiserait et leur vie serait aussi paisible que l'étang qu'ils venaient de dépasser.

Christian lui demanderait-il de l'épouser ? À l'idée de passer le restant de ses jours auprès de l'homme qu'elle aimait à la folie, un frisson délicieux la parcourut.

Comme la voiture ralentissait – il fallait de nouveau changer de chevaux –, M. Farquhar tira une grosse montre luisante de son gousset.

— Nous serons à Londres dans une heure !

Tous les quatre descendirent pour faire quelques pas et respirer un bol d'air frais. Ils se figèrent en voyant les soldats.

Cinq tuniques rouges, à cheval, qui surveillaient la route. Ils guettaient sans doute les voitures qui arrivaient de Londres, cependant mieux valait être prudent.

Hawkes serra doucement la main d'Aurélie et lui chuchota à l'oreille :

— Fais comme moi.

Il s'étira nonchalamment, feignant de dégourdir ses membres ankylosés. Les soldats les avaient repérés.

— Venez ici, monsieur ! l'apostropha l'un d'eux. Nous avons quelques questions à vous poser.

— C'est que j'ai un emploi du temps à respecter, moi ! intervint le cocher, outré. C'est la malle-poste !

— Nous le savons, mais nous avons ordre d'arrêter un dénommé Hawkes, un fugitif potentiellement dangereux, qui pourrait être accompagné d'une certaine lady Aurélie Capet. Nous devons interroger vos passagers.

Il y eut un long silence. Les soldats regardaient Hawkes et Aurélie. Hawkes dévisagea le sergent d'un air ahuri.

— Ce M. Hawkes paraît effectivement redoutable, mais je m'appelle Paul Gallagher, et voici mon épouse Mary.

Solidement campé sur ses jambes écartées, il soutenait sans ciller le regard du soldat.

— Moi, je suis M. Edwin Farquhar et voici mon épouse, Mme Farquhar, déclara M. Farquhar avec un calme glacial.

— Il se trouve, monsieur, déclara le jeune sergent rempli de zèle en s'adressant à Hawkes, que vous correspondez exactement à la description du criminel en fuite que nous sommes chargés de localiser. Un individu grand et brun, au teint maladif, accompagné d'une belle femme aux cheveux noirs et aux yeux bleus.

Cette description amusa énormément Hawkes, particulièrement le qualificatif « maladif » – Brundage avait dû le prononcer avec délectation.

Le vent faisait voleter les rubans du chapeau d'Aurélie et trembloter les cerises du bonnet de Mme Farquhar. L'un des chevaux, qui n'avait pas l'habitude de rester immobile après avoir été attelé, hennit doucement.

Hawkes sentait la main d'Aurélie se crisper dans la sienne. Il s'avança alors vers le sergent et, baissant la voix comme pour l'informer discrètement qu'il avait oublié de boutonner sa braguette, lui dit :

— J'avoue ne pas comprendre ce que vous cherchez. Nous sommes les Gallagher, nous venons de Baggleston et nous nous rendons à Londres. Entre nous, insinuer que Mme Farquhar que voici a un physique ingrat... Eh bien, ce n'est pas très élégant de votre part.

Le sergent eut un haut-le-corps.

— Qu'est-ce que... Mais je n'ai pas..., couina-t-il.

M. Farquhar se redressa soudain de toute sa taille, bombant le torse comme un coq.

— Comment osez-vous, sergent ! s'indigna-t-il. Ma femme était une beauté dans sa jeunesse. Et elle est toujours belle. Vous l'insultez !

Mme Farquhar levait vers son mari un regard ébloui, comme s'il était le chevalier Galahad en personne.

— Absolument ! acquiesça Hawkes, solennel. Il y a deux belles femmes dans cette voiture, il faudrait être aveugle pour ne pas le voir, or vous voyez parfaitement, sergent. Pardonnez ma franchise, mais...

Il secoua la tête, prit une inspiration.

— Je croyais nos soldats plus... courtois. Je suis profondément déçu et gêné pour vous et pour toute l'Angleterre. Je dois vous demander votre nom, sergent, afin d'informer votre supérieur.

Le sergent était bouche bée.

— Je..., croassa-t-il.

Il referma la bouche. Les quatre autres soldats derrière lui gloussaient sous cape ou, embarrassés, se tortillaient sur leur selle.

Mais le sergent était coriace.

— On m'a dit que M. Hawkes et lady Capet avaient les yeux d'un bleu étonnant, s'obstina-t-il. Or les vôtres y ressemblent beaucoup, monsieur. Et les siens..., ajouta-t-il en regardant Aurélie. Les siens sont...

Il n'acheva pas sa phrase, et Hawkes – qui ne pouvait pas le blâmer, car les yeux d'Aurélie produisaient le même effet sur lui – lui décocha un regard noir.

D'un geste sardonique, il pointa du doigt leurs compagnons de voyage, qui tous les deux – la chance était décidément de leur côté – avaient les yeux bleus. Ceux de Mme Farquhar étaient ronds comme des soucoupes, et ceux de M. Farquhar étincelaient d'indignation.

— La moitié des Anglais ont les yeux bleus, asséna ce dernier d'un ton écœuré.

Hawkes hocha vigoureusement la tête. S'ensuivit un silence tendu.

Les poings sur les hanches, le cocher commençait à s'énerver. Hawkes poussa un soupir.

— J'avoue que vous entendre dire que j'avais l'air maladif ne m'a pas fait plaisir, mais ce n'est sans doute pas tout à fait faux. Si je parais fatigué, c'est que...

Il s'avança de nouveau vers le sergent.

— Ma femme est enceinte, vous comprenez. C'est notre premier enfant, et nous sommes fous de joie, mais... elle a été malade toute la nuit, et nous n'avons pas fermé l'œil. Elle a une grossesse difficile, pourtant elle a tenu à ce que nous allions à Londres voir mon père avant qu'il rende l'âme... Parce qu'elle est...

Il adressa à Aurélie un sourire fondant.

— ... tellement courageuse et attentionnée.

Aurélie lui sourit tendrement.

— Ooooh..., roucoula Mme Farquhar. C'est merveilleux ! Je m'en doutais, figurez-vous. Pour notre premier enfant, j'étais moi aussi en piteux état. Je vous raconterai tout ça dans la voiture.

Une vive inquiétude se peignit sur le visage de M. Farquhar. Le cocher, loin de s'attendrir, trépignait d'impatience.

— C'est la malle-poste, m'ssieurs-dames ! clama-t-il. On peut repartir, oui ou non ? Je vais me faire sonner les cloches ! Je suis toujours à l'heure, moi !

Les soldats reculèrent.

— Toutes nos excuses, déclara le sergent avec raideur. Et toutes nos félicitations, monsieur et madame Gallagher.

Hawkes inclina sèchement la tête, en homme assez magnanime pour pardonner un terrible affront. Après quoi, comme si elle était un bibelot fragile, il aida Aurélie à monter dans la voiture.

Et la malle-poste reprit la route à toute allure.

25

Comme promis, Mme Farquhar régala Aurélie d'anecdotes croustillantes sur les nausées matinales et les nourrissons. Aurélie, qui semblait perturbée, resta muette un moment, ce qui ne démonta pas Mme Farquhar. Tassé sur la banquette, M. Farquhar disparut derrière son journal, après en avoir donné charitablement quelques pages à Hawkes.

Ce dernier vit Aurélie se détendre peu à peu. Le discours de Mme Farquhar ne paraissait pas l'effrayer, au contraire. Elle se penchait vers la bavarde, écoutait et posait des questions. Avec un public aussi attentif, Mme Farquhar était visiblement au paradis.

Hawkes était sous le charme. Voir Aurélie s'adapter aussi aisément à la situation et en profiter pour parfaire ses connaissances... C'était comme respirer l'air pur après avoir passé des années dans une cellule étouffante.

Voyager avec elle, découvrir de nouveaux paysages ensemble serait un bonheur. Mais fonder une famille... il n'en était pas encore là. Et l'idée qu'elle pouvait effectivement être déjà enceinte lui coupait la respiration.

Il faisait donc semblant de lire, mais il ouvrait grand les oreilles. Il réalisait peu à peu qu'il aimerait un jour élever des enfants avec elle.

Oui, ce serait bien, songea-t-il en la couvant d'un regard possessif. Ils ne connaissaient rien au mariage ni même à l'amour. Mais ils avaient tous les deux surmonté bien des épreuves, ils étaient pleins de ressources et persévérants. Ils vivraient pleinement les moindres instants de bonheur, sachant combien ils étaient précieux et rares. Ils feraient l'amour comme des bêtes, et affronteraient l'adversité comme des guerriers.

Il ne se sentait pas le droit d'exiger d'elle un tel engagement tant qu'il n'aurait pas réglé les choses avec Brundage. La promesse était cependant implicite, et tous deux le savaient. Ils étaient faits l'un pour l'autre.

Aurélie était restée silencieuse un long moment, après que la voiture avait repris la route. L'habileté avec laquelle Hawkes, face aux soldats, avait retourné la situation à leur avantage l'emplissait d'admiration. Quel talent extraordinaire ! Elle en était troublée, fière comme un paon et, elle devait se l'avouer, séduite. Avant de rencontrer Hawkes, elle n'imaginait pas que la finesse d'esprit puisse être aussi excitante.

Il cernait très vite les gens, simplement en observant leur comportement. La nature humaine n'avait pas de secrets pour lui, tandis qu'elle n'en savait pas grand-chose. Pourtant, il ne se montrait jamais condescendant envers elle.

En tant qu'amant, il déployait les mêmes qualités : force et inspiration, ainsi qu'une vulnérabilité qu'il n'avait sans doute jamais dévoilée à personne et qui, étonnamment, révélait une certaine innocence. Tous deux découvraient le véritable amour.

Elle comprenait aussi qu'il pouvait être un ennemi implacable et froidement opiniâtre. Il obtiendrait bientôt vengeance de l'homme qui s'acharnait contre eux. Elle en frémissait d'avance.

Avant de partir, ce matin, il lui avait expliqué comment, grâce au capitaine Hardy, ils se faufileraient à l'intérieur du Grand Palais de la Tamise. Tout dépendrait d'un ruban attaché – ou non – au crochet auquel on suspendait la lanterne extérieure.

Ils prirent congé des Farquhar, qui les invitèrent chaleureusement à leur rendre visite un jour ou l'autre. Puis ils durent attendre un moment avant qu'un fiacre arrive. Ces quelques minutes furent éprouvantes pour Aurélie. Elle avait l'impression que tout le monde la regardait, et elle tressaillait chaque fois que, du coin de l'œil, elle apercevait un bout de tissu rouge, craignant que des soldats ne leur tombent dessus. Hawkes, lui, était d'un calme olympien.

Il avait cependant remarqué l'expression mélancolique d'Aurélie, lorsqu'ils avaient quitté les Farquhar.

— Nous aurons des amis, lui dit-il à mi-voix, avec conviction.

Elle lui sourit, émue. Cette promesse évoquait un avenir tout proche, qui commencerait à la fin de cette journée.

À cet instant, un fiacre apparut. Hawkes leva la main pour l'arrêter.

Trente minutes plus tard, à 14 h 30, ils émergeaient de la penderie d'une chambre, au rez-de-chaussée du Grand Palais de la Tamise.

Hawkes avait demandé au cocher du fiacre qui les avait déposés devant les écuries de louage d'apporter la malle d'Aurélie à la pension. Il était en effet impossible de la faire passer par la trappe puis de la transbahuter dans le tunnel.

Un poivrot embauché par Hawkes avant son départ de Londres irait frapper à la porte de la pension et prévenir Hardy de leur arrivée. Il lui donnerait le mot de passe, « gargouille », afin qu'on débarrasse la penderie.

Le cœur battant, Aurélie avait suivi Christian sans souffler mot. Il lui semblait évoluer dans un rêve terrifiant et exaltant à la fois.

Avant d'ouvrir la porte, Hawkes prit Aurélie dans ses bras et l'embrassa passionnément, comme si c'était leur dernier baiser. Ils restèrent un instant enlacés, cramponnés l'un à l'autre, songeant au temps béni où ils n'auraient plus à se séparer.

— Je serai de retour dans quelques heures, lui dit-il d'une voix éraillée.

Prenant une inspiration, il se résolut à tourner la poignée de la porte. Ils sortirent dans le couloir, où ils firent sursauter Dot, qui avait un plateau dans les mains. Elle les regarda d'un air ahuri et intrigué, puis son visage s'illumina.

— Vous voilà ! s'exclama-t-elle. Vous dînerez ici ce soir ?

Ce fut à cet instant que le capitaine Hardy entra en scène.

— Lady Aurélie, voudriez-vous rejoindre ma femme et Mme Durand au salon ? suggéra-t-il. Elles seront soulagées et heureuses de voir que vous allez bien. Je dois m'entretenir avec M. Hawkes d'une affaire assez urgente.

Une façon élégante de dire qu'il devait parler à Hawkes en tête à tête, et sur-le-champ.

La gorge nouée, elle se tourna vers lui. Il hocha la tête, et son regard était si tendre et si déterminé qu'elle sentit son cœur se serrer de joie et d'angoisse.

— Soyez prudent, lui dit-elle d'une voix qui tremblait.

Ce qui signifiait : « Je t'aime. »

— Je le serai, répondit-il, et cela signifiait : « Je t'aime aussi. »

Elle pivota vivement et descendit l'escalier.

Avec sa concision coutumière, le capitaine Hardy relata à Hawkes les derniers événements.

— J'ai remis les livres de comptes à Valkirk. Vous auriez dû voir sa tête quand il les a feuilletés ! Il a compris tout de suite et il a informé l'Alien Office. Des agents du service ont escamoté les registres de la boutique d'antiquités. Depuis, ils surveillent discrètement les lieux, avec l'aide de Berwick, pour appréhender Vasseur quand il pointera le bout de son nez. De son côté, Brundage avait déclaré que vous aviez débarqué chez lui et que vous l'aviez agressé, que vous aviez enlevé sa fiancée et volé un collier, et que vous reviendriez bientôt le tuer. À ce stade, je ne suis pas sûr qu'on le croie, ironisa-t-il.

Il avait déjà raconté à Hawkes comment il avait instillé le doute dans l'esprit des soldats venus l'arrêter.

Quand Hawkes lui parla du sergent rencontré sur la route, Hardy grimaça.

— Ils ne montent pas la garde en permanence, mais ces derniers jours on a vu quelques militaires circuler dans St. James Square. C'est une façon pour les autorités de dire qu'elles tiennent compte des inquiétudes de Brundage.

— Je suppose qu'ils n'ont pas encore suffisamment d'éléments pour l'arrêter. Mais ils en auront bientôt. J'ai un plan.

— Valkirk m'a demandé de le prévenir de votre retour.

Hawkes hocha la tête.

— Pour que mon plan fonctionne, il faut justement que je fasse parvenir un message à Valkirk. Dans l'immédiat, je me rends chez Brundage.

Il marqua une pause, avant de poursuivre :

— Le Grand Palais de la Tamise a-t-il déjà envisagé d'embaucher un laquais ?

Le capitaine émit un rire bref et chargé d'amertume.

— Bonjour, lady Aurélie, déclara Delilah. Nous sommes très heureuses de vous revoir.

Hawkes était reparti en empruntant de nouveau le tunnel – c'était le seul moyen de quitter le Grand Palais de la Tamise sans danger. Le capitaine Hardy, quant à lui, s'était chargé de remettre le message de Hawkes au duc de Valkirk.

— Je… Merci infiniment pour votre gentillesse, bredouilla Aurélie, les joues en feu. Je suis confuse de vous avoir faussé compagnie aussi brusquement.

— Ne vous excusez pas, ma chère. M. Hawkes nous a succinctement expliqué votre situation avant de se lancer à votre recherche. Nous sommes désolées pour vous.

— J'ai honte d'avoir causé tout ce remue-ménage, moi qui avais promis de ne pas vous poser de problèmes, rétorqua Aurélie qui se tordait les mains.

Delilah se mit à rire.

— Rassurez-vous, lady Aurélie. En matière de remue-ménage et de problèmes, nous avons beaucoup d'expérience. Et nous nous en sortons très bien.

Les autres pensionnaires les écoutaient, captivés, comme s'il s'agissait d'une nouvelle histoire palpitante, digne d'être lue à voix haute dans le salon.

Aurélie s'éclaircit la voix :

— On m'a dit que des soldats avaient fait irruption chez vous. Je tiens à vous signaler que le comte de Brundage est un individu malfaisant et je suis bien placée pour le savoir. J'ai été fiancée avec lui, et j'ai été contrainte de m'enfuir. M. Hawkes a été engagé pour me retrouver. Ce qu'il a fait. Et maintenant… je suis avec M. Hawkes de mon plein gré.

Elle se tut, cramoisie jusqu'aux oreilles. Comment allait-on interpréter cette dernière phrase ? En réalité, cela lui était indifférent. D'ailleurs, personne ne sourcillait.

À l'évidence, tout le monde avait déjà tiré ses propres conclusions. Les propriétaires du Grand Palais de la Tamise ne semblaient pas enclines à s'offusquer, et les pensionnaires prenaient exemple sur elles. M. Bellingham, qui n'apprendrait jamais qu'elle avait passionnément fait l'amour dans le cottage dont il avait hérité, paraissait captivé par son récit et plein de compassion. Il était manifestement un pasteur bienveillant et adoré de ses ouailles.

— Merci de vous être confiée à nous, lady Aurélie, déclara Delilah avec douceur. Nous vous croyons, bien sûr, et nous sommes sincèrement navrées que vous soyez dans une situation difficile. Nous espérons que tout s'arrangera très vite pour vous et M. Hawkes.

— Je... je vous remercie, bégaya Aurélie dont les yeux s'embuaient. Je préférerais que vous m'appeliez simplement Aurélie. Je... je regrette tellement de... de vous avoir menti, mais ça me semblait nécessaire.

Dot lui tendit un mouchoir brodé des initiales du Grand Palais de la Tamise, GPT. Aurélie s'en saisit pour se tamponner les paupières.

— La plupart d'entre nous ont connu dans leur vie des moments où ils ont dû mentir, intervint gentiment Angélique. Y a-t-il quelque chose que nous puissions faire pour vous ?

— Vous en avez déjà beaucoup fait, et je vous en serai éternellement reconnaissante. Je désire simplement rester là, parmi vous, à écouter cliqueter les aiguilles à tricoter. D'ailleurs, j'aimerais beaucoup confectionner un plaid au tricot.

Angélique s'empressa de lui trouver une pelote de laine bleue, et Delilah une paire d'aiguilles.

Toutes les dames réunies dans le salon se mirent à tricoter en silence, comme si chaque maille avait le pouvoir de remettre le monde en ordre. Comme si elles construisaient un nid pour les hommes comme Hawkes, qui était destiné, même si la guerre était terminée, à combattre pour la justice.

Ce fut finalement grâce à la bravoure d'un laquais que la mission de Hawkes put être menée à bien.

Car, quoiqu'on lui ait interdit de le faire, Pike laissa Hawkes entrer dans la demeure de Brundage.

Avant de frapper à la porte, Hawkes avait surveillé la résidence de St. James Square assez longtemps pour être certain qu'aucun soldat n'y montait la garde.

Suivant les directives que lui chuchotait Hawkes, Pike avait prié le comte de sortir de la bibliothèque. Il s'inquiétait de devoir épousseter une urne d'albâtre du salon, avait-il prétendu. Incrédule, Brundage avait rouspété mais s'était exécuté.

Le comte n'était pas au bout de ses peines.

À présent, caché derrière les tentures en velours de la bibliothèque, Hawkes épiait Brundage qui se rasseyait à son bureau, visiblement irrité. Hawkes avait volé un coupe-papier et l'avait dissimulé sur le rebord de la fenêtre. Il avait rapidement fouillé les tiroirs du bureau, à la recherche d'un objet susceptible de servir d'arme, et n'en avait pas trouvé.

Marmonnant entre ses dents, Brundage saisit une plume et, penché sur une feuille de papier ministre, se mit à écrire. Hawkes sortit de sa cachette et s'approcha à pas de loup du bureau, l'épais et somptueux tapis absorbant le bruit de ses pas. Il s'immobilisa, pistolet au poing.

Quelques secondes s'écoulèrent avant que Brundage repose sa plume, soupire... et lève les yeux. Il sursauta violemment, comme frappé par la foudre, et laissa échapper un mugissement de frayeur. La mâchoire pendante, il pressa une main sur son cœur.

— Haw... Hawk...

Il avala une goulée d'air.

— Je suis peut-être un fantôme, dit aimablement Hawkes. Ce n'est peut-être qu'un cauchemar. Après tout, vous avez failli réussir à me tuer. Mais au cas où je serais bien réel... ne bougez pas un cil, ou je presse la détente.

Brundage avait le teint verdâtre. Il parvint néanmoins à fermer la bouche, tout en continuant à aspirer l'air comme un poisson hors de l'eau.

— Je veux que vous sachiez quel effet ça fait, espèce d'ordure, poursuivit Hawkes d'un ton neutre. Je veux vous entendre hurler – allez-y, personne ne viendra vous secourir. Tout le monde s'en fiche. Je vais appuyer le canon de ce pistolet sur votre tempe, et vous serez obligé de subir. Et vous savez pourquoi je vais le faire ? Parce que je le veux et que je le peux.

Il se pencha lentement et pressa son arme sur la tempe de Brundage, dont le visage luisait de sueur.

— Vous... vous ne... ne ferez pas ça, Hawkes, bégaya-t-il.

— Oh que si, répliqua Hawkes d'un ton suave. Je veux que vous vous sentiez complètement impuissant. Je peux vous faire subir ce que je veux, et je vous laisse deviner ce que je vous réserve. Oui, lâchez donc la bride à votre imagination. Je veux que la peur s'infiltre dans la moelle de vos os et dans votre âme noire et desséchée. Je veux que vous vous sentiez souillé, nié en tant qu'être humain. Cette sensation vous plaît, Brundage ? Savez-vous pourquoi je fais ça ? Parce que je le veux et que je le peux, puisque vous êtes à ma merci. Et savez-vous au nom de qui je le fais ?

Brundage respirait comme un soufflet de forge.

— Je vous ai posé une question ! Répondez de manière intelligible, sinon...

— Oui, croassa le comte. Aurélie... vous le faites pour Aurélie ! À cause de ce qui s'est passé avec elle.

Sans cesser de braquer son pistolet sur Brundage, Hawkes s'assit dans un fauteuil en face de lui.

— Ouvrez les yeux, ordonna-t-il sèchement.

Au prix d'un effort considérable, Brundage ouvrit un œil puis l'autre.

— Sa vie est infiniment plus importante que votre mort, et la mienne aussi. Je vous conseille de ne plus jamais prononcer son nom.

Les deux hommes s'affrontèrent du regard de part et d'autre du bureau.

— Elle ment, dit Brundage.

Hawkes se jeta en avant et, d'un revers de main, gifla brutalement Brundage, dont la tête bascula en arrière. Le comte se redressa tant bien que mal sur son siège.

— Vous êtes un salaud, je le savais, déclara posément Hawkes. Mais je ne pensais pas que vous étiez à ce point stupide.

Brundage était furieux, à présent. Il avait les lèvres pincées et les yeux pareils à deux fentes étincelantes. Mais Hawkes flairait chez lui l'odeur de la peur.

— Je... Écoutez-moi, Hawkes. Ce drame n'est pas nécessaire. Je n'avais pas l'intention de... de me laisser emporter comme ça avec elle. Je lui ai présenté mes excuses. Je lui ai offert un collier d'émeraude. Cela aurait dû suffire. Elle était sur le point de devenir ma femme. Quelques jours plus tard, j'aurais eu le droit de la posséder comme bon me semblait. De toute façon, elle m'a poussé à le faire.

Hawkes perçut dans la voix du comte une note de supplication qui lui donna la nausée. Ce sale type attendait qu'on le rassure, qu'on lui dise qu'il n'était pas un monstre et même qu'on lui témoigne de la compassion, puisqu'il avait subi une véritable torture : ne pas obtenir ce qu'il convoitait, à l'instant où il le désirait.

Et ce qu'il voulait depuis le début, ainsi qu'il l'avait expliqué à Hawkes, c'était mettre Aurélie dans son lit.

En réalité, il aurait été plus simple de croire que Brundage était un véritable monstre dénué de conscience. Au lieu de quoi, le comte s'était lui-même pris au piège, malgré tous ses privilèges nobiliaires. Il n'avait cessé de se démener comme un diable pour se tirer de là coûte que coûte. Et maintenant, il essayait de justifier ses actes pour éviter d'avoir ne fût-ce que l'ombre d'un remords.

Hawkes refoula le flot de bile qui lui montait à la bouche. Une répulsion instinctive lui hérissait le poil, comme s'il venait d'écraser une araignée venimeuse.

— S'excuser arrange tout, effectivement, déclara-t-il posément. Vous devriez peut-être présenter vos excuses à Valkirk, pour les hommes qu'il a perdus sur le champ de bataille, parce que vous avez informé votre ami Florian Vasseur, moyennant cinq cents livres, des mouvements de troupes prévus par le général.

Brundage se pétrifia sur son siège. Il ne respirait plus, mais Hawkes voyait les rouages de son cerveau tourner frénétiquement.

— Vous avez creusé le sujet, Hawkes, articula-t-il.

— En effet, rétorqua aimablement ce dernier.

— Bon… nous savons tous les deux que vous ne me tuerez pas, parce que vous en êtes incapable, déclara Brundage avec une pointe d'ironie. Par conséquent, combien voulez-vous pour votre silence ?

— Vous pensez toujours qu'on peut acheter n'importe qui… Vous m'avez vendu aux Français, Brundage. J'ai passé trois années en prison. Vous avez vendu votre pays aux Français. Vous avez vendu Valkirk. Combien de mères auraient souhaité voir revenir leurs fils ? Demandez-leur combien elles veulent. Demandez à Valkirk si ces morts le hantent.

Brundage pinça les lèvres.

— Figurez-vous que je sais précisément comment vous vous y êtes pris, enchaîna Hawkes. Comment vous avez dissimulé cet argent dans cette œuvre de bienfaisance fictive, la Société d'aide aux prisonniers de guerre anglais. Comment cet argent passait par la boutique d'antiquités qui sert de couverture pour les agissements de Cafard. Vous avez autrefois fait en sorte que je sois arrêté parce que vous sentiez que j'avais des soupçons et que, si j'avais continué à chercher, j'aurais fini par découvrir la vérité. Et l'autre jour, vous avez embauché quelqu'un pour m'assassiner, parce que j'étais de nouveau sur vos talons. Mais je suis toujours vivant, dommage pour vous.

— Vous ne pouvez rien prouver, rétorqua Brundage d'un air faussement négligent.

— Oh si, je le peux. J'ai des preuves.

Le silence qui suivit fut éprouvant. Brundage le dévisageait, les yeux étrécis, respirant bruyamment par les narines. Des gouttes de sueur perlaient à la lisière de ses cheveux et dégoulinaient une à une sur sa figure livide.

Hawkes braquait toujours d'une main ferme son pistolet sur le comte, qui tenait manifestement à sa triste vie, car il n'ébaucha pas un geste.

— Et donc, reprit-il, j'ai accompli la mission pour laquelle vous m'avez payé : j'ai retrouvé lady Aurélie. Elle est en sécurité et ne veut plus avoir affaire à vous. J'ai également retrouvé...

De sa main libre, il extirpa le collier de sa poche et le balança au bout de son index. Brundage regarda fixement le bijou, hypnotisé, comme s'il avait un pendule devant les yeux.

— Puisque vous ne reverrez plus jamais votre fiancée, que choisiriez-vous : le collier que vous n'avez pas encore payé, ce qui, si vous ne le rendiez pas à ses propriétaires, provoquerait un énorme scandale et vous coûterait votre poste d'ambassadeur... ou l'un des livres de comptes sur lesquels figure votre prétendue œuvre de bienfaisance, et où sont répertoriées les sommes fictives déboursées pour vos vases ? Ou peut-être le registre de la boutique d'antiquités, montrant que lesdits vases étaient immédiatement retournés à la boutique et remboursés avec un généreux bonus ? Ces fonds revenaient à l'œuvre de bienfaisance, grâce à quoi, au lieu de les reverser au Lloyd's Patriotic Fund, vous faisiez disparaître vos dettes comme par magie. Alors, que choisiriez-vous ? Vous n'avez droit qu'à un seul d'entre eux.

Il y eut un silence. Une bûche craqua dans la cheminée.

— Vous proposez un marché ? demanda Brundage d'une voix sourde et légèrement tremblante.

— Que choisiriez-vous ? répéta patiemment Hawkes. Vous ne pouvez avoir qu'un seul de ces livres de comptes. Ensemble, ils racontent toute l'histoire, donc si l'un d'eux manque, prouver votre culpabilité sera plus difficile. Lequel vous incrimine le plus ? Décidez, et vous l'aurez. J'imagine que vous réussirez à escroquer à quelqu'un la somme nécessaire pour payer le collier, si vous ne l'avez pas pour l'instant.

— Vous n'aviez pas le droit de dérober ces livres au cabinet Harrigan, grommela Brundage.

— Sans doute. Pourquoi ne pas me dénoncer aux autorités ? Je serais ravi de leur expliquer pourquoi je l'ai fait. Vous avez cinq secondes pour prendre votre décision. Un... deux... trois...

— Mon livre de comptes personnel, croassa le comte.

— En quoi est-ce celui qui vous incrimine le plus ?

— Je crois que c'est évident, répondit froidement le comte. Vous savez bien qu'on ne peut pas acheter un vase Ming pour cinq livres. Assez de parlotte !

On entendit soudain des bruits de pas, des chuchotements, et un ordre lancé à mi-voix. Brundage sursauta, les yeux rivés sur la porte. Hawkes demeura immobile.

Il vit se peindre sur le visage du comte une expression écœurante de triomphe et de soulagement.

— Vous entendez, Hawkes ? J'ai ordonné à mon laquais, si vous osiez vous présenter ici, d'appeler les soldats qui sont sur la place. Vous ne sortirez pas d'ici vivant, c'est bien triste pour vous. Vous pouvez me tirer dessus, mais ils vont vous tailler en pièces. Je leur expliquerai ce qui se passe. Ce sera ma parole contre la vôtre, or c'est vous qui pointez un pistolet sur un pair du royaume.

— Brundage, dit Hawkes sur un ton aimable. Qui, selon vous, m'a laissé entrer ? Un homme qui, un soir, fut violemment frappé parce qu'il avait par inadvertance servi du cognac et non du brandy. Un cognac provenant de la boutique d'antiquités Guthrie, propriété d'un certain Florian Vasseur, alias Cafard, qui a été arrêté et qui est disposé à expliquer en détail votre collaboration. Un homme dont le frère, figurez-vous, fut tué lors de la bataille de Dos Montanas. Un homme qui n'est autre que votre laquais.

À chaque mot, les traits de Brundage se décomposaient.

— Mais vous avez raison, enchaîna Hawkes. Les soldats sont là, et je crois que l'un d'eux désire vous parler.

Il se leva lentement et, sans cesser de menacer le comte de son arme, alla ouvrir la porte. Derrière elle se tenait le général James Duncan Blackmore, duc de Valkirk, qui avait écouté toute la conversation. Il était flanqué d'une demi-douzaine de soldats à la mine sombre. Toujours aussi efficaces, ils étaient munis d'un mandat d'amener.

Lorsqu'ils emmenèrent Brundage, la marque rougeâtre de la gifle qu'il avait reçue était encore visible sur sa joue. À la demande de Hawkes, on lui avait mis les menottes.

L'heure du dîner arriva, et quoique le capitaine Hardy soit revenu dans l'après-midi après avoir apporté un message au duc de Valkirk, Hawkes n'était toujours pas là.

Les pensionnaires mangèrent de bon appétit, tandis qu'Aurélie picorait dans son assiette. Ils se réunirent ensuite tous dans le salon : Delilah, Angélique et Dot, le capitaine Hardy et lord Bolt, M. Delacorte et Mme Pariseau, ainsi que M. Bellingham. Ils essayaient de bavarder, mais l'atmosphère était si tendue que la conversation tombait à plat.

La pendule sonna 19 heures, puis 20 heures.

— Voulez-vous que je me renseigne, Aurélie ? proposa gentiment lord Bolt. Je peux aller au White's et...

Toc, toc-toc, toc.

On frappait à la porte. Ils tressaillirent, leurs cœurs manquèrent un battement, et les aiguilles à tricoter cessèrent de cliqueter.

— Cette façon de toquer à la porte paraît tout à fait normale, non ? commenta Dot d'un ton faussement guilleret. Vu que, cette semaine, rien n'est normal, c'est plutôt encourageant, non ?

Tous savaient que Hawkes ne passerait par la porte d'entrée que s'il ne risquait plus rien.

— C'est encourageant, en effet, déclara Delilah en regardant Aurélie qui était blanche comme un linge. Allez donc voir qui est là, Dot.

Ils suivirent des yeux Dot qui se dirigeait vers la porte. Aurélie ferma les paupières et récita mentalement une prière. Dot tira le judas.

— C'est M. Hawkes ! s'exclama-t-elle, et elle ouvrit la porte à la volée.

Aurélie se redressa d'un bond. Son ouvrage tomba sur le sol. Retenant leur souffle, ils regardèrent Hawkes traverser le hall.

— Le comte de Brundage a été arrêté pour haute trahison, annonça-t-il. Je suis blanchi de tout soupçon. Merci à tous pour votre aide. Je ne sais comment vous exprimer ma gratitude.

Il parlait posément, avec la gravité qui s'imposait. Il s'adressait à tous, mais ses yeux étaient rivés sur une seule personne.

Et, alors que les pensionnaires poussaient un soupir de soulagement et murmuraient des félicitations, Aurélie semblait pétrifiée, la main pressée sur sa bouche, les yeux emplis de larmes de joie.

Hawkes s'approcha d'elle, saisit doucement sa main et entrelaça ses doigts aux siens. Sans un mot, il l'entraîna dans le hall et la fit entrer dans le petit salon de réception.

Elle le suivit sans résister. Elle l'aurait suivi au bout du monde.

Il referma la porte derrière eux. Elle l'entoura de ses bras, et il enfouit son visage au creux de son cou.

— Tu n'es pas blessé ? murmura-t-elle en lui caressant les cheveux.

— Non… Je vais bien. C'est fini. Et toi… est-ce que…

— Maintenant que tu es là, je vais bien, répondit-elle en essuyant une larme.

Il l'embrassa, et poussa un soupir de soulagement et de désir qu'elle sentit vibrer dans tout son corps. Mais soudain, il la lâcha et s'écarta.

— J'ai quelque chose à te dire.

Il était si solennel qu'elle éprouva une pointe d'inquiétude.

— J'ai beaucoup réfléchi car je n'étais pas sûr d'avoir le droit de te demander ça alors que mon avenir était toujours incertain. Mais tu as sans doute compris, Aurélie, que je n'ai pas l'étoffe d'un martyr. Toi et moi, nous savons que l'existence est brève et capricieuse, et que nous pouvons la rendre belle ensemble. Nous ne nous connaissons pas très bien, mais j'imagine que nous nous découvrirons au fil des ans. Je t'aime… tellement.

Il laissa échapper un petit rire presque douloureux.

— Je t'aime comme un fou. Je n'en reviens pas d'avoir autant de chance, tu sais. Nous vivrons où tu veux : dans des cottages, des pensions de famille, des prairies vertes ou de l'autre côté de l'océan… Nous inventerons ensemble notre vie… si tu me fais l'honneur de m'épouser, acheva-t-il d'une voix éraillée.

Un bonheur ineffable envahit le cœur d'Aurélie. Ou était-ce un sentiment de sérénité ? Peut-être était-ce la même chose.

— Je te suivrai au bout du monde, Christian.

— Alors, c'est... oui ?

L'expression de Hawkes s'illumina, et c'était le visage de l'homme qu'elle avait épié autrefois, cachée en haut d'un escalier. Il resplendissait comme l'étoile du berger, vers laquelle le destin la guidait depuis le jour de sa naissance.

— Oui... je serais honorée d'être ta femme.

Avec un grand soupir, il leva les yeux comme pour remercier le ciel et ouvrit les bras.

— Je crois que tu seras un merveilleux mari, dit-elle en se blottissant contre lui.

— Je ferai de mon mieux, murmura-t-il.

Épilogue

Le bonheur était une occupation à part entière et dont il était difficile de se détacher. Rester ainsi assise près de Hawkes sur le divan rose où le roi avait un jour posé son auguste postérieur semblait à Aurélie une excellente façon de passer le reste de sa vie. Ils s'étreignaient les mains et elle contemplait les longs doigts de son bien-aimé, savourait le contact de ses paumes calleuses, et songeait que ces mains lui deviendraient au fil des ans aussi familières que les siennes. Elles la caresseraient, la soutiendraient et berceraient leurs enfants.

Quelques jours auparavant, elle ne connaissait même pas son prénom. Il lui restait encore tant de choses à découvrir chez lui, et pourtant il lui appartenait.

— Je pense à ce que tu as dit, Christian, quand tu m'as demandé de t'épouser...

— J'ai oublié quelque chose ? Je serais ravi de recommencer, encore et encore, juste pour le plaisir de t'entendre répondre oui.

— Tu pourrais peut-être, dorénavant, demander ma main chaque matin avant le petit déjeuner, ou chaque soir avant de dormir.

Il lui sourit.

— « Alors que mon avenir *était* toujours incertain », poursuivit-elle. Ce sont tes mots exacts. « Était »… c'est du passé ?

— Ah… quelle fine mouche tu es. Eh bien, au risque de te décevoir…

Il marqua une pause. Une lueur malicieuse brillait dans ses yeux.

— … tu ne seras pas obligée d'apprendre à marchander.

— Je suis anéantie, se plaignit-elle, pressant théâtralement une main sur son cœur. Explique-toi, s'il te plaît.

— Je suis rentré tard aujourd'hui, ma chère future femme, parce que le duc de Valkirk voulait me parler. Il m'a annoncé que, sur sa recommandation et par lettres patentes du roi, je suis anobli pour services rendus à la patrie. Je suis désormais le vicomte de Redvers. Ce titre est attaché à des terres qui appartenaient à la Couronne, et sur lesquelles se trouve un magnifique manoir entouré…

Il marqua une nouvelle pause pour ménager son effet.

— … de prairies vertes.

Aurélie était bouche bée. Soudain, les larmes lui montèrent aux yeux.

— À moins que tu ne veuilles pas rester en Angleterre ? s'inquiéta-t-il.

Elle s'essuya les yeux d'un revers de main.

— C'est merveilleux, et amplement mérité. Un héros doit être récompensé. Quant à moi, je désire seulement être avec toi.

— Le titre de vicomte signifie que je siégerai au Parlement. On m'a également proposé un poste de conseiller à l'Alien Office.

Aurélie tressaillit.

— Un poste qui nécessite de manier le poignard ou le pistolet ?

— Non, je suis maintenant l'un de ces conseillers grisonnants à qui l'on prête sagesse et expérience. Je dirigerai des jeunes hommes de talent qui se chargeront de la besogne. Il m'arrivera parfois de prendre des décisions importantes, mais je n'aurai pas besoin de travailler en permanence. Nous aurons des revenus confortables. Résigne-toi, mon ange, à gouverner des domestiques – en supposant que nous en trouvions qui fassent l'affaire.

Elle hocha la tête, pensive.

— Tu ne t'ennuieras pas, Christian ?

— Comment le pourrais-je ? Être simplement assis près de toi est l'une des choses les plus palpitantes que j'ai vécues.

Il ne mentait pas. Quand Aurélie lui souriait, il avait l'impression d'être un dieu. C'était un miracle que sa présence semble la rendre heureuse.

La tête lui tournait, tant il était exténué et follement heureux à la fois. Il n'oubliait cependant pas Brundage, et Aurélie non plus, probablement. Il y aurait un procès, il devrait témoigner et, vu les chefs d'accusation qui pesaient contre lui et les preuves accablantes dont disposait la justice, le comte serait exécuté et son titre de noblesse héréditaire aboli. Il n'y aurait plus aucune trace de lui dans les archives. Telle était la peine infligée aux coupables de haute trahison.

L'affaire serait naturellement rendue publique, et Hawkes mentionné dans les journaux. Il ferait face. Mais, durant le procès, on ne prononcerait pas le nom d'Aurélie. Il y veillerait. Il userait de son influence personnelle et de celle de ses amis haut placés.

Aurélie allait épouser un homme intransigeant. Cette facette de sa personnalité ne changerait sans doute jamais. Il protégerait impitoyablement sa femme et leurs enfants jusqu'à la fin de ses jours.

— Nous aurons aussi une résidence à Londres, reprit-il. Nous recevrons à dîner et...

— Nous chanterons et nous danserons ? enchaîna-t-elle d'un ton plein d'espoir.

— Évidemment ! Nous inviterons M. Delacorte et M. Bellingham qui nous chanteront des duos.

Elle éclata de rire.

Dieu qu'il aimait son rire ! Durant presque toute son ancienne vie, les réceptions n'avaient été pour lui qu'un motif de glaner des renseignements ou de nouer des relations utiles. Il avait très rarement eu la possibilité de faire la fête sans arrière-pensée. Leurs futures soirées seraient pour lui une grande nouveauté.

— Nous irons au bal, si tu en as envie. Nous aurons une loge au théâtre, nous visiterons les monuments de Londres, nous organiserons des pique-niques, et nous ferons l'amour n'importe quand et n'importe où...

— N'importe où ? souffla-t-elle, comme si elle écoutait un conte de fées.

— Oui, n'importe où. Et de toutes les manières qui nous plairont.

— Parce qu'il y a d'autres manières ?

— Oh oui, mon ange, promit-il d'une voix rauque.

Elle inclina la tête, devenue muette et toute rose – le portrait vivant d'une femme conquise.

— Grâce au duc, l'archevêque de Canterbury nous accordera une licence spéciale pour que nous puissions nous marier le plus vite possible. Peut-être demain ou après-demain.

— Christian ? murmura-t-elle d'une voix si douce qu'il sentit son cœur se serrer.

Elle leva enfin les yeux.

— Le plus tôt sera le mieux, dit-elle gravement. Je veux découvrir ces autres manières de faire l'amour, je ne peux pas attendre.

M. Bellingham les maria deux jours plus tard, après avoir passé deux nuits – une éternité – dans leurs chambres respectives, pour respecter le règlement du Grand Palais de la Tamise.

Ce fut une cérémonie et une soirée très simples, qui se déroulèrent dans le salon et auxquelles assistèrent tous les pensionnaires.

Une soirée toute simple, mais bien arrosée, et agrémentée de chansons et de rires. On offrit à chacun, en souvenir, un mouchoir brodé des initiales GPT – qui s'avéra bien utile pour sécher discrètement une larme.

M. et Mme Hawkes, qui seraient bientôt lord et lady Redvers, gagnèrent la chambre nuptiale tandis que leurs amis chantaient encore.

Ils s'assirent sur le lit et, le cœur battant la chamade, se regardèrent.

— Nous avons une suite dans l'Annexe, où nous resterons au moins trois mois, le temps de trouver une maison à Londres et de nous adapter à ton nouveau titre et à ton nouvel emploi, déclara Aurélie avec une douce fermeté.

— Vraiment ? rétorqua-t-il distraitement, noyé dans les yeux bleus de son épouse.

— Vraiment. J'en ai parlé tout à l'heure à Mme Hardy et à Mme Durand. Nous emménagerons demain dans notre suite. Tu dois te reposer, Christian, tu as besoin de confort et de calme pour reprendre des forces.

C'était la vérité : la confrontation avec ses ennemis, les kilomètres à cheval et ses activités au lit avaient eu raison des points de suture, pourtant solides, réalisés par lord Bolt. Deux d'entre eux avaient craqué.

— Comme les coutures de mes chemises et de mes gilets, avait commenté Delacorte, compatissant, lorsqu'on l'avait recousu. Ça donne du travail aux dames. Ha, ha !

— M. Delacorte représente un véritable défi pour les raccommodeuses que nous sommes, et nous nous en réjouissons, avait dit Angélique, diplomate. S'il le faut, nous nous occuperons aussi de vous, monsieur Hawkes.

On s'était bien occupé de lui.

— Nous serons bien ici, n'est-ce pas ? reprit Aurélie. Il y a un fumoir pour les messieurs, de la musique et de bons petits plats. Il y a tout ce dont nous avons besoin, n'est-ce pas ?

— Oui, absolument tout.

Il avait déjà dénoué sa cravate, et regardait Aurélie qui lui déboutonnait son gilet, conscient de la chance qu'il avait.

— Tu as des muscles magnifiques..., murmura-t-elle en glissant ses mains sous sa chemise.

— Ah oui ? grogna-t-il.

Il était tout étourdi, et ravi qu'elle ait brusquement changé de sujet.

— Tu es magnifique, expliqua-t-elle patiemment, mais encore un peu trop mince...

Ses mains fines glissaient sur son ventre, sous la ceinture de son pantalon. Il ravala un gémissement.

— Tu devras donc faire honneur à la cuisine d'Helga. Et te reposer.

Elle commença, pour sa plus grande joie, à déboutonner son pantalon.

— J'ai peut-être seulement besoin de baisers, suggéra-t-il, tandis que les doigts d'Aurélie s'aventuraient plus loin.

Elle l'embrassa longuement et langoureusement.

— Et de rôtis de bœuf, murmura-t-elle contre sa bouche.

— Tout ce que tu veux, sourit-il. Jusqu'à la fin de mes jours.

La confiance d'Aurélie, quand ils faisaient l'amour et qu'elle s'abandonnait à lui, le bouleversait. Son audace, sa sensualité et son désir étaient des cadeaux inouïs, qu'il n'aurait jamais cru mériter.

Tous deux savaient que s'ils se réveillaient au milieu de la nuit, en criant de terreur ou de colère, assaillis par un souvenir douloureux, ils ne seraient plus jamais seuls. Ils seraient aimés pour l'éternité.

Il leur fallut ensuite reprendre leurs esprits et accueillir dans leur bulle de bonheur les amis et les parents qui feraient désormais partie de leur vie, parmi lesquels, bien sûr, les occupants du Grand Palais de la Tamise. Ils écrivirent une lettre à Jacques Le Clerc, le tuteur d'Aurélie, pour lui annoncer que Brundage avait été arrêté et qu'elle était maintenant mariée à un vicomte. Ils écrivirent aussi au frère d'Aurélie, Édouard, qui devait s'inquiéter à Boston. Hawkes écrivit à Diana, sa sœur, pour lui dire qu'il s'était marié, qu'il était à Londres, et qu'il serait heureux de la voir bientôt, dès qu'il serait complètement rétabli.

Jacques Le Clerc, de retour de son voyage de noces et de passage à Londres pour affaires, leur rendit visite au Grand Palais de la Tamise.

— Aurélie… Je suis profondément perturbé par tout ce que j'ai appris.

Ils s'étaient installés dans le salon de réception, Aurélie et Hawkes sur le divan rose, l'oncle Jacques en face d'eux. Le thé était servi sur la petite table qui les séparait.

— Brundage n'est pas celui que je croyais, et…

Il ferma les yeux, soupira.

— Quand je pense que tu as failli l'épouser ! reprit-il. Si j'avais su… mais j'aurais sans doute dû savoir… je n'aurais jamais autorisé ce mariage. Je vous suis infiniment reconnaissant, monsieur Hawkes, d'avoir été si tenace dans votre quête de vérité et de justice.

Hawkes et Le Clerc se connaissaient déjà et se respectaient. Hawkes se borna à hocher la tête.

— Nous ne pouvions sûrement pas deviner qui était réellement le comte, rétorqua Aurélie avec circonspection. J'ai appris, oncle Jacques, que nos préjugés à l'égard des gens, qu'ils soient favorables ou défavorables, nous empêchaient de les voir clairement.

— Maintenant que j'envisage d'avoir des enfants, je mesure à quel point j'ai été une déception pour toi. Je n'étais pas préparé à être un père, et je n'ai pas réussi à surmonter le chagrin qui m'a submergé à la mort de tes parents. J'espère qu'un jour tu me pardonneras. J'aimerais que nous soyons... amis... et je souhaiterais faire partie de ta... famille.

— C'est gentil, oncle Jacques, mais il n'y a rien à pardonner.

Elle était sincère. La vie était brève, le destin capricieux, et il n'y avait pas de place pour le ressentiment dans son bonheur actuel.

— Je vous serai éternellement reconnaissante de tout ce que vous avez fait pour mes frères et moi, ainsi que pour ma mère et mon père. Si j'ai à présent tout ce que je désire et dont j'ai besoin, c'est grâce à vous.

Elle se tourna vers l'objet de ses désirs et de ses besoins : l'homme assis près d'elle sur le divan rose.

— Merci, monsieur Le Clerc, de vous être occupé d'elle et d'avoir accueilli trois orphelins, déclara Hawkes. Elle a appris à broder et à jouer du pianoforte, ce dont je vous serai éternellement reconnaissant.

Aurélie se mordit les lèvres pour ne pas pouffer de rire.

— Et nous sommes heureux que vous fassiez partie de notre famille, ajouta-t-elle, pour le simple plaisir de répéter ce « nous ».

Elle sentait que l'oncle Jacques se jugeait sévèrement et aurait du mal à se pardonner, parce que c'était un homme foncièrement bon. Cette sensibilité nouvelle qu'il manifestait aujourd'hui profiterait aux enfants qu'il élèverait avec sa jeune épouse, et qui seraient les cousins d'Aurélie.

Ils restèrent silencieux un moment, un peu gênés, puis l'oncle Jacques prit dans la poche de son manteau un petit paquet de lettres.

— Ce sont les membres de ta famille parisienne qui t'écrivent. Tu ne les as jamais rencontrés, mais ils aimeraient vous connaître, ton mari et toi. Si tu le souhaites.

Intimidée, Aurélie lança un coup d'œil oblique à Christian. Aux anges mais un peu méfiante, elle saisit les lettres. Elle respira profondément.

Et soudain, ce fut trop pour elle.

— Aurélie et moi les lirons ensemble, monsieur Le Clerc, déclara poliment Hawkes.

Il sentait qu'elle était submergée par l'émotion et se demandait comment ces inconnus trouveraient leur place dans leur vie.

— Nous répondrons sans tarder à ces lettres, ajouta-t-il. Merci, monsieur Le Clerc.

— De rien, lord Redvers. Appelez-moi Jacques, voulez-vous ?

Aurélie et Hawkes froncèrent un instant les sourcils, avant de réaliser qu'il était désormais, effectivement, lord Redvers.

— Pour la famille, Hawkes suffira, dit-il avec un sourire.

Grâce à ses relations dans les milieux diplomatiques, Hawkes put contacter les propriétaires légitimes du collier qui vinrent discrètement à Londres pour le récupérer. Le bijou brillait à présent d'un sombre éclat – il serait pour toujours associé à un traître anglais, mais aussi à un héros anglais, ainsi qu'aux aristocrates français qui avaient réussi à échapper à la guillotine. Son prix ne manquerait pas de grimper en flèche.

— Il faut souvent subir bien des vicissitudes pour qu'une histoire finisse bien, leur dit Hawkes. La chance se cache là où on ne l'attend pas.

Un soir, deux mois après leur mariage, Hawkes et Aurélie annoncèrent à tous les pensionnaires réunis dans le salon qu'ils envisageaient d'acquérir une belle maison dans Wimpole Street[1]. S'ils l'achetaient, ils donneraient une grande fête et...

Des coups frappés à la porte les interrompirent. Dot sauta sur ses pieds et courut coller son œil au judas. On l'entendit poser des questions de sa voix douce. Une voix sourde et très grave lui répondait. Dehors, il pleuvait à verse, et un vent glacial faisait trembler les vitres. Dans le salon, tout le monde attendait avec curiosité et une certaine appréhension – un visiteur après le dîner, et par ce temps ?

— Ooooh ! s'exclama alors Dot, manifestement ravie.

Elle ouvrit la porte et un inconnu entra. Il était bien bâti et vêtu d'un ample manteau pourvu de multiples pèlerines trempées, qui dégoulinaient sur les dalles du hall. Il retira vivement son

1. Rue située dans le quartier chic de Marylebone, au centre de Londres. *(N.d.T.)*

chapeau, découvrant des cheveux de jais, un front haut et fier, barré par d'épais sourcils noirs. Un rictus d'inquiétude crispait sa bouche, ses yeux étincelaient.

Il était si majestueux que tous, dans le salon, le regardaient, bouche bée. Mais tout à coup :

— DODO ! s'écria Aurélie.

Stupéfait, Hawkes vit sa femme se ruer dans le hall et sauter au cou de l'inconnu.

— Lili ! Enfin !

— C'est mon frère Édouard, dit-elle par-dessus son épaule, de crainte que son mari ne le provoque en duel.

Elle déposa un baiser sur la joue mouillée de son frère qui l'embrassa à son tour, avant de la reposer sur le sol.

Hawkes étouffa un soupir, étonné d'éprouver un tel soulagement. Cela lui montrait une fois de plus que toute sa vie tournait maintenant autour d'Aurélie. La voir si heureuse faisait son bonheur.

Aurélie prit son frère par la main et l'entraîna vers le salon.

— Viens, je vais te présenter mon mari et nos amis. Dot, vous voulez bien prendre le manteau et le chapeau de Dod... d'Édouard, et lui apporter une boisson chaude ? Mais tu préfères peut-être du brandy ?

La lettre énigmatique d'Aurélie, dans laquelle elle lui annonçait son arrivée, avait plongé Édouard dans une vive inquiétude. Puis elle lui avait écrit qu'elle venait d'épouser un ancien espion devenu vicomte, et cette missive était si enthousiaste et si suspecte qu'il avait immédiatement embarqué pour l'Angleterre.

Hawkes échangea une poignée de main avec son beau-frère, lequel fixa sur lui le genre de regard scrutateur que seuls maîtrisent les espions et les grands frères. Cet examen fut d'autant plus perturbant qu'Édouard avait les yeux bleus de sa sœur.

— Figurez-vous, monsieur Hawkes, que quand j'ai demandé au cocher de m'emmener au Grand Palais de la Tamise, il vous a aussitôt mentionné… en des termes extraordinairement élogieux, que je n'aurais pas imaginé entendre dans la bouche d'un cocher de fiacre.

C'était dit d'un ton amusé, où perçait néanmoins une note de défi.

— Ah, c'était certainement M. Berwick, rétorqua Hawkes. J'estime plus prudent d'avoir des amis partout. Même à Boston.

Édouard éclata de rire. Il s'assit dans un fauteuil, saisit le verre de brandy qu'on lui tendait, et sourit aux uns et aux autres, comme s'il était parmi eux depuis des lustres.

— Ma foi, dit Delilah à Angélique et à Dot quelques jours plus tard, dans le boudoir en haut de l'escalier. Quand nous écrirons le récit de notre vie dans le quartier des docks, je suggère d'intituler ce chapitre : « Trouver un laquais devrait être plus simple ».

Angélique pouffa.

On aurait effectivement pu penser que l'unique but de cette suite d'événements mouvementés mettant en scène des soldats, une fugitive descendant des Bourbons, un espion ainsi qu'un abominable comte déchu avait été de leur trouver le laquais de leurs rêves (et, plus préoccupant, des rêves de toutes les domestiques) : M. Benjamin Pike.

Il s'exprimait bien, il avait la taille requise pour changer les chandelles des appliques murales, il avait prouvé son courage et son ingéniosité, et il avait la rancune tenace : Hawkes s'était porté garant de ces qualités. M. Pike savait lire et écrire, très bien même, et ne voulait plus jamais travailler pour un comte. Les difficultés ne lui faisaient pas peur, et il aimait l'air marin qui soufflait dans le quartier des docks.

Il avait de la présence d'esprit, un caractère égal, des années d'expérience, des recettes personnelles pour polir l'argenterie et enlever les taches, et manifestait une déférence qui inspirait confiance. À l'évidence, il respectait les femmes. Par-dessus le marché, il avait de larges épaules, de beaux yeux gris et une mâchoire volontaire. Il était indiscutablement, et sous tous les angles, très séduisant.

— Pourvu que nos domestiques ne soient pas toutes enceintes dans un mois, avait chuchoté Angélique à Delilah après l'entretien d'embauche rituel.

Elles l'avaient toutefois engagé. Elles l'appréciaient déjà beaucoup. À cheval donné, n'est-ce pas, on ne regarde pas les dents. Surtout quand le cheval était assez grand pour atteindre les appliques murales.

Jusqu'ici, Dot et les autres domestiques étaient sages comme des images. Elles marchaient sur la pointe des pieds, parlaient à voix basse, et soignaient leur travail. Comme si, conscientes d'avoir une chance inouïe, elles craignaient qu'on ne les prive de M. Pike au premier faux pas.

M. Pike, quant à lui, était d'une politesse irréprochable envers le personnel exclusivement féminin du Grand Palais de la Tamise. Pas de sourires canailles ni de clins d'œil égrillards, même s'il en était sûrement capable. On le découvrirait bien assez tôt.

Le capitaine Hardy et lord Bolt étaient également soulagés. Ils ne manquaient pas de travail avec la Compagnie Triton, et étaient rassurés de savoir qu'en leur absence il y aurait un homme vigoureux au Grand Palais de la Tamise.

Ils avaient soumis M. Pike à un interrogatoire de leur cru.

— Savez-vous tirer au pistolet ? lui avait demandé le capitaine Hardy.

— Oui, monsieur, avait répondu Pike sans ciller. Je suis assez bon tireur, monsieur.

— Et quand faut-il tirer, selon vous ? s'était enquis lord Bolt.

Pike avait réfléchi un instant.

— Quand la force physique n'est pas suffisante pour régler le problème, et qu'une dame est en danger. Dans ces cas-là, il me paraît nécessaire de tirer.

Bolt avait émis un sifflement appréciateur.

— Bien dit.

— Je suis satisfait, avait renchéri le capitaine. Soyez le bienvenu au Grand Palais de la Tamise, monsieur Pike.

— M. Pike étant le seul domestique masculin, ne risque-t-il pas de souffrir de la solitude ? fit remarquer Dot négligemment – peut-être un peu trop négligemment.

— Vous pensez que nous devrions avoir une paire de laquais ? rétorqua Angélique, faussement sérieuse.

Delilah se mordit les lèvres pour ne pas rire. Dot se figea, l'aiguille à repriser en l'air, les yeux pleins d'espoir.

— Un laquais suffira pour l'instant, intervint Delilah. Attendons de voir comment ça se passe. Mais quel soulagement d'avoir quelqu'un pour faire la navette entre ici et l'Annexe, au besoin se charger des courses, et ouvrir la...

Elle s'interrompit juste à temps, car Dot avait sursauté, affolée. Ouvrir la porte aux inconnus était sa tâche favorite. Chaque fois, elle avait l'impression de déballer un cadeau.

— C'est quand même moi qui continuerai à ouvrir la porte ? balbutia-t-elle. Pas M. Pike ?

À vrai dire, Delilah et Angélique s'inquiétaient toujours pour la sécurité de Dot lorsqu'un visiteur s'annonçait tard le soir, juste avant le couvre-feu.

— Mettons que celui de vous deux qui atteindra la porte le premier aura le plaisir de l'ouvrir, la taquina Angélique.

Delilah étouffa un gloussement. Elles imaginaient déjà la cavalcade dans le hall, Dot et M. Pike se bousculant devant le judas...

Mais Dot, et elle n'était pas la seule dans ce cas, découvrait chaque jour en elle de nouvelles qualités, au rang desquelles figurait l'esprit de compétition. Tout à coup, M. Pike lui apparaissait comme un rival plutôt que comme un cadeau du ciel.

— J'aimerais continuer à ouvrir la porte, décréta-t-elle.

— Mais nous craignons pour votre sécurité, Dot, surtout la nuit, et il nous semble que vous munir d'un pistolet enverrait un mauvais signal à des clients potentiels. Pourquoi ne pas en rediscuter quand M. Pike aura pris ses fonctions ?

C'est-à-dire la semaine suivante. Il était parti rendre visite à sa mère et à sa sœur avant de s'installer au Grand Palais de la Tamise.

Quelques suites étaient encore inoccupées dans l'Annexe, et il y avait une ou deux chambres libres dans le bâtiment principal. Aurélie et M. Hawkes déménageraient bientôt. M. Bellingham était resté deux mois, il était enchanté de son séjour à Londres et avait promis de revenir bientôt. Il serait ravi, avait-il dit, d'accueillir tous ses nouveaux amis dans son presbytère.

Le Grand Palais de la Tamise prospérait, cependant Delilah et Angélique savaient bien que la prospérité était comme la marée, qui monte et redescend en permanence. Or elles devaient maintenant loger et nourrir une personne supplémentaire, et le payer par-dessus le marché.

Elles ne se doutaient pas qu'en ce moment même, telle une tempête qui se levait en haute mer et s'apprêtait à déferler sur la côte, des événements se préparaient, qui amèneraient devant leur porte un homme extraordinaire et une femme remarquable…

Tandis que leurs époux les attendaient dans leurs chambres respectives, elles passèrent en revue les tâches accomplies durant la journée et préparèrent le programme du lendemain.

Avec un soupir de contentement, Delilah repêcha une chemise de M. Delacorte dans l'énorme panier de raccommodage qui, d'une certaine manière, symbolisait la force de leur amour et de leur solidarité : certains vêtements étaient en loques, d'autres en parfait état, parfois mouillés de larmes ou tachés de sang. Malgré tout, on y tenait beaucoup, on refusait de s'en séparer. Il n'y avait rien dans ce panier qui ne puisse être réparé, et voilà pourquoi le raccommodage était aussi louable.

Ce fut à cet instant qu'on frappa énergiquement à la porte.

— Il n'est pas encore 23 heures, le couvre-feu n'a pas sonné, fit remarquer Dot, pleine d'espoir.

Angélique et Delilah échangèrent un regard amusé.

— Allez ouvrir, Dot, lui dit Angélique.

Toutes deux se levèrent, ôtèrent leur tablier et vérifièrent qu'elles n'étaient pas décoiffées, tandis que Dot dévalait l'escalier et courait voir quel serait, peut-être, le nouveau chapitre de leur histoire.

Remerciements

Merci à ma chère éditrice, May Chen, et à la formidable équipe d'Avon, pour leur travail ; à mon agent, Steve Axelrod, et à ses collaboratrices, Elsie Turoci et Lori Antonson.

Merci à tous les blogueurs, critiques, amis et utilisateurs de Facebook et d'Instagram qui ont parlé de mes livres avec passion.

13963

Composition
FACOMPO

Achevé d'imprimer en Italie
par GRAFICA VENETA
le 1er octobre 2023

Dépôt légal : novembre 2023
EAN 9782290386507
OTP L21EPSN002541-555436

ÉDITIONS J'AI LU
82, rue Saint-Lazare, 75009 Paris

Diffusion France et étranger : Flammarion